Über das Buch

Ein Toter vor der Warnemünder Kirche mit einem Fischbrötchen im Mund. Wurde Andreas Ricker von einem geprellten Geschäftspartner ums Leben gebracht? Oder spielt seine Vergangenheit im Hamburger Rotlichtmilieu eine Rolle? Kriminaloberkommissar Sören Fries ermittelt in alle Richtungen. Ausgerechnet der Sohn des Rostocker Polizeipräsidenten wird ihm als Partner an die Seite gestellt. Der Frischling Frederick Wegener lässt kein Fettnäpfchen aus. Als wäre dies nicht schon lästig genug, mischt sich auch noch eine mysteriöse Kollegin des BKA in seine Untersuchung ein.
Fries stößt auf ein ungeklärtes Verbrechen und deckt ein lang gehütetes Familiengeheimnis auf. Sein erster Mordfall in Warnemünde erweist sich als viel verzwickter als zunächst vermutet. Und je weiter der Fall voranschreitet, desto mehr wird er mit seiner eigenen Vergangenheit konfrontiert.

Über die Autorin

Katja Lukic wurde 1969 in Hamburg geboren. Nach ihrem Pädagogik- und Psychologiestudium reiste sie sieben Jahre als Straßenkünstlerin durch Spanien. Ihre Erlebnisse aus dieser Zeit hat sie in der autobiografischen Romanreihe ›Aussteigen mal anders‹ zusammengefasst.
›Der Fischbrötchenmord‹ war ihr erster Kriminalroman. ›Der Tölpelmord‹, ›Der Bienenmord‹, › Ellings letzter Fall‹, ›Hafen Stadt Mord‹ und ›Agathas Mörderclub‹ setzen die Reihe um die beiden sympathischen Kommissare Sören Fries und Frederick Wegener fort.

Katja Lukic

Der Fischbrötchenmord

Ostsee-Krimi

Alle Personen und Handlungen in diesem Buch sind frei erfunden. Ähnlichkeiten mit lebenden oder bereits verstorbenen Personen sind nicht beabsichtigt.

Februar 2022
2., korr. Auflage

Postfach 57 02 23, 22771 Hamburg

E-Mail: Katja.Lukic@gmx.de

Lektorat: Michael Lohmann, www.worttaten.de

Umschlaggestaltung: Grand Cygne, Hamburg
Titelfoto: Björn Gaßmann, www.fotocus.de

Druck: Amazon Media EU S.à r.l., 5 Rue Plaetis,
L-2338, Luxembourg

www.katjalukic.de

Mein Dank gilt:

Meinen treuen Testlesern Nicole, Rainer und Stefan.

Björn Gaßmann, der nicht nur romantische Hochzeitsfotos aufnimmt, sondern auch Landschaften stimmungsvoll einfängt.

Tobi, der mich auch ohne Worte versteht und aus meinen wirren Einfällen richtig tolle Cover zaubert.

Michael Lohmann, der mir die Angst vor einem professionellen Lektorat genommen hat.

Und zu guter Letzt der Pressestelle des Polizeipräsidiums Rostock, die mir den Kontakt zu einem echten Ermittler ermöglicht hat, dem ich an dieser Stelle auch ganz herzlich für das ausgesprochen nette und sehr informative Gespräch danken möchte.

Eine Leiche zum Frühstück

Es war ein grotesker Anblick, der sich Sören Fries bot, als er an die Leiche trat. Ein Toter auf einer Parkbank vor der Warnemünder Kirche, halb sitzend, halb liegend, in seinem Mund ein Fischbrötchen. Aus der vorderen Seite des Brötchens ragte die Schwanzflosse eines Herings heraus, sodass der Betrachter auf der gegenüberliegenden Seite der Schrippe den Kopf des salzig eingelegten Fisches vermuten konnte. In der Mitte der Stirn der Leiche, Sören Fries schätzte den Mann auf Ende dreißig, entdeckte er einen roten Punkt, unter dem sich ein zartes Blutrinnsal abzeichnete. Der Polizist vermutete, dass dies die Todesursache war. Das letzte Wort hatte allerdings der Rechtsmediziner, der, bereits über die Leiche gebeugt, den Körper nach weiteren Verletzungen absuchte.

»Guten Morgen«, sagte Fries.

Der Mediziner drehte sich um.

»Fries«, stellte der nüchtern fest. »Ja, ja, der Morgen war für unser Opfer allerdings nicht ganz so gut.«

Doktor Rolf Pannwitt richtete sich auf.

»Die Todesursache ist vermutlich das dezente Loch im Kopf. Ich schätze, ein mittleres Kaliber. Vielleicht acht oder neun Millimeter.«

»Seit wann liegt er hier?«

»Das kann ich nicht sagen. Tot ist er auf jeden Fall seit etwa acht Stunden. Also um Mitternacht rum. Vermutlich wurde er hier getötet. Die Blutspritzer und die ausgetretene Hirnmasse lassen darauf schließen.«

Der Kriminaloberkommissar nickte. Er warf einen Blick hinter die Bank. In einem Radius von einem knappen Meter lagen rote Klümpchen herum, wahrscheinlich die besagte Hirnmasse. Der

Oberkommissar kniete sich neben den Leichnam und achtete darauf, keine Beweise zu vernichten.

»Und der Fisch?«

»Der ist wahrscheinlich schon länger tot.« Der Pathologe grinste. »Die Todesursache war vermutlich Ertrinken in der Marinade.«

Sören Fries lebte seit sechs Monaten in diesem idyllischen Städtchen an der Küste Mecklenburg-Vorpommerns. An den Humor seines Kollegen aus der Gerichtsmedizin hatte er sich noch nicht gewöhnt. Fries machte keine Scherze, wenn es um das gewaltsame Ableben eines Menschen ging. Das fand er geschmacklos. Andererseits musste er sich in das neue Team einfügen, mit dem er seit seiner Versetzung aus Hamburg zusammenarbeitete. Dazu gehörte es eben auch, die pietätlosen Scherze von Doktor Pannwitt zu ertragen.

Fries versuchte, die Erinnerung an den Grund für seine Versetzung nach Rostock nicht in sein Bewusstsein aufsteigen zu lassen. Der Gedanke an Annettes Tod schnürte ihm immer noch die Kehle zu. Der Oberkommissar atmete tief durch.

»Haben Sie so was schon mal gesehen?«, präzisierte Fries seine Frage. »Ist das Fischbrötchen im Mund das Zeichen irgendeiner Gang aus der Gegend, die ich noch nicht kenne?«

»Die marinierten Fischköppe?«, fragte Doktor Pannwitt amüsiert. »Nein, so etwas habe ich zuvor auch noch nicht gesehen.«

Der Rechtsmediziner erhob sich.

»Vielleicht können wir herausfinden, wo dieses spezielle Brötchen verkauft wurde.« Dabei deutete er mit seinem Kopf in Richtung Hafen, in dem von umgebauten Fischkuttern täglich zentnerweise Fischwaren an hungrige Touristen verkauft wurden. Allerdings waren die schwimmenden Imbisse nicht die Einzigen, die sich am großen Fischbrötchengeschäft in Warnemünde beteiligten. Gerade im Frühjahr war Matjes sehr beliebt und deshalb auch bei einigen Bäckern, Imbissbuden und Supermärkten mit belegten Brötchen im Angebot.

In diesem Moment erreichte Kriminalkommissar Frederick Wegener den Tatort. Wie vorgeschrieben hatte er einen Einweg-Overall über seine Kleidung gezogen, und auch seine Schuhe waren eingepackt. Allerdings hatte der junge Kollege ein angebissenes Brötchen in der Hand. Mett, wie Fries am Geruch feststellen konnte. Seit Kurzem verzichtete er seiner Tochter zuliebe auf Fleisch. Der Oberkommissar war daher sensibilisiert für diese Art von Ausdunstungen.

Mit halb vollem Mund kam Wegener näher: »Tschuldigung, hatte noch nichts im Magen! Bergmann meint, dass Sie ein Tötungsdelikt untersuchen. Das kommt bei uns ja nicht so häufig vor. Ich soll Sie dabei unterstützen.«

Erst in diesem Moment erblickte Wegener die Leiche, Fisch und Brötchen im Mund des Opfers und die kleinen Hirnbröckchen, die im Hintergrund den Rasen zierten. Die Ähnlichkeit mit dem Belag seines Brötchens war dabei nicht zu übersehen.

»Das ist ja ...« Wegener sprach nicht weiter. Angewidert drehte er sich von der Leiche weg, hielt sich die Hand vor den Mund und spuckte den durchgekauten Bissen hinein. So schnell er konnte, rannte Wegener, immer noch die Hand vor dem Mund, in Richtung der Autos, darum bemüht, nicht mit den Überresten seines Frühstücks den Tatort zu kontaminieren. Die beiden Schutzpolizisten, die den Platz sicherten und den Kriminalkommissar trotz Brötchens durchgelassen hatten, sahen dem jungen Mann hinterher und versuchten gar nicht erst, ihre Schadenfreude zu verbergen.

Pannwitt und Fries hörten, wie sich der Mageninhalt ihres Kollegen seinen Weg in die Freiheit bahnte.

»Ich dachte, er hätte noch nichts gefrühstückt«, sagte der Rechtsmediziner. Danach wandte er sich wieder der Leiche zu.

»Anfängerfehler«, bemerkte Fries nur knapp, der sich noch sehr gut an seinen ersten Mordfall erinnern konnte: an die leblosen Augen der Frau, den Geruch von Verwesung in der Luft, die vielen Blutspritzer an der Wand und seine Übelkeit.

Fries schüttelte den Kopf und wandte sich wieder dem Tatort zu.

»Was wissen wir noch?«, fragte er und rückte dabei seine Brille zurecht.

»Ich vermute, dass es kein Raubüberfall war. Die gut gefüllte Brieftasche und die Rolex wurden nicht gestohlen. Ich nehme an, dass die Uhr echt ist. Genauso wie die Goldkette um seinem Hals. Die ist sicher ein- oder zweitausend wert.«

Der Typ sah nicht arm aus, das war Fries bereits beim ersten Blick auf die Leiche aufgefallen. Teure Markenschuhe, eine schwarze Lederjacke, die ohne die typischen Knickfalten wie neu wirkte, und auch das Hemd kam nicht vom Wühltisch. Früher hätte Fries aufgrund der protzigen Uhr und der auffälligen Goldkette eine Verbindung ins Milieu vermutet. Solche Typen hatte er zur Genüge auf dem Hamburger Kiez kennengelernt. Nicht viel im Kopf, dafür durchtrainierte Körper, ein dickes Bankkonto und ein Ego, das sie durch Anabolika immer weiter aufblähten. Aber in Warnemünde konnte der Tote auch einfach nur ein Tourist gewesen sein, der in seinem Urlaub seinen Kleidungsstil ein wenig protziger gestaltet hatte.

Während der Oberkommissar immer noch über das Fischbrötchen im Mund des Toten nachdachte, bemerkte er, dass Staatsanwalt Peter Lutoschka in seinem nachtblauen Volvo vorfuhr. Fries hatte noch nicht oft mit ihm zusammengearbeitet, aber ihm waren schon einige Geschichten über den Staatsdiener zu Ohren gekommen. Unter den Kollegen seiner Abteilung genoss Lutoschka einen guten Ruf. Er gehörte zu der Sorte Staatsanwälten, die zwar gern die Lorbeeren für sich einheimsten, dafür aber die Ermittlungsarbeit der Polizei überließ und nur selten hineinpfuschte. Ein Staatsanwalt ganz nach Fries' Geschmack, der lieber seinem Instinkt folgte als den Anweisungen von Schreibtischbeamten.

Der Oberkommissar kniete sich wieder neben den Rechtsmediziner. Pannwitt reichte ihm die Brieftasche des Toten.

»Vielleicht wurde der Dieb auch gestört«, sagte Fries nach einem Blick ins Portemonnaie. Knapp fünfhundert Euro hatte er gezählt. Der Oberkommissar holte den Personalausweis hervor.

»Andreas Ricker«, las er vor. »Wohnhaft in Hamburg.«

Er seufzte. Das würde die Untersuchung nicht gerade erleichtern. Die meisten Morde geschahen dort, wo die getötete Person gelebt hatte. Das lag daran, dass die Täter oft im direkten sozialen Umfeld zu finden waren. Nur wenige Opfer wurden von Menschen getötet, die sie nicht kannten. Schließlich ging jedem Mord ein Motiv voraus.

Dass Ricker so weit von seiner Meldeadresse entfernt ums Leben gekommen war, konnte viele Ursachen haben. Zum einen konnte Ricker schlicht zur falschen Zeit am falschen Ort gewesen und rein zufällig das erste Opfer eines Fischbrötchen-Serienkillers geworden sein, der in den kommenden Jahren an der Ostseeküste sein Unwesen treiben würde. Das war allerdings recht unwahrscheinlich. Serienkiller gab es in Deutschland, glücklicherweise, nicht so häufig. Zum anderen konnte Ricker von einem professionellen Killer erschossen worden sein, der dafür sorgen wollte, dass der Auftraggeber im fernen Hamburg ein wasserdichtes Alibi hatte. So was kam schon häufiger vor. Allerdings wäre das Brötchen im Mund des Toten damit immer noch nicht erklärt. Es sei denn, es diente als Ablenkungsmanöver und sollte die Ermittler auf eine falsche Fährte locken.

Fries drehte den Personalausweis um. Mit dem Alter hatte er nicht ganz ins Schwarze getroffen. Andreas Ricker war am 1. Juli 1974 auf die Welt gekommen. Er war also zum Zeitpunkt seines Todes zweiundvierzig Jahre alt gewesen. Fries war gerade einmal sechs Jahre jünger als das Opfer. Während er darüber nachdachte, fiel ihm ein Detail auf dem Ausweis ins Auge, das zur Aufklärung des Falls nicht unerheblich schien.

Lutoschka kam zu ihnen herüber, blieb aber in drei Meter Entfernung stehen.

»Ist mit Ihrem Kollegen alles in Ordnung?«, fragte der Staatsanwalt mit Blick auf Wegener. Der lehnte immer noch am Wagen und gab in regelmäßigen Abständen Geräusche von sich, die denen von Katzen ähnelten, wenn sie Fellbüschel ausspuckten.

»Er wird schon wieder«, sagte Fries und begann, den Stand der Ermittlungen vorzutragen.

»Was vermuten Sie?«, fragte Lutoschka.

»Wie Doktor Pannwitt schon meinte, ist es vermutlich kein Raubüberfall. Wir werden uns erst einmal in seinem sozialen Umfeld umschauen. Er war in Hamburg gemeldet. Ich werde mich daher mit meinen alten Kollegen in Verbindung setzen. Vielleicht haben die was über ihn. Außerdem ist er ein gebürtiger Mecklenburger. Seine Familie kommt aus Kühlungsborn.«

»Kühlungsborn?«, fragte der Staatsanwalt und sah sich den Leichnam noch einmal genauer an. »Da hat Hamburg aber ganz schön auf ihn abgefärbt.«

Fries ahnte, was Lutoschka meinte. Andreas Ricker sah nach Großstadt aus. Vielleicht wäre er auch in Rostock nicht aufgefallen. Aber in dem Ostseebad Kühlungsborn wäre Ricker wie ein bunter Hund aus der Masse hervorgestochen.

»Ja, wir werden uns da auch mal umhören. Vielleicht hat er noch Verwandtschaft dort.«

»Und das Fischbrötchen? Haben Sie eine Idee, warum das platziert wurde?«

Fries überlegte. Das Fischbrötchen im Mund war wirklich seltsam.

»Vielleicht war es was Persönliches. Ein Racheakt oder so. Auf jeden Fall spricht auch das gegen einen missglückten Raubüberfall.«

Lutoschka nickte.

»Sie sollten versuchen, herauszubekommen, von wem das Brötchen verkauft wurde«, mischte sich der Gerichtsmediziner in das Gespräch ein. »Vielleicht hilft es weiter.«

Fries schüttelte fast unmerklich den Kopf. Der Staatsanwalt bemerkte das.

»Sie glauben nicht, dass das etwas bringt?«

»Wir werden der Brötchenspur auf jeden Fall nachgehen«, sagte Fries, obwohl er Zweifel hatte. »Das Brötchen wurde nicht von einem Fachmann belegt. Kein Fischimbiss würde einen Matjes im

Brötchen verkaufen, an dem noch eine Flosse dran ist. Die Frage ist vielmehr: Was für eine Nachricht will der Mörder mit dem Fischbrötchen hinterlassen?« An Pannwitt gewandt, fragte Fries: »Ist da eigentlich auch noch der Kopf dran?«

»Ich hab das Brötchen noch nicht rausgeholt. Aber Matjes wird normalerweise ohne Kopf eingelegt«, antwortete der Rechtsmediziner.

»Ich verstehe«, sagte Lutoschka. »Gibt es noch was zu besprechen?«

»Wir bräuchten die Telefondaten unseres Opfers«, bemerkte Fries.

»Ich kümmere mich um die richterliche Anordnung. Die haben Sie heute Nachmittag auf dem Tisch. Noch was?«

»Nein. Im Moment nicht.«

»Dann melden Sie sich, wenn es was Neues gibt.«

»Ich halte Sie auf dem Laufenden«, schloss der Oberkommissar.

Mit einem Blick auf Wegener, der den Einwegoverall und die Schutzhauben seiner Schuhe gerade ausgezogen hatte, fragte Lutoschka: »Ist das der Wegener junior?«

Pannwitt und Fries nickten synchron.

»Der Wegener, der die Überwachung der Rockerbande, an dem das LKA monatelang gesessen hatte, fast auffliegen ließ?«

Pannwitt grinste. Fries Blick wurde hingegen immer leidender. Zu dritt starrten sie auf den jungen Kommissar, der sich am Wagen abstützend, frische Luft zufächelte.

»Ich hoffe doch, dass das nicht die einzige Verstärkung ist, die Sie in Ihrem Team haben.«

Der Oberkommissar nickte angespannt. Auch er hoffte, dass Wegeners Anwesenheit bei diesem Fall nur ein Irrtum war.

Lutoschka verabschiedete sich.

»Wann bekomme ich Ihren Bericht?«, fragte Fries. Er wusste, dass Pannwitt zwar schnell, aber auch sehr gewissenhaft arbeitete.

»Die vorläufigen Untersuchungsergebnisse bekommen Sie heute Abend. Den abschließenden Bericht vermutlich morgen.«

Das war der Vorteil, wenn man in kleineren Städten für die Polizei tätig war. In der Gerichtsmedizin stapelten sich die Leichen nicht. Die Untersuchungen wurden normalerweise sehr zeitnah erledigt.

»Danke«, sagte Fries.

Er ging zum Streifenwagen rüber, in dem Wegener Platz genommen hatte. Die beiden Schutzpolizisten standen daneben, betrachteten den blassen Kollegen und tuschelten miteinander.

»Ist heute Nacht irgendwas gemeldet worden? Ein Schuss? Ein Streit? Irgendwas Auffälliges rund um die Kirche?«, fragte der Oberkommissar die Beamten.

»Nein«, sagte der Größere der beiden. »Es war eine ruhige Nacht. Wir sind noch in der Vorsaison, da passiert wenig.«

Fries kannte Warnemünde seit seiner Kindheit. Dieses Städtchen war tatsächlich meist ruhig. Es gab kleinere Diebstähle, ab und zu eine Schlägerei, aber ermordet wurde hier gewöhnlich niemand.

»Gibt es irgendwelche Kameras auf dem Platz?«, fragte der Oberkommissar.

»Nein, das haben wir auch schon den Kollegen von der Technik mitgeteilt«, sagte dieses Mal der Kleinere und deutete mit einer Kopfbewegung rüber zu den Forensikern, die den Tatort untersuchten. »Und wenn es Kameras gäbe, wären die wahrscheinlich auch außer Betrieb gewesen. Wegen der Bauarbeiten ist gerade alles ein wenig …«

Der Polizist sprach nicht weiter. Die Baustelle um sie herum sprach für sich.

»Okay. Wenn Ihnen noch etwas einfällt, melden Sie sich.«

Die beiden Männer nickten. Der Größere ging zu einem älteren Radfahrer rüber, der an der Absperrung stehen geblieben war und den er offensichtlich kannte. Fries verabschiedete sich von dem zweiten Beamten und warf einen Blick auf Wegener.

»Bin gleich wieder bei Ihnen«, sagte Fries und ging zu einem Forensiker rüber, mit dem er bei seinem ersten Fall in Lichtenhagen zusammengearbeitet hatte.

»Moin, Bernd«, sagte Fries zu dem Mann im weißen Overall, der jeden Millimeter des Kirchenvorplatzes fotografiert hatte und nun dabei war, die Blutspritzer abzulichten. »Gibt es schon was für mich?«

»Moin, Sören«, erwiderte der über zwei Meter große und muskelbepackte Mann. »Nein, noch nichts. Die Hülse ist bis jetzt nicht auffindbar. Vielleicht hat der Mörder sie mitgenommen. Die Kugel haben wir dagegen sichergestellt. Die lag hinter dem Toten im Gras.«

»Es gibt keine Kameraaufzeichnung, habe ich gehört.«

»Richtig«, antwortete Bernd Köster, der als Physiker vor zwei Jahren zur Kriminalpolizeiinspektion Rostock gekommen war und seither mit seinem technischen Spürsinn bei vielen Ermittlungen entscheidend geholfen hatte. »Aber wir überprüfen noch mal, ob es vielleicht doch bei der Sparkasse eine Außenkamera gibt, die den Tathergang aufgezeichnet hat. Die restlichen Untersuchungsergebnisse bekommst du morgen bei der Besprechung.«

Fries wollte gerade etwas sagen, aber Köster kam ihm zuvor.

»Oder ich ruf dich an, wenn es eine heiße Spur gibt, der du heute noch folgen musst. So wie immer.«

»Danke, Bernd. Bis morgen dann.«

Der Oberkommissar ging zu Wegener rüber, der den Polizeiwagen inzwischen wieder verlassen hatte und neben Fries' Dienstwagen wartete.

»Können wir los oder wollen Sie noch mal einen Blick auf den Tatort werfen?«

Frederick Wegener schüttelte den Kopf. Um seine Nase herum war er so grün wie der eingelegte Hering im Mund des Toten.

Gemeinsam fuhren die beiden zurück in ihre Dienststelle. Wegener starrte aus dem Fenster. Auch der Oberkommissar hüllte sich in Schweigen. Seitdem Sören Fries in Rostock arbeitete, hatte es erst ein Tötungsdelikt in der Hansestadt gegeben. Diese Tat hatte man innerhalb der ersten vierundzwanzig Stunden aufklären können.

Ein eifersüchtiger Ehemann hatte seine Frau in flagranti mit seinem besten Freund erwischt und den Liebhaber während der darauffolgenden Auseinandersetzung erschlagen. Da eine Zeugin zugegen gewesen war, hatte der Mann gar nicht erst versucht, die Tat zu leugnen. Solche Fälle bekam man natürlich nur selten auf den Tisch. Der Mord an Ricker würde sich komplizierter entwickeln. Das hatte Fries bereits gewusst, als er den ersten Blick auf das Fischbrötchen im Mund des Leichnams geworfen hatte.

»Geht es wieder?«, fragte Fries, nachdem sie an der Kriminalpolizeiinspektion in der Ulmenstraße angekommen waren.

Wegener nickte. Er wirkte auch ohne Leiche am Morgen mit seinem hellen Teint und seinen strohblonden Haaren immer ein wenig blass.

»Gut. Dann übernehmen Sie die Recherche hier in Rostock. Ich will wissen, ob dieser Andreas Ricker in unseren Akten auftaucht. In der Zwischenzeit frage ich bei Inpol an, ob die was über ihn haben.« Er überlegte, ob er Wegener auch die Anfrage im Bundeszentralregister überlassen sollte, entschied sich aber dagegen. Aufgaben zu delegieren, gehörte nicht zu seinen Stärken. »Später telefoniere ich noch mit den Kollegen in Hamburg. Vielleicht war Ricker dort schon mal auffällig.«

Fries dachte dabei an den ersten Eindruck, den er von dem Toten gewonnen hatte. Auch wenn er ungern Leute aufgrund ihres Äußeren beurteilte, sagte ihm sein Instinkt, dass er mit seiner Einschätzung, Ricker habe etwas mit dem Hamburger Rotlichtmilieu zu tun gehabt, nicht falsch lag.

»Fries«, sagte Wegener, ehe der Oberkommissar sich wegdrehen konnte, um in sein Büro zu gehen. »Normalerweise bin ich nicht so empfindlich.«

»Wie viele Leichen haben Sie denn schon gesehen? Ich meine jetzt in echt und nicht auf Bildern.«

Wegener sah zu Boden.

»Das war die Erste. Die Erste in natura.«

»Dann gebe ich Ihnen einen Tipp: Wenn Sie mal wegen eines Leichenfunds an den Strand gerufen werden, verzichten Sie lieber ganz auf das Frühstück. Und auf die restlichen Mahlzeiten an diesem Tag.«

Wegener nickte. Sein Gesichtsausdruck verriet, dass ihm der Vorfall unangenehm war.

»Es wäre schön, wenn Sie es nicht rumerzählen würden. Wahrscheinlich tun Sie das nicht, aber ...«

»Ich sag nichts weiter«, versprach der Oberkommissar. »Allerdings geht so etwas trotzdem rum wie ein Buschfeuer. Schließlich waren wir nicht alleine dort.«

Der junge Mann sah verlegen zu Boden.

»Machen Sie sich nichts draus. Vielen ist das passiert. Der Anblick eines toten Menschen sollte Sie niemals kaltlassen.«

Wegener lächelte verkniffen.

»Gewöhnt man sich irgendwann daran?«, fragte er.

»Ja«, antwortete Fries und drehte sich weg. Es hatte allerdings lange gedauert, bis er sich an den Anblick von sinnlos ums Leben gekommenen Menschen gewöhnt hatte. Aber das erzählte er Wegener nicht.

Auf dem Weg in sein Büro fing ihn der Leiter der Mordkommission ab. Er hatte den Kopf aus seinem Zimmer gestreckt, das nur zwei Räume neben dem von Fries lag.

»Auf ein Wort«, sagte der Erste Kriminalhauptkommissar Horst Bergmann und deutete an, ihm ins Büro zu folgen.

Fries ahnte, was ihn drinnen erwartete. Er atmete tief durch und betrat hinter Bergmann das Büro.

»Schließen Sie bitte die Tür«, sagte sein Chef, der hinter seinem Schreibtisch Platz genommen hatte. »Einen Kaffee?«

Der Oberkommissar erinnerte sich daran, wie er das erste Mal auf diesem Stuhl gesessen hatte. Das Mobiliar des Raums war erst ein paar Jahre alt. Bergmann hatte zwischen den modernen Einrichtungsgegenständen sein persönliches Museum aufgebaut. Das Foto eines jungen Mannes, der neben einem hellblauen Trabant stand, hing an der Wand. Später hatte sich herausgestellt, dass Bergmann selbst der junge Mann war. Ein Modell der MS Arkona stand in einem Regal links von ihnen, und daneben thronte ein Original Rubik-Zauberwürfel der ersten Generation unter einer Glasabdeckung. Bergmann war besonders stolz auf dieses Spielzeug, mit dessen Hilfe er manchmal seinen Stress abbaute.

»Ich habe gerade nicht so viel Zeit für ein Pläuschchen«, antwortete Fries immer noch stehend. »Wenn es nicht wirklich wichtig ist, würde ich mich lieber um den Fall kümmern. Sie wissen doch selbst, dass die ersten achtundvierzig Stunden bei der Ermittlung am wichtigsten sind. Und Sie haben mir nicht gerade die starke Kavallerie zur Seite gestellt.«

Der Erste Hauptkommissar sah seinen Mitarbeiter auf eine Weise an, die keinen Widerspruch duldete.

»Setzen Sie sich«, sagte Bergmann, der sich mit seinem Schreibtischstuhl zum hinteren Regal umdrehte und dort einen Becher Kaffee für Fries einschenkte. »Schwarz, richtig?«

»Ja, schwarz und stark. Danke«, sagte Fries und nahm das heiße Getränk entgegen. Dann setzte er sich.

»Sie bearbeiten den Mordfall in Warnemünde?«, fragte Bergmann, obwohl es eigentlich keine Frage war. »Was wissen wir schon?«

»Bei dem Toten handelt es sich um Andreas Ricker, wohnhaft in Hamburg. Ein Schuss in den Kopf. Der Kleidung und dem Schmuck nach zu urteilen, könnte er ein Krimineller vom Hamburger Kiez gewesen sein, der nur versehentlich hier erschossen wurde.«

»Oh«, sagte Bergmann und schnäuzte sich die Nase. »Das ist nicht so gut.«

Sein Chef wischte sich die Nase noch ein paar Mal ab, obwohl nichts an ihr klebte. Danach steckte er sich das Stofftaschentuch in die Hosentasche.

»Milieu«, sagte Bergmann leise. »Brauchen wir Unterstützung aus Hamburg oder kriegen wir das alleine hin?«

Fries nahm einen Schluck Kaffee. Das Getränk war stark, aber leider nicht mehr heiß. Vermutlich dämmerte der Kaffee schon seit Stunden auf der Warmhalteplatte der VEB-Maschine. Irgendjemand sollte Bergmann darauf hinweisen, dass die Technik seit dem Mauerfall auch im Bereich der Kaffeezubereitung Fortschritte gemacht hat, dachte Fries, sagte aber nichts.

»Unser Opfer wurde in Kühlungsborn geboren«, antwortete der Oberkommissar stattdessen. »Vielleicht hat es nichts mit Hamburg zu tun. Vielleicht hat ihn hier ein Geist aus der Vergangenheit eingeholt. Außerdem bin ich doch nicht alleine.« Fries hoffte, dass sein Chef den zweiten Hinweis auf die Zusammenarbeit mit Kommissar Wegener verstand.

»Ja, ja«, murmelte Bergmann, der genussvoll aus seinem Becher schlürfte. »Der junge Wegener. Wie macht er sich denn?«

»Wir haben gerade erst die Leiche gefunden«, antwortete der Oberkommissar. Mehr sagte er nicht.

»Der Rostocker Polizeipräsident hat mich persönlich gebeten, seinen Sohn an diesem Fall mitarbeiten zu lassen. Sie wissen doch, dass wir hier nicht so viele Morde aufzuklären haben. Natürlich haben Sie da in Hamburg viel mehr Erfahrungen sammeln können«, sagte sein Chef und fuhr, ohne Luft zu holen, fort. »Ich wollte Sie unbedingt bei diesem Fall mit an Bord haben. Zum einen verfügen Sie, wie gesagt, über die entsprechende Erfahrung, und zum anderen haben Sie Kontakte nach Hamburg. Wie sich jetzt herausstellt, sind Sie in dieser Hinsicht auch die beste Wahl.«

Fries stellte den vollen Becher Kaffee auf den Tisch.

»Danke«, sagte er. »Ich bezweifle allerdings, dass Wegener der richtige Mann ist, um mich in diesem Fall zu unterstützen. Er hat doch gerade erst seinen Abschluss an der FH gemacht. Ich meine, was lernen die denn da. Verwaltung und so. Er sollte erst bei kleineren Delikten Erfahrungen sammeln. Diebstähle, Überfälle, Vandalismus. Damit haben wir doch alle angefangen.«

Bergmann nickte gedankenversunken.

»Die Hochschule bereitet einen nur bedingt auf die Arbeit eines Polizisten vor, das wissen wir doch alle«, fuhr der Oberkommissar fort. »Die eigentliche Ausbildung beginnt im Dienst.«

»Ja, das habe ich auch gesagt. Aber Wegener hat darauf bestanden. Den Senior meine ich. Er sagte, dass sich die Aufklärung eines Mordes gut in Fredericks Akte machen würde.«

Der Oberkommissar starrte auf seinen Vorgesetzten.

»Gut in seiner Akte?«, fragte Fries hörbar angespannt.

Bergmann seufzte.

»Ich tue Wegener einen Gefallen, und das nächste Mal tut er mir einen. So läuft das nun mal. Ich kann es nicht ändern.«

Fries sah ihn genervt an.

»Mit dem Budget, das mir zur Verfügung steht, können wir keine großen Sprünge machen. Wenn ich Ihre Stelle irgendwann mal in die eines Hauptkommissars umwandeln will, dann muss ich mich mit denen da oben gut stellen.«

In Hamburg hatte Fries den Dienstgrad eines Hauptkommissars innegehabt. Er hatte einiges beamtenrechtlich in Gang setzen müssen, um aus Hamburg wegzukommen. Keine Stelle in Rostock entsprach seiner Besoldungsgruppe in Hamburg. Am Ende hatten zwei Innenministerien ein Einsehen – der schwere Schlag, den Fries erlitten hatte, und sein Können trugen zu dieser außergewöhnlichen Entscheidung bei. Fries wollte einfach raus aus Hamburg.

Er lehnte sich in seinem Stuhl zurück. Eigentlich konnte er gut darauf verzichten, wieder in eine verantwortungsvollere Rolle gedrängt zu werden. Er liebte seinen Job als Ermittler und war mit der Vorstellung zurück nach Rostock gekommen, hier mit seiner Tochter ein ruhigeres Leben führen zu können. Ruhiger als das in Hamburg.

»Ich habe noch keine Ahnung, wohin uns die Ermittlung führen wird«, sagte Fries. »Wenn Ricker wirklich mit dem Hamburger Kiez zu tun hatte, dann kann es unangenehm werden.«

Bergmann stellte seinen Becher Kaffee auf den Schreibtisch.

»Dann hoffen wir mal, dass es doch nur ein Mord aus Leidenschaft war.«

»Vor einer Kirche? Mit einem Fischbrötchen im Mund? Und mit einem gezielten Schuss in die Stirn, der die Handschrift eines Profis trägt?«

Bergmann sah Fries missmutig an.

»Halten Sie mich auf dem Laufenden. Ich möchte nicht, dass dem kleinen Wegener ein Härchen gekrümmt wird, während er unter meiner Aufsicht arbeitet.«

»Macht sich wohl schlecht in Ihrer Akte.« Fries betonte das ›Ihrer‹ und bereute den Satz gleich wieder. Solche Bemerkungen waren es, weshalb er bei Vorgesetzten als schlecht zu führen und nicht teamfähig galt.

»Ich seh zu, dass dem Kleinen nichts passiert«, versprach Fries. »Wenn nichts weiter ist, würde ich mich gern dranmachen, den Mörder von Andreas Ricker zu finden.«

»Gut, machen Sie das.«

Als der Oberkommissar gerade den Raum verlassen wollte, rief sein Chef ihm hinterher: »Vergessen Sie Ihren Kaffee nicht.«

Fries seufzte.

Sören Fries schloss die Tür seines Büros hinter sich und atmete tief durch. Einen Schritt nach dem anderen, dachte er, und nahm auf dem gemütlichen Stuhl am Schreibtisch Platz, den er sich statt der rückenunfreundlichen Alternative, die ihm die Dienststelle zur Verfügung stellte, selbst gekauft hatte. Er schaltete seinen PC ein und rückte die Tischunterlage zurecht, unter der ein Bild seiner Tochter lag. Fries lächelte. Auch wenn er gerade zu wenig von Jettes Leben mitbekam, wusste er, dass es ihr in Warnemünde besser ging als in Hamburg. Sie lachte wieder mehr und verbrachte viel Zeit auf dem Hof seiner Schwester, auf dem sie half, die Pferde zu versorgen. Sie hatte sofort neue Freunde gefunden, was Fries nicht weiter überraschte. Seine Tochter war schon immer schnell mit Gleichaltrigen ins Gespräch gekommen.

Freue mich auf unser Abendessen. Vergiss nicht, deine Hausaufgaben zu machen! Hdl. Papa

Fries räusperte sich. Eine SMS an seine Tochter, das musste sein.

Der Computer war startklar.

Schon bei der Abfrage im Bundeszentralregister wurde er fündig. Andreas Ricker hatte zwei Mal eingesessen. Das erste Mal als junger Mann; er hatte mit vorgehaltener Waffe einen Laden überfallen. Diese Straftat lag inzwischen eine Ewigkeit zurück. Der zweite Vorfall hingegen erst zwei Jahre. Drogenhandel. Das Verfahren war aufgrund von Fehlern eingestellt worden. Normalerweise wurde vermerkt, welcher Fehler die Verurteilung hatte platzen lassen. Diese Information fehlte jedoch.

Fries lehnte sich in seinem Stuhl zurück. Er wusste, was das bedeutete. Einer seiner Mitstreiter bei der Polizei hatte während der Ermittlung Mist gebaut. Vielleicht hatte er Glück und würde in Hamburg einen früheren Kollegen ans Telefon bekommen. Bei dem würde er keine Zeit vergeuden müssen. Anfragen zur Amtshilfe schriftlich einzureichen, gehörte nicht zu seinen Lieblingsaufgaben.

»Kriminalhauptkommissar Borchard«, ertönte eine kräftige Stimme am anderen Ende der Leitung.

»KOK Fries. Sören Fries«, meldete er sich. »Kripo Rostock. Borchard, erinnern Sie sich noch an mich? Letztes Jahr haben wir zusammen an der Korruptionssache Schlüter gearbeitet.«

»Fries, klar. Sie sind jetzt in Rostock?«, fragte Borchard, der die Frage auch sogleich wieder bereute. Er räusperte sich. »Ja, natürlich, ich erinnere mich an den Fall und alles danach. Tragische Sache, das mit Ihrer Frau.« Der Mann am anderen Ende der Leitung atmete tief aus. »Was kann ich für Sie tun?«

»Wir haben heute Morgen die Leiche von Andreas Ricker gefunden. Laut den Unterlagen war der in Hamburg wohnhaft. Würden Sie mir den Gefallen tun und mir ein paar Infos über ihn geben?«

»Soll ich sie Ihnen schicken?«, fragte der Polizist am Telefon.

»Ja, das wäre gut«, antwortete Fries, der glücklich war, einen hilfsbereiten Gesprächspartner gefunden zu haben. »Aber bevor Sie das machen, können Sie mir vielleicht eine kurze Zusammenfassung am Telefon geben.«

»Moment.« Fries hörte das Klappern einer Tastatur. »Name des Opfers?«

»Ricker. Andreas. Geboren am 1. Juli 1974. Haben Sie ihn?«

»Wow, ja, der ist hier bekannt. Sie glauben gar nicht, wer sein Boss war. Jens Niebel. Erinnern Sie sich?«

Natürlich erinnerte sich Fries an Niebel. Als er in Hamburg gegen den Immobilienhai Jochen Schlüter ermittelte, kamen auch Verbindungen zum organisierten Verbrechen zutage. Der Name von Jens Niebel war während der Untersuchung häufiger aufgetaucht. Sein Name und der eines weiteren, viel gefährlicheren Mannes. Allerdings hatte Fries diesen Fall nicht weiter verfolgt, nachdem seine Frau gestorben war.

»Andreas Ricker wurde einmal aufgegriffen, weil er in einen größeren Drogendeal verstrickt war. Niebel gehören zwei Clubs in Hamburg, in denen mit Crystal Meth, Kokain und anderen Pillen gedealt wird, aber das wissen Sie sicher noch.«

Fries hörte, wie Borchard auf seiner Tastatur tippte, aber mit seinen Gedanken war er woanders. Es war ein Unfall mit Fahrerflucht gewesen, der seiner Tochter Jette die Mutter und ihm die Frau genommen hatte. Seine Kollegen hatten angesichts ihres Todes auch gegen Schlüter ermittelt und unter anderem Jens Niebel befragt. Beide Männer hatten wasserdichte Alibis für die Tatzeit gehabt. Alles, was damals geschehen war, als er den Anruf erhielt, aus dem Kommissariat ins Krankenhaus eilte und wie er von ihrem Tod erfuhr, lief wie ein Film vor seinem inneren Auge ab. Er spürte den Schmerz, als wäre Annette erst gestern gestorben. Dabei lag ihr Tod schon ein Jahr zurück. Borchards Hämmern auf der Tastatur an seinem Ohr holte ihn in die Gegenwart zurück.

»Bei diesem Drogendeal wurde nur Ricker hochgenommen. Jens Niebel war bei der Übergabe nicht dabei. Ihm konnte daher auch nichts nachgewiesen werden. Damals ist Ihr Toter im Knast gelandet. Es gab aber keine Verurteilung. Da steht etwas von einem Verfahrensfehler. Aber nichts Genaues.«

Fries hörte, wie Borchard seine Computertastatur erneut lautstark bearbeitete.

»Das ist ja komisch. Der lässt mich nicht in diesen Eintrag. Ich muss da bei uns in der EDV nachfragen.«

Fries bezweifelte, dass Borchards Problem mit einem EDV-Fehler zu tun hatte.

»Sind Sie in Inpol?«, fragte Fries.

»Ja«, antwortete Borchard.

Wenn auch der Hamburger Kollege die Datei nicht öffnen konnte, dann war dieser Eintrag vermutlich bewusst gesperrt worden. Aber wer steckte dahinter? Um diese Frage zu beantworten, lag ein langer Weg vor ihm: unzählige Formulare, endlos lange Anträge und garantiert immer wieder Absagen. Sobald das organisierte Verbrechen ins Spiel kam, behielten das Bundeskriminalamt oder eines der Landeskriminalämter ihre Informationen lieber für sich. Fries hasste diesen Behördenirrsinn. Letztendlich standen sie doch alle auf derselben Seite.

»Das war vor zwei Jahren?«, fragte Fries.

»Ja, ungefähr zwei Jahre ist das her.«

Das erklärte, warum er sich nicht an den Namen von Andreas Ricker erinnern konnte. Seine Ermittlungen gegen Schlüter und Niebel hatten erst ein paar Monate später begonnen.

»Was hat er in der Zwischenzeit gemacht?«, wollte Fries wissen.

»Seit damals ist er vom Radar verschwunden«, antwortete Borchard. »Keine Ahnung. Vielleicht hat er sich einen normalen Job gesucht oder von seinen Ersparnissen gelebt. Aber das ist wohl eher unwahrscheinlich.« Der Kollege sprach das aus, was Fries dachte.

Fries machte sich eine Notiz. Ricker ... *letzte 2 Jahre*. Dahinter setzte er ein Fragezeichen.

»Gibt es noch etwas, das ich über unseren Toten wissen sollte?«

»Nichts Spezielles«, antwortete Borchard. »Ich maile Ihnen einfach alles zu, was ich über Andreas Ricker habe.«

Fries diktierte dem Hauptkommissar seine E-Mail-Adresse und beendete das Gespräch.

Kommissar Wegener stieß die Bürotür auf.

»Andreas Ricker war einer von uns«, sagte er voller Begeisterung.

»Ich weiß. Er wurde in Kühlungsborn geboren. Haben Sie auch was Neues für mich?«

»Kühlungsborn?« Wegener sah seinen Kollegen irritiert an. »Ich meine, dass er einer von uns war. Nicht direkt von uns, aber fast. Ricker war ein V-Mann.«

»Was?« Fries stand auf, kam um den Schreibtisch herum und nahm seinem Kollegen die Zettel ab, mit denen der junge Mann herumfuchtelte. »Das erklärt den gesperrten Eintrag in der Akte.« Er sprach so leise, dass sich Wegener anstrengen musste, das Gemurmel seines Kollegen zu verstehen.

»Und woher wissen Sie das?«, fragte Fries laut.

»Ähm, also, ich …«

»Ich will es gar nicht wissen. Ich nehme mal an, es hat mit Ihrem Vater zu tun.«

Der junge Kollege verzog seinen Mund, antwortete aber nicht. Fries setzte sich wieder.

»Da Sie so gut recherchieren können, besorgen Sie uns doch die Adresse der Eltern in Kühlungsborn. Und ich versuche inzwischen herauszubekommen, wessen Informant unser Toter war.«

Der Kommissar nickte und verließ das Büro.

Während Wegener die Adresse der Eltern in Erfahrung brachte, rief Fries einen alten Bekannten beim BKA an. Sein Freund arbeitete zwar nicht direkt in der Abteilung SO, Schwere und Organisierte Kriminalität, versprach aber, sich mal umzuhören. Dieser Weg entsprach nicht dem offiziellen Prozedere, ersparte Fries aber viel Zeit.

Fünfzehn Minuten später saßen die beiden Rostocker Polizisten im Auto und fuhren Richtung Westen. Wegener berichtete, was er herausgefunden hatte.

»Also, die Mutter starb kurz nach der Wende. Der Vater erst vor ein paar Monaten. Es gab noch einen Bruder, aber der ist schon als Jugendlicher gestorben. Ertrunken in der Ostsee. Hier steht, dass es bei einem Fluchtversuch war. Ricker war danach Einzelkind.«

»Wann starb der Bruder?«

Wegener blätterte in seinem Notizbuch zurück. »1987«, antwortete er. »1994 verstarb die Mutter. Der Vater 2015.«

Fries fuhr schweigend weiter. 1987. Nur zwei Jahre vor der Maueröffnung. Zu viele Leute waren an der Grenze gestorben. Andreas Rickers Leben wäre vielleicht anders verlaufen, wenn sein älterer Bruder nicht verunglückt wäre. Solche Schicksalsschläge stellten das ganze Leben auf den Kopf. Sören Fries wusste das nur zu gut. Seit Annettes Tod war nichts mehr wie vorher. Der Tod eines geliebten Menschen beeinflusste das Leben der ganzen Familie, aber das eines Jugendlichen auf besondere Weise. Er dachte an seine dreizehnjährige Tochter. Andreas war auf die schiefe Bahn geraten. Ihr würde es nicht so ergehen. Jette wuchs in einem behüteten Umfeld auf. Aber das allein reichte nicht, um ein Kind zu beschützen. Wegener riss ihn aus seinen Gedanken.

»Wissen wir schon, für wen Ricker als V-Mann tätig war?«

Fries schüttelte den Kopf.

»Solche Anfragen dauern länger«, antwortete er und ließ dabei unerwähnt, dass er nicht den korrekten Dienstweg eingehalten hatte. Fries kannte seinen jungen Kollegen nicht gut genug, um ihm zu vertrauen. Wenn der Sohn des Polizeipräsidenten Fries' unkonventionelle Ermittlungsmethoden beim Familienessen ausplauderte, konnte der Oberkommissar seinen Dienst in Rostock bald quittieren. Ihre Zusammenarbeit würde sich deshalb auf eine rein funktionale Ebene beschränken.

»Die Leute vom BKA lassen sich nicht gern in die Karten schauen. Oder besser gesagt: Sie sind ein wenig paranoid, wenn es um die Herausgabe von Informationen geht. Ich bin dran und erzähle Ihnen, wenn es was Neues gibt.«

Diese Antwort schien Wegener zu genügen.

»Da dies ja nun mein erster Mordfall ist«, sagte der Kommissar, nachdem er längere Zeit schweigend aus dem Fenster gesehen hatte, »macht mein Vater Druck, dass ich nichts vermasseln soll. Nicht so, wie bei der Observierung neulich. Er sagte, es würde sich gut in meiner Akte machen, wenn ich ... also, ich meine natürlich ... wir den Fall lösen könnten.«

Fries wartete, ob dem noch etwas folgen würde, aber sein Kollege blieb still.

»Es ist mir egal, was Ihr Vater erwartet oder was sich gut in Ihrer Akte macht. Wir haben einen Toten, und unser Job ist es, den Mörder zu finden.«

»Oder die Mörderin ...«, verbesserte ihn Wegener.

»Ehrlich?«, fragte Fries. »Glauben Sie wirklich, dass es eine Frau war?«

»Warum nicht?«

»Frauen morden für gewöhnlich dezenter«, antwortete der Oberkommissar. »Es gibt nur wenige Frauen, die mit einer Schusswaffe töten. Statistisch gesehen ist es daher eher unwahrscheinlich.«

Wegener schwieg und sah wieder aus dem Fenster über die grüne Landschaft, die das Land wie eine Decke überzog. Baumzeilen lösten Felder ab und über dem Ganzen erstrahlte die Sonne wie Scheinwerfer über einem Filmset. Im Frühjahr ist Mecklenburg-Vorpommern besonders schön, dachte Oberkommissar Fries. Als Jugendlicher hatte er das nicht so empfunden. Damals wollte er einfach nur vor der Tristesse fliehen, die das Land zu überschwemmen schien.

Der Wagen bog in einen Feldweg ein. Die Äste der Büsche, die den Weg säumten, breiteten sich bis auf die Fahrbahn aus.

»Sieht ziemlich verlassen aus«, stellte Wegener fest.

»Nein, nicht, wenn Sie genau hinschauen. Einige Äste sind abgebrochen. Hier ist in letzter Zeit ein Auto durchgefahren.«

Vor dem weißen Reetdachhaus der Familie Ricker bemerkte Fries als Erstes einen kleinen roten Renault. Für einen Mann wie Ricker ein sehr unscheinbares Gefährt. Fries hätte ihm eher einen SUV oder eine protzige Limousine zugetraut. Aber vielleicht gehörte dieses Auto zur Tarnung eines V-Manns.

Als sich die beiden Polizisten dem Haus näherten, huschte eine Silhouette hinter dem Vorhang vorbei. Wegener griff nach seiner Waffe. Fries schüttelte den Kopf, deutete mit dem Zeigefinger vor dem Mund an, still zu sein, zeigte auf Wegener und dann auf die vordere Tür. Er selbst verschwand in Richtung Rückseite des Hauses.

»Wohin so eilig?«, fragte Fries das Hinterteil einer Frau, die mit dem rechten Fuß zuerst aus einem Fenster gestiegen war und deren linkes Bein immer noch auf der Fensterbank kniete.

Zaghaft drehte sie ihren Oberkörper, so weit es ging, um. Die Frau hatte rote schulterlange Haare, ein üppiges Dekolleté und trug eine Sonnenbrille.

»Wer schickt Sie? Was wollen Sie?«, fragte sie mit hartem Akzent.

Fries erkannte Angst in ihrer Stimme, auch wenn sie versuchte, sich diese nicht anmerken zu lassen.

»Kripo Rostock«, antwortete er und zeigte dabei seinen Dienstausweis. »Ich bin Kriminaloberkommissar Fries und ich wurde von niemandem geschickt. Wen erwarten Sie denn?«

Mit einem Satz sprang sie vom Fenstersims nach draußen und landete direkt vor den Füßen des Oberkommissars. Angesichts der zentimeterhohen Absätze ihrer Stöckelschuhe glich diese Landung einer wahren Glanzleistung.

»Niemand«, antwortete sie und nahm ihre Handtasche vom Fensterbrett.

»Und wer sind Sie?«, wollte Fries wissen.

»Das geht Sie nichts an«, antwortete die Rothaarige und klopfte den imaginären Schmutz von der eng anliegenden Jeans.

Sören Fries betrachtete die Frau. Er schätzte sie auf Mitte vierzig. Zu jung, um die Mutter von Andreas Ricker zu sein. Aber die war ja schon tot. Ihrem Kleidungsstil und ihrer Aussprache nach zu urteilen, kam sie aus Osteuropa oder Russland. Auf dem Hamburger Kiez hatte er oft mit Damen aus dieser Region zu tun gehabt. Er versuchte, die Rothaarige nicht von vornherein in diese Schublade zu packen, aber seine langjährige Berufserfahrung sagte ihm, dass er hier eine Dame vom Fach vor sich hatte.

»Es geht mich sehr wohl etwas an, wer Sie sind. Da Sie nicht die Inhaberin dieses Hauses sind, soweit ich informiert bin, gehört es Andreas Ricker, und Sie offensichtlich hier eingebrochen sind, muss ich Sie verhaften. Das beginnt meistens damit, die Personalien festzustellen.«

Fries war auf ihre Reaktion gespannt.

»Ich bin hier doch nicht eingebrochen!«

Sie sah auf das offenstehende Fenster, und in dem Moment wurde ihr klar, wie es für den Polizisten aussehen musste. »Es ist nur … ich habe Ihren Wagen gesehen und mir gedacht, dass ich besser verschwinden sollte.«

Fries zog beide Augenbrauen nach oben.

»Ich weiß, ich weiß, es sieht so aus, als ob ich eine Verbrecherin wäre.« Sie nahm ihre Sonnenbrille ab. Darunter hatte sich ein dickes Veilchen versteckt. »Ich hatte Angst.«

»Das mit der Angst glaube ich Ihnen eventuell«, sagte er und deutete auf ihr blaues Auge. »Wollen wir nicht reingehen, und Sie erzählen uns, vor wem Sie Angst haben?«

Die Unbekannte atmete tief durch. Dann nickte sie zögerlich. Gemeinsam gingen sie zur Vorderseite des Anwesens, wo Wegener immer noch mit gezückter Waffe die Eingangstür bewachte. Zu dritt betraten sie das alte Bauernhaus der Rickers.

Wegener musste seinen Kopf einziehen, so niedrig war der Eingang des geschätzt zweihundert Jahre alten Bauernhauses. Nachdem die drei durch die Diele in das Wohnzimmer gegangen waren, setzte sich die Frau auf das lindgrüne Sofa. Neben sich auf die Couch ließ die Unbekannte ihre Handtasche fallen, sie schüttelte matt ihren Kopf und atmete tief ein.

»Ich weiß auch nicht, wie ich da hineingeraten bin«, sagte sie. Ihr Blick wanderte hoch zu Fries, der ebenso wie sein Kollege vor ihr stand. »Andreas hatte alles gut geplant. Die Sache war längst erledigt. Warum dieser Kerl so ausflippen musste …« Wieder schüttelte sie den Kopf.

»Herr Ricker war das?«, fragte Wegener und deutete mit dem Stift, den er in der rechten Hand hielt, auf ihr blaues Auge.

»Nein, nein. Andreas schlägt mich nicht. Andreas ... ja, wie soll ich das sagen. Er ist mein Verlobter«, während sie das sagte, setzte sie sich aufrecht hin. »Er behandelt mich gut!«

»Sie sind ...« Sören Fries ließ bewusst eine kleine Pause. »... seine Verlobte?«

Sie nickte strahlend. Der Oberkommissar betrachtete ihre Hände. Einen Verlobungsring trug sie nicht. Ein Typ wie Andreas Ricker verlobte sich nicht, und schon gar nicht mit einer Frau, die offensichtlich aus dem horizontalen Gewerbe stammte. Erfahrungsgemäß hatten Leute wie Ricker eher Freundinnen oder Geliebte, meistens jünger, und vor allem nur auf Zeit. Die Dame vor ihm auf dem Sofa war älter als der Tote und wirkte, um es nett zu formulieren, ein wenig verwelkt. Er bezweifelte, dass sie die Wahrheit sagte.

»Und Ihr Name?«, wollte Fries wissen.

»Angelique«, antwortete die Frau.

Wegener schrieb es auf. Es war die erste Notiz, die der junge Kollege seit dem Beginn ihrer Ermittlungen machte. Zumindest vermutete Fries das, als er die ansonsten leere erste Seite des Notizbuchs betrachtete. Grinsend schüttelte der Oberkommissar den Kopf.

»Ich meine den Namen, der in Ihrem Pass steht, nicht Ihren Künstlernamen.«

Mit eisigem Blick starrte die Frau den Beamten an. »Olga Popow«, sagte sie kühl.

Wegeners Blick wanderte zwischen Olga und seinem Vorgesetzten hin und her, ehe er den Namen *Angelique* durchstrich und daneben den echten Namen der Zeugin notierte. Fries setzte sich ihr gegenüber auf einen ausladenden Sessel.

»Dann erzählen Sie doch mal, Frau Popow, wer für das Veilchen verantwortlich ist.«

»Dieser Verrückte. Der Fischkuttermann. Helmut«, sie schloss die Augen. »Helmut ... ja, genau. Helmut Friedrichsen«, sagte sie zum Schluss mit einem Kopfnicken. »Der war hier. Er war laut und schrie. Er wollte, dass ich ihm sage, wo Andreas ist. Ich wusste es nicht. Da hat er mich geschlagen und geschubst. Ich dachte, er bringt mich um.«

Neben sich hörte Fries den Bleistift seines Kollegen auf Papier kratzen.

»Wann war das?«, fragte Fries.

»Gestern Abend«, sagte Olga und wischte sich eine Träne weg.

»Können Sie uns auch eine genaue Zeit nennen?«

»Gegen einundzwanzig Uhr. Ich habe dann auf Andreas gewartet, aber der kam nicht.«

Der Oberkommissar sah zu Boden. Es war eigentlich an der Zeit, sie über den Tod ihres Verlobten aufzuklären, wenn er es denn war. Er bezweifelte das weiterhin und war eher davon überzeugt, dass die beiden eine geschäftliche Beziehung verband. Doch die Art ihrer Beziehung spielte derzeit keine Rolle. Fries musste mehr über das Opfer erfahren, und wenn er ihr jetzt vom Tod Rickers berichtete, würde es für ihn schwerer, an mehr Informationen zu gelangen. Er beschloss daher, Olga Popow zunächst einmal weiter zu befragen und ihr erst später die schmerzliche Mitteilung zu überbringen. Denn egal, in welchem Verhältnis die Rothaarige zu Andreas Ricker stand, der Tod ließ keinen kalt.

»Was hat Ricker denn getan, dass Helmut …« Fries dachte kurz nach. »Friedrichsen«, sagte Wegener von der Seite und tippte auf seinen Block. »Genau … Friedrichsen. Was hat Andreas denn getan, dass Herr Friedrichsen so ausgerastet ist?«

Olga sah ihn mit schuldbewussten Augen an.

»Ich will keinen Ärger kriegen«, sagte sie und sah zwischen den beiden Männern hin und her.

»Was Sie getan haben, ist uns eigentlich egal. Wir kommen auch nicht von der Einwanderungsbehörde«, sagte der junge Kommissar. Fries verdrehte die Augen. Schon wieder ein neuer Kollege, der sich zu viele amerikanische Krimis im Fernsehen ansah. In diesem Moment ahnte er bereits, was Wegener gleich sagen würde, doch ehe er seinen Kollegen daran hindern konnte, fuhr der schon fort: »Wir wollen nur herausfinden, wer Ricker ermordet hat.«

Olgas Blick blieb an Wegener heften. Auch Fries sah seinen Kollegen an, allerdings sprach sein Blick eine andere Sprache. Der Oberkommissar schluckte seinen Ärger runter und widmete sich wieder Olga.

»Andreas ist tot?« Sie flüsterte fast. »Der Verrückte. Ich wusste doch nicht, dass der Verrückte ihn tatsächlich umbringen würde. Ich dachte, dass der …« Sie verstummte.

»Frau Popow. Es tut mir leid«, sagte Fries so behutsam wie möglich. »Aber es ist wichtig, alles zu wissen, was es zu wissen gibt. Was wollte Herr Friedrichsen von Andreas? Welchen Grund hätte er, Herrn Ricker zu töten?«

»Es ging um diesen verdammten Fischbrötchenkutter in Warnemünde. Andreas hat Helmut die Lizenz abgeluchst.«

»Abgeluchst?«, fragte Wegener. »Diese Lizenzen gibt man nicht freiwillig her. Mit dem Verkauf von Fischbrötchen macht man dort ein Vermögen.«

Fries sah Wegener für einen Augenblick an. Hatte Wegener auf der Polizeischule nicht gelernt, dass man als Polizist Informationen sammelte und nicht herausgab?

Olga sah mit großen Augen zu Wegener auf.

»Ein Vermögen? Davon weiß ich nichts. Andreas sagte nur, dass er sich zur Ruhe setzen wolle.« Sie fischte ein Taschentuch aus ihrer Handtasche und wischte sich ein paar Tränen aus dem Gesicht. »Dass ihm der ganze Kram in Hamburg zu viel wurde, und dass er hier einen Imbiss mit Fischbrötchen aufmachen wolle. So einen Kutter eben. Dafür brauchte er die Lizenz. Und die kriegt man nur, wenn ein anderer seine Lizenz nicht verlängert. Das war meine Aufgabe. Ich sollte dafür sorgen, dass Helmut an einem bestimmten Tag keine Zeit hatte, ins Rathaus zu gehen.«

»Und wie haben Sie das geschafft?«, fragte Wegener. »Ich meine, wenn es um so viel Geld geht, verpasst dieser Friedrichsen doch nicht den Termin, um seine Lizenz zu verlängern.«

Der Oberkommissar schüttelte den Kopf.

»Darf ich wieder oder wollen Sie die Befragung alleine weiterführen?«, fragte Fries seinen Kollegen und hoffte, dass die Botschaft ankam.

»Nee, nee, machen Sie ruhig weiter«, sagte der junge Mann und richtete seinen Blick wieder auf sein Notizbuch.

Was lernen diese jungen Polizisten überhaupt noch? Ein paar Jahre auf dem Hamburger Kiez würden ihm guttun. Dort würde er das wahre Leben und echte Polizeiarbeit kennenlernen. Aber für diese Art der Erfahrung würde Wegener senior die Zeit seines Sohnes sicher nicht vergeuden. Vermutlich hatte er andere Pläne für seinen Spross.

Fries sah wieder Olga Popow an.

»Und dafür haben Sie dann gesorgt«, stellte er nüchtern fest, da es offensichtlich war, auf welche Art sie dafür gesorgt hatte, dass Friedrichsen seinen Termin verpasst hatte.

Olga zuckte mit den Schultern und berichtete weiter: »Wir waren in dieser Woche in einer kleinen Pension auf Fischland. Helmut und ich. Etwas Besseres wollte er sich für mich wohl nicht leisten. Ein Vermögen macht man mit den fettigen, frittierten Fischdingern?« Ihr Blick wanderte wieder zu Wegener hoch, der nach wie vor stand. »Recht geschieht ihm, dass er seine Lizenz verloren hat, der Geizhals«, sagte sie und rieb sich den linken Oberarm. Fries vermutete, dass sie auch dort ein blauer Fleck an die letzte Begegnung mit Helmut Friedrichsen erinnerte.

Der Oberkommissar sah zu seinem jungen Kollegen rüber. Der nickte lächelnd. So zuversichtlich war Fries allerdings nicht. Schließlich führte eine andere Spur ins Hamburger Rotlichtmilieu. Aber dieser Fährte würden sie erst folgen, wenn die Fischbrötchen-Spur in einer Sackgasse endete.

Nachdem Wegener die Personalien von Olga Popow notiert und Fries einen Streifenwagen bestellt hatte, begleiteten die beiden Männer die Dame vor das Haus.

»Wir werden Ihre Aussage im Kommissariat schriftlich festhalten müssen«, sagte Fries. »Und Sie wollen sicher auch eine Anzeige gegen Herrn Friedrichsen erstatten.«

Unsicher sah Olga zwischen den beiden Polizisten hin und her.

»Es ist eine reine Formsache«, erklärte Fries, um sie ein wenig zu beruhigen.

»Und ich werde nicht abgeschoben?«, fragte Frau Popow verängstigt Wegener. Unsicher sah der seinen Vorgesetzten an.

»Ihre Papiere sind in Ordnung?«, fragte Fries.

Frau Popow nickte.

»Warum sollten Sie dann abgeschoben werden? Sie haben ja nichts verbrochen«, sagte Fries und fragte sich, ob das stimmte. Schließlich hatte sie mit dafür gesorgt, dass dieser Friedrichsen seine Fischkutterlizenz verloren hatte. Aber darüber sollte sich der Staatsanwalt den Kopf zerbrechen.

Während die drei auf den Streifenwagen warteten, tauschten sich Wegener und Frau Popow über die kulinarischen Höhepunkte der russischen Küche aus.

»Meine Piroggen sind die besten«, versicherte Olga Popow, die im Anschluss Wegener das Rezept diktierte.

»Und die Piroggen brate ich dann in Butter?«, fragte Wegener.

»Nein. Vorher kommen die noch ins kochende Wasser. Auf gar keinen Fall dürfen Sie die Taschen ins Wasser werfen, wenn es noch nicht richtig kocht …«

Die Zeugin schien das Thema zu beruhigen. Fries rief unterdessen bei der Zentrale an, um sich nach der Adresse von Helmut Friedrichsen zu erkundigen.

»Ich weiß nicht, wann er geboren wurde«, sagte er in sein Handy. »Er muss schon älter sein, in der Nähe oder in Rostock leben und er hatte bis vor Kurzem einen Fischbrötchenkutter in Warnemünde liegen.«

Fries hörte seinem Gesprächspartner am Telefon zu, während er die Autotür öffnete und auf dem Fahrersitz Platz nahm. Der bestellte Streifenwagen fuhr auf den Hof. Wegener verabschiedete sich von der Zeugin und stieg danach auf der Beifahrerseite ein.

»Nein, das ist zu jung. Gibt es denn keinen älteren?«, fragte Fries seinen Gesprächspartner am Telefon.

Es dauerte noch eine Minute, dann hatte der Oberkommissar die gewünschte Information.

»Mein erster Mordfall und schon mittags wissen wir, wer der Täter ist«, sagte Wegener grinsend.

Fries reagierte nicht darauf. Vielleicht hatte der Kleine recht. Vielleicht aber auch nicht.

»Wenn wir jemanden befragen, halten Sie das nächste Mal den Mund, okay?«, sagte er stattdessen.

»Wieso?«, wollte Wegener wissen.

»Auch wenn Sie das Studium abgeschlossen haben, ist Ihre Ausbildung noch lange nicht beendet«, sagte Fries. »Wann man Informationen teilt und mit wem, ist eine Kunst.«

Wegener setzte gerade an, etwas zu erwidern, doch Fries schob eine Lehrstunde ein. »Den Tod von Rickers hätte ich später erwähnt und dass man mit frittiertem Fisch Geld verdient, gar nicht. Wenn man Kleinigkeiten ausplaudert, kann man einem Mörder ungewollt eine Information zukommen und damit den ganzen Fall platzen lassen. Denken Sie das nächste Mal daran, wenn Sie in Erzähllaune sind.«

Wegener sah seinen Vorgesetzten kurz an, bevor er seine Notizen herausholte und zu schreiben begann. Der Frischling arbeitete ganz anders als er. Sie würden niemals ein gutes Team ergeben. Er verließ sich in seiner Ermittlungsarbeit in erster Linie auf seinen Instinkt. Wegener hatte dagegen nicht das Gespür, das man brauchte, um Menschen und Situationen einschätzen zu können. Ihm fehlte dazu einfach die Erfahrung. Viele Frischlinge, die von der Fachhochschule kamen, glaubten, dass logisches Denken und ein paar technische Gimmicks reichten, um einen Täter zu überführen. Fries wusste, dass Ermittlungsarbeit viel komplexer aussah.

Der Oberkommissar fuhr die A20 in Richtung Rostock und ging in Gedanken alle Details des Falls durch. Ricker hatte Friedrichsen um seine Lizenz gebracht. Damit hatte der geprellte Geschäftsmann ein starkes Motiv: Rache. Das Fischbrötchen im Mund des Toten deutete auf Friedrichsen hin. Aber war dieser Mann wirklich so dumm, eine so eindeutige Spur zu hinterlassen? Oder war er sich seiner Sache so sicher gewesen? Diese Fragen würden sie hoffentlich bald beantworten können.

Was Sören Fries allerdings grübeln ließ, war das perfekt platzierte Einschussloch mitten in der Stirn des Opfers. Konnte ein Fischbrötchenverkäufer so gut zielen? Hätte sich ein kräftiger Mann wie Ricker nicht zu wehren gewusst? Hätten die beiden nicht um die Waffe gekämpft? Wie also konnte Helmut Friedrichsen so einen präzisen Schuss abfeuern?

Sein Gehirn schien allmählich warm zu laufen.

»Woher wusste Ricker, wann die Lizenz von diesem Friedrichsen abläuft? Ich meine, an solche Informationen kommt man doch nicht so ohne Weiteres heran, oder?«, fragte er in die Stille.

Wegener sah aufgeschreckt von seinen Notizen auf.

»Solche Informationen sind doch im Rathaus unter Verschluss. Da kommen doch nur die verantwortlichen Sachbearbeiter ran. Was denken Sie?«

Fries sah kurz zu seinem Kollegen rüber, der etwas in sein Notizheft kritzelte.

»Ich kümmere mich darum«, murmelte der junge Polizist in sein Heft hinein und schrieb die Fragen auf, während er sie mitsprach: »Wer ist für die Vergabe von Lizenzen verantwortlich? Wer kommt an diese Informationen ran?«

Der Oberkommissar sah wieder auf die Straße. Wenigstens war Wegener nicht dämlich, und fleißig schien er auch zu sein. Dennoch hätte er jeden anderen Kollegen lieber als Partner in diesem Fall gehabt. Selbst den schusseligen Svenson, einen Kollegen aus Schweden, der dank eines EU-Projekts im Austausch für ein Jahr nach Rostock gekommen war, die deutsche Sprache nur holprig beherrschte und in jedem Raum des Reviers mindestens einen Becher Kaffee verschüttet hatte, ständig seine Autoschlüssel suchte und die meisten Termine verwechselte. Selbst diesen Svenson hätte er lieber als Unterstützung in diesem Fall gehabt. Aber ausgerechnet der Sohn des Rostocker Polizeipräsidenten musste es sein, der so viel Erfahrung mit Ermittlungsarbeit hatte wie ein Zwölfjähriger, der die Hörspiele der ›Drei Fragezeichen‹ auswendig hersagen konnte.

Trotz all dieser Bedenken musste er doch zugeben, dass ihn die Leidenschaft beeindruckte, mit der sich der junge Mann auf diesen Fall stürzte. Wegener schien mehr Ehrgeiz zu haben, als er ihm auf den ersten Blick zugetraut hätte. Er war immer noch dabei, alle Details aus dem Gespräch mit Olga Popow aufzuschreiben, obwohl sie schon seit über zehn Minuten im Auto saßen.

Sie verließen die A20 und fuhren auf die Stadtautobahn. Über die Poststraße kamen sie zum Kirchenplatz in Warnemünde. Zwischen einem grünen Honda Civic und einem Transporter, der die Detharding-Apotheke belieferte, parkte er seinen Dienstwagen.

»Den Rest gehen wir zu Fuß. Friedrichsen wohnt am Strom«, erklärte Fries. Mehr musste der Polizist nicht sagen. Jeder Einwohner der Region kannte den Strom in Warnemünde, eine kleine Straße entlang des Alten Stroms, einer im Mittelalter künstlich angelegten Wasserstraße, an der auch heute noch der Hafen lag.

Die beiden Polizisten gingen an einer lebenden Statue vorbei, die silbern angemalt mit glänzenden Äpfeln für ein Foto eines amerikanischen Touristenpärchens posierte. Im Hintergrund war leise Harfenmusik zu hören. Die silberne Apfelfrau zwinkerte Fries zu. Der Oberkommissar musste lächeln. Jette hätte Spaß an dieser Straßenkünstlerin. Er nahm sich vor, mit seiner Tochter in den kommenden Tagen einen Ausflug hierher zu machen.

Zwischen den Schiffen, die stündlich Hafenrundfahrten anboten, ankerten auch die ausrangierten Fischkutter, die zu schwimmenden Imbissbuden umgebaut worden waren. Vor ihnen warteten Touristen auf Fischbrötchen oder Pommes. Im Hintergrund rundete ein riesiges Kreuzfahrtschiff die Kulisse für einen entspannten Urlaub am Meer ab. Die vielen Amerikaner, die das ehemalige Fischerdörfchen an diesem Tag wie eine Flutwelle überschwemmten, kamen vermutlich von eben diesem Ozeanriesen. Die schwimmenden Giganten waren sowohl Fluch und als auch Segen für die Bewohner und ihre Stadt. Einerseits spülten diese Schiffe Urlauber und Geld in das Ostseebad. Andererseits sorgten die Touristenmassen dafür, dass sich zunehmend weniger alt eingesessener Warnemünder die Miete geschweige denn den Kauf einer Immobilie in ihrer Heimatstadt leisten konnten.

Die beiden Männer stoppten vor einem alten Fischerhaus.

»Lassen Sie die Handschellen noch stecken«, sagte Fries zu seinem Kollegen, der schon am Gartentor stand. Wegener drehte sich zu ihm um. »Halten Sie sich dieses Mal im Hintergrund, auch wenn Sie glauben, dass Friedrichsen der Mörder ist. Gerade dann sollten Sie den Mund halten.«

Fries ging durch das Gartentor an Wegener vorbei. Vor dem Haus angekommen, klingelte er und sah zu seinem jungen Kollegen rüber, der ihn anstarrte. »Hören Sie einfach zu und lernen Sie«, sagte er abschließend. In diesem Moment öffnete sich die Tür.

Vor ihnen stand ein Mann um die fünfzig, mit leichtem Ansatz zu einem Bierbauch, grauen Haaren, die sich wie ein Kranz um seinen Kopf gelegt hatten, in dessen Mitte sich eine beachtliche Glatze ausbreitete. Der Mann trug eine Unterhose und ein ausgeblichenes Feinrippunterhemd, dessen Farbe schon ein wenig ins Graue spielte, an seinen Füßen braunkarierte Pantoffeln. Der Bewohner hatte augenscheinlich nicht geplant, heute aus dem Haus zu gehen.

»Kriminaloberkommissar Fries. Kripo Rostock. Das ist mein Kollege Kriminalkommissar Wegener. Wir haben ein paar Fragen an Sie. Dürfen wir reinkommen?«

Der Mann sah auf die beiden Polizisten herab, die zwei Stufen unter ihm auf der Treppe zum Haus standen.

»Eigentlich bin ich heute nicht auf Besuch eingestellt«, sagte er. »Worum geht es denn?«

Auf der Straße ging ein älteres Paar vorbei, das Herrn Friedrichsen grüßte und danach die Köpfe zusammensteckte.

»Es ist besser, wenn wir das drinnen besprechen. Oder wollen Sie, dass Ihre Nachbarn alles mitbekommen?«

Helmut Friedrichsen zog seine Schultern hoch.

»Nun ist ja auch alles egal«, sagte er und schlurfte in den dunklen Flur davon. Fries und Wegener folgten ihm.

Eine Wolke aus kaltem Zigarettenrauch empfing sie, als sie hinter Friedrichsen ins Wohnzimmer traten. Der ehemalige Betreiber eines Fischkutter-Imbisses blieb stehen und blickte auf das Chaos um sich herum. Auf dem rustikalen Marmortisch standen gut ein Dutzend leerer Bierflaschen, ein paar lagen auch. Um den Aschenbecher aus Bleikristall verteilten sich platt gedrückte Kippen, die es nicht mehr geschafft hatten, sich auf dem Berg der gerauchten Glimmstängel zu halten. Über der Rückenlehne eines braunen Ledersessels lag eine Jeans, die das Aroma von altem Fisch verbreitete. Aus dem Fernseher dröhnte die sonore Stimme einer blondierten Moderatorin.

»Kann ich Ihnen was anbieten?«, fragte Helmut Friedrichsen und sah zu Fries herüber.

»Nicht nötig«, antwortete der.

Darauf setzte sich der Mann auf sein dunkelbraunes Sofa. Er nahm die Fernbedienung und schaltete den Fernseher stumm.

»Is was passiert?«, wollte Friedrichsen wissen. »Sonst macht die Polizei jawohl keine Hausbesuche.«

Fries betrachtete den Mann in Unterwäsche. So sah kein Mörder aus. Helmut Friedrichsen hatte Probleme, das war offensichtlich. Aber Mörder verhielten sich anders. Sie nahmen sich mehr zusammen und hatten sich meist eine Geschichte zurechtgelegt. Dieser Mann hatte sich nichts zurechtgelegt. Vermutlich trank er seit mehreren Tagen, hatte das Haus nur verlassen, um mehr Bier zu kaufen, und dröhnte sich ansonsten die Birne zu.

»Wir müssen einen Mordfall aufklären«, begann er. »Andreas Ricker wurde gestern Nacht umgebracht. Wir würden gern wissen, wo Sie gestern waren. Nach zwanzig Uhr bis in die Morgenstunden.«

Friedrichsen nahm eine halb volle Flasche Bier in die Hand, die er zwischen dem Leergut auf dem Tisch gefunden hatte. Er setzte sie sich an den Mund. Mit einem Zug war sie leer.

»Ricker ist tot«, dabei grinste er. »Da hat es nicht den Falschen erwischt.«

Er griff zu einer Packung Zigaretten Marke Cabinet und öffnete sie. Die Packung war leer. Er zerknüllte die Schachtel und warf sie zu Boden. Suchend kreiste sein Blick über den Tisch.

»Sie haben nicht zufällig eine Zigarette für mich?«, fragte Friedrichsen.

Fries schüttelte den Kopf. Wegener zog eine Schachtel aus seinem Jackett und reichte ihm die geöffnete Packung. Friedrichsen nahm eine Kippe und zündete sie sich an.

»Ricker«, wiederholte er den Namen. »Und nun glauben Sie, dass ich es war, was?«

Er zog an seiner Zigarette und blies den Rauch durch die Nase wieder aus.

»Brauche ich einen Anwalt?«, fragte Friedrichsen überraschend gefasst.

»Wir wollen erst einmal nur wissen, wo Sie zur Tatzeit waren. Danach sehen wir weiter«, erklärte Fries. »Aber natürlich können Sie vorher mit einem Anwalt reden, wenn Sie meinen, dass das besser für Sie wäre.«

Der Mann sah den Oberkommissar an. Es dauerte ein wenig, doch dann antwortete er.

»Gestern, sagen Sie.« Friedrichsen schien zu überlegen. »Ich war zu Hause.«

»Den ganzen Abend?«, fragte Fries.

Der Mann auf der Couch rieb sich das Kinn.

»Ich denke mal, dass ich so gegen dreiundzwanzig Uhr nach Hause gekommen bin«, antwortete er schließlich.

Fries nickte und deutete seinem Kollegen an, dies in seinem Büchlein zu notieren.

»Kann das jemand bezeugen? Ihre Frau? Ihre Kinder?«

Helmut Friedrichsen sah zu Boden.

»Die sind weg. Meine Kinder. Meine Frau. Die ist abgehaun.« Er zog an der Zigarette.

»Demnach haben Sie kein allzu gutes Alibi«, sagte Fries. »Und Sie haben ein Motiv. Ricker hat Ihnen die Kutterlizenz abgeknöpft.«

»Ein Dieb ist das. Ein Scheiß-Dieb. Der hat mir alles genommen. Ob ich ein Motiv habe? Klar hab ich eins.« Während er das sagte, stand er auf, schwankte kurz nach vorne und ging dann in die angrenzende Küche. Fries folgte ihm.

»Aber nicht der beschissene Kutter ist das Motiv. Obwohl ich ihm dafür auch den Hals hätte umdrehen können. Der Penner ist schuld, dass meine Frau mich verlassen hat. Der Penner und seine Hure, die Olga. Beide sollen die verrecken.«

Friedrichsen war aufgebracht. Das war gut. Wenn Leute wütend waren, gaben sie die Wahrheit preis.

Der Mann suchte nach einem Flaschenöffner in der Schublade. Fries entdeckte ihn auf dem Fußboden neben einem Stapel leerer Pizzakartons. Er hob das kleine Metallteil auf und reichte es dem Mann. Dann redete Friedrichsen weiter.

»Ich hab alles verloren, dank ihm. Ja, ich hab ein Motiv. Sogar zwei.«

Er schüttelte den Kopf. Die Flasche zischte. Bier tropfte auf den Boden. Friedrichsen schien das nichts auszumachen. Er drückte die halb ausgerauchte Zigarette am Rand der Spüle aus, in der sich schmutzige Teller, halb leere Kaffeebecher und Besteck stapelten.

»Ich hätte ihm den Schädel einschlagen können. Aber ich hab es nicht.«

Er trank einen großzügigen Schluck Bier.

»Vielleicht wäre es besser gewesen, wenn ich es getan hätte«, sagte er leise und ging zurück ins Wohnzimmer.

»Wo waren Sie vorher?«, fragte Fries. »Ich meine, bevor Sie nach Hause gekommen sind.«

Man konnte Friedrichsen ansehen, wie sich der Film des gestrigen Abends vor seinem inneren Auge langsam wieder zusammensetzte.

»Ich war unten in der Kneipe. Jan kann das bestätigen. Der hat meine Autoschlüssel behalten, damit ich nicht mehr fahre.«

»Jan?«

»Jan Petri. Der hat gestern im ›Casablanca‹ gearbeitet«, antwortete Friedrichsen.

Fries sah zu seinem Kollegen rüber, der sich alles aufzuschreiben schien. Dann blickte er wieder den Mann vor sich auf der Couch an.

»Wann sind Sie in die Gaststätte gegangen?«

»Gegen zehn, schätze ich.«

Friedrichsen suchte wieder den Tisch ab. Sein Blick fiel auf die zerknüllte Zigarettenschachtel.

»Könnte ich noch eine?«, fragte er und deutete dabei auf die Schachtel neben dem jungen Kommissar auf dem Marmortisch. Wegener schob die Schachtel über den Tisch und sah dann zu seinem Vorgesetzten auf.

»Herr Friedrichsen, nur noch eine Frage. Wo waren Sie zwischen zwanzig Uhr und Ihrem Besuch in der Kneipe?«

Sören Fries kannte die Antwort. Olga Popow hatte sie ihm bereits gegeben. Er war sich sicher, dass sie nicht gelogen hatte. Dafür hatte sie zu große Angst vor diesem Mann gehabt. Fries hatte ein gutes Gespür dafür, ob seine Gesprächspartner ihn anlogen oder nicht. Aber er testete Menschen auch gern, so wie dieses Mal sein Gegenüber, um sicherzugehen, dass sein Gespür ihn nicht täuschte.

»Ich bin vorher bei Andreas Ricker vorbeigefahren. Aber der war nicht da.« Er nahm einen Zug von der frisch angezündeten Zigarette und sah zu Fries auf. »Ist das dann alles?«

»Frau Popow kann das sicher bestätigen«, sagte Fries und wich dem Blick seines Verdächtigen nicht einen Wimpernschlag lang aus. Friedrichsen dagegen sah kurz darauf zu Boden.

»Ich schlage normalerweise keine Frauen«, sagte er leise.

Sören Fries glaubte ihm. Menschen, die so in die Enge getrieben wurden wie Friedrichsen, taten Dinge, die sie normalerweise nicht taten. In solchen Momenten geschahen Morde.

»Bin ich jetzt verhaftet?«, fragte Friedrichsen und sah zu Wegener, der schnell etwas in sein Buch kritzelte und erst aufblickte, als die Antwort zu dieser Frage ausblieb.

Fries seufzte. Sein Instinkt sagte ihm, dass dieser Mann Andreas Ricker nicht umgebracht hatte. Allerdings sprach auch einiges gegen Friedrichsen. Mit dem Sohn des Polizeipräsidenten an seiner Seite wäre es besser, den Verdächtigen gleich mit aufs Kommissariat zu nehmen. Doch Fries blieb seinem Instinkt treu.

»Nein«, antwortete er. Wegener sah zu ihm rüber, sagte aber nichts. »Ich muss Sie dennoch darum bitten, erst einmal keine Reise zu unternehmen. Oder deutlicher gesagt: Bleiben Sie in der Stadt. Klar? Wenn wir uns das nächste Mal sprechen, dann bitte nüchtern. Schließlich erwartet Sie auf jeden Fall eine Anzeige wegen Körperverletzung von Frau Popow.«

Helmut Friedrichsen schüttelte seufzend den Kopf.

Auf dem Weg zurück in die Dienststelle unterhielten sich die beiden Männer kaum. Sören Fries hing seinen Gedanken nach. Es war bereits halb drei, seine Tochter würde bald aus der Schule kommen, und er würde nicht mehr lange arbeiten müssen. In zweieinhalb Stunden hatte er Feierabend. Er musste noch den Einkauf erledigen und ein neues Gericht vorbereiten, das seine Tochter sich gewünscht hatte. Falafeln. In Hamburg bekam man das fast an jeder Ecke. In Rostock sah es mit syrischen Imbissen dagegen nicht so gut aus. Die einzigen Falafeln, die sie in der kleinen Hansestadt bisher probiert hatten, waren extrem trocken gewesen und hatten laut seiner Tochter nach eingeschlafenen Füßen geschmeckt. Er hatte es nicht als ganz so schlimm empfunden. Aber seit er mit Jette nach Warnemünde gezogen war, fühlte er sich schuldig. Er hatte ihr die Schule, ihre Freunde und auch die kulinarischen Streifzüge durch Hamburg genommen. Und das alles kurz nachdem ihre Mutter gestorben war.

Wegener unterbrach die Stille.

»Warum haben wir ihn nicht gleich mitgenommen? Es scheint doch offensichtlich zu sein, dass er es war. Er hat ein Motiv. Zwei sogar, wie er betont hat. Und sein Alibi ist lausig. Eigentlich ist es gar nicht vorhanden.«

Sein Kollege wartete auf eine Antwort. Fries überlegte, wie man fünfzehn Jahre Diensterfahrung und Instinkt in einem Satz erklären konnte.

»Wegener …«, begann er, doch dann entschied sich Fries anders. »Sie glauben also, dass er es war?«

Der Kommissar nickte.

»Weil Friedrichsen sein Geschäft und seine Familie verloren hat und Ricker dafür die Schuld gibt«, erklärte Fries selbst Wegeners Vermutung.

»Rache ist eines der ältesten Motive der Welt.«

»Sie werden bald feststellen, dass der erste Verdächtige, auf den wir während der Ermittlungen treffen, nur selten auch der Mörder ist.«

Wegener sah ihn weiter an.

»Wenn Sie Friedrichsen wären, würden Sie dem Kerl ein Fischbrötchen in den Mund stecken, damit alle Welt weiß, dass Sie es waren?«

»Na ja«, antwortete Wegener. »Vermutlich nicht.«

»Hat Friedrichsen eine Militärausbildung? Ist er im Schützenverein? Das müssen wir herausfinden. Mich macht das Einschussloch auf der Stirn des Opfers stutzig. Das war zu präzise.«

Wegener starrte weiter auf seinen Vorgesetzten.

»Sie arbeiten lieber alleine, oder?«

Fries seufzte.

»Das hat nichts mit Ihnen zu tun«, sagte er und bog in die letzte Straße vor dem Kommissariat ab. Nachdem er den Wagen auf dem Parkplatz abgestellt hatte, fuhr er fort. »Ich bin es einfach gewohnt, alleine zu arbeiten.«

»Und das hat nichts damit zu tun, dass ich der Sohn vom Boss bin?«

»Sie wollen das wirklich wissen?«, Fries drehte sich zu seinem jungen Kollegen um. »Andere Kollegen sind schon seit Jahren bei der Kripo und bekommen niemals die Chance, bei einem Mord zu ermitteln. Sie haben gerade mal Ihren Abschluss in der Tasche. Das mache ich Ihnen nicht zum Vorwurf, aber dadurch haben Sie noch lange keine Ahnung von richtiger Polizeiarbeit. Und machen wir uns nichts vor: Wären Sie nicht der Sohn vom Boss, würden Sie hier nicht sitzen, und wir würden dieses Gespräch nicht führen.«

Der Kommissar holte tief Luft.

»Wegener ...« Fries sah seinem Kollegen in die Augen. »Sie wurden mir als Partner für den Fall Ricker zugeteilt. Das ist in Ordnung. Schließlich werden Sie hier nicht so oft die Chance bekommen, in einem Mordfall ermitteln zu können. Gerade deshalb ist es wichtig, dass wir keine Fehler machen. Ihr Vater wird dafür sorgen, dass Ihre Akte sauber bleibt. Wenn Sie also Mist bauen, dann bleibt das an mir kleben. Aus diesem Grund bin ich nicht glücklich darüber, Sie als Partner zu haben.«

»Ich denke, ich habe verstanden.«

»Gut«, sagte Fries und öffnete die Tür. »Kümmern Sie sich um die Hintergrundinfos zu Friedrichsen?«

»Militär und Schützenverein?«

»Alles was dazugehört. Und überprüfen Sie auch sein Alibi. Vielleicht kann Ihnen Jan Petri sagen, von wann bis wann genau Friedrichsen letzte Nacht im ›Casablanca‹ war.«

Wegener nickte und schrieb sich nebenbei die Stichpunkte auf.

Die Einschläge kommen näher

Im Kommissariat trennten sich ihre Wege. Der junge Kommissar steuerte die Kaffeeküche an, Fries ging in sein Büro. In Gedanken schrieb er bereits die Einkaufsliste, während er die Tür öffnete.

Hinter seinem Schreibtisch saß eine Frau.

»Wer sind Sie und wer hat Sie reingelassen?«, fragte der Oberkommissar und überflog dabei die Sachen auf seinem Schreibtisch. Die Akten lagen feinsäuberlich auf der linken Seite gestapelt, sein Notizbuch lag zugeklappt daneben.

»Kriminaloberkommissarin Stefanie Brandt. Ich arbeite für das BKA. Abteilung SO, Schwere und Organisierte Kriminalität.«

Während sie das sagte, kam die Frau hinter dem Schreibtisch hervor und reichte Fries die Hand. Er ignorierte die Geste.

Sein Blick wanderte von ihrem dunkelblonden, zu einem Zopf gebundenen Haar langsam ihren schlanken Körper hinab. Unter ihrem anthrazitfarbenen Anzug mochte sich ein durchtrainierter Körper verbergen, dachte Fries, dessen Blick an den hohen Absätzen hängenblieb. Für eine Polizistin im Dienst eher ungewöhnlich. Vielleicht brauchte sie die, um ihre Körpergröße zu kaschieren. Er hätte sie allerdings nicht als klein beschrieben. Mit geschätzten ein Meter siebzig war sie für eine Frau weder zu groß noch zu klein.

Ihre Bluse war für Fries Geschmack einen Knopf zu weit geöffnet. Sein Blick zu ihrem Dekolleté schien ihr allerdings nicht unangenehm zu sein. Die Kollegin verstand offensichtlich, ihre körperlichen Reize zu nutzen.

»Brandt.« Er wiederholte ihren Namen und sah dabei in ihre hellblauen Augen. »BKA? Ich nehme mal an, Sie sind wegen meines Toten hier.«

Sie nickte.

»Sie reisen aus Wiesbaden an ... ist das LKA Mecklenburg-Vorpommern informiert?«

Sie lächelte.

»Ich verstehe. Sie glauben, dass das einen kleinen Provinzbullen nichts angeht. Richtig?«

Fries ging auf seine Seite des Schreibtisches und deutete Brandt an, gegenüber auf dem Besucherstuhl Platz zu nehmen. »Ist das noch mein Büro oder übernehmen Sie ab jetzt?«

Aus den Augenwinkeln erkannte Fries, dass eine Mappe nicht mehr im Stapel, sondern auf dem Haufen seiner Akten lag. Ein ungelöster Fall, den sich Sören Fries immer mal wieder ansah, der allerdings nichts mit Rickers Tod zu tun hatte. Er konnte sich nicht daran erinnern, die Akte auf den Stapel gelegt zu haben. Normalerweise lag sie ganz unten.

»Nicht Wiesbaden«, antwortete Brandt, ohne auf seine Provokation einzugehen.

Sie hatte sich gesetzt und schlug die Beine übereinander. Ihr Blick war aufrecht; sie schien Probleme und Auseinandersetzungen gewohnt zu sein.

»Ein kleiner Trupp aus unserer Abteilung sitzt in Berlin, wie die Sicherungsgruppe auch, das wissen nur wenige. Müßig, Ihnen die Hintergründe zu erläutern. Entspannen Sie sich, bitte! Wir ...«

Fries wartete darauf, dass sie den Satz vollendete.

»Ja. Wegen Andreas Ricker. Ich erhielt eine Meldung aus dem System, dass Sie sich nach ihm erkundigt haben. Und auch in Hamburg hat man versucht, auf seine Daten zuzugreifen. Er ist also tot?«

»Heute Morgen war er es noch«, antwortete Fries und wartete darauf, ob Brandt noch etwas hinzufügen würde.

»Wissen Sie schon, wer es war?«, fragte die BKA-Frau.

Sören Fries sah sie lange an, ehe er antwortete.

»Noch nicht. Weshalb sind Sie an meinem Toten interessiert?«

Die Oberkommissarin hatte ihn nicht aufgesucht, um ihm Informationen über Andreas Ricker zu geben. Die Leute vom BKA waren so verschlossen wie Austern. Diese Frau war bei ihm, weil sie selbst etwas über den Mord erfahren wollte.

»Wir hatten mal miteinander zu tun. Das ist alles«, antwortete Brandt. »Er soll ein Fischbrötchen im Mund gehabt haben. Stimmt das?«

Fries nickte.

»Und?«, fragte sie. »Gibt es schon einen Verdächtigen?«

»Keinen richtigen. Das Fischbrötchen ist eine Sackgasse«, behauptete Fries, obwohl Helmut Friedrichsens Alibi noch nicht überprüft war.

Diese Information schien sie nicht zu erfreuen. Fries überlegte, wie sein nächster Zug aussehen sollte. Er musste mehr über Ricker erfahren und über seine Zeit als V-Mann. Dies war eine einmalige Gelegenheit, um an Informationen zu gelangen, die ansonsten unter Verschluss waren. Er würde wochenlang darauf warten müssen, um auch nur einen Blick in die Akten werfen zu können, wenn er es auf dem offiziellen Weg versuchte. Und wenn es sich um eine groß angelegte Ermittlung handelte, die immer noch lief, dann würde er gar nichts über Ricker und seine Verbindung ins organisierte Verbrechen erfahren. Er stützte sich mit seinen Ellenbogen auf den Schreibtisch und lehnte sich nach vorne.

»Wir wissen, dass er ein Informant des BKA war. Vermutlich waren Sie seine Kontaktperson. Woran hat er gearbeitet?«, fragte Fries ohne Umschweife. »Sie arbeiten für die Abteilung Organisiertes Verbrechen, haben Sie gesagt. Er gehörte also einer kriminellen Gruppe an. Hatten Sie ihn bei Jens Niebel eingeschleust?«

Die Frau beugte sich ebenfalls vor. Mit ihren eisblauen Augen sah sie ihn lächelnd an.

»Ich habe keine Ahnung, wovon Sie da reden. Sie wissen doch, wie die Sache läuft. Ich kann Ihnen weder bestätigen, noch werde ich abstreiten, dass Ricker ein V-Mann war. Egal, wie Sie an diese vermeintliche Information gekommen sind: Die Akte ist vertraulich. Streng vertraulich«, sagte Brandt und wollte bereits aufstehen.

»Inoffiziell!«, platzte es aus ihm ungewohnt laut heraus. Er bemühte sich, ruhiger weiterzureden. »Nichts von dem, was Sie mir erzählen, verlässt diesen Raum. Ich vermute nur, dass der Mörder ein Profi war. Jemand, der schon mal getötet hat.«

Die Oberkommissarin setzte sich wieder. Schweigend sah sie Fries einige Sekunden lang an.

»Inoffiziell«, betonte sie, »und rein hypothetisch. Ihr Mordopfer könnte ein V-Mann gewesen sein, der für einen Mann tätig war, der unter Verdacht steht, mit einer kriminellen Vereinigung Geschäfte zu machen, die im internationalen Waffen-, Drogen- und vielleicht sogar Menschenhandel tätig ist. Andreas Ricker könnte einer unserer V-Leute gewesen sein, und er könnte, rein hypothetisch natürlich, aufgeflogen sein.«

»Einer?« Fries machte eine kurze Pause. »Rein hypothetisch. Wenn Sie noch einen zweiten V-Mann eingeschleust hätten, dann könnte der jetzt in Gefahr sein. Richtig?«

»Genau das wäre dann hypothetisch der Fall. Es wäre also wichtig zu wissen, wer Ricker ermordet hat. Eine eifersüchtige Geliebte oder ...«

»Ein rachsüchtiger Bandenchef«, beendete Sören Fries den Satz. »Ich verstehe.«

Wegener öffnete die Tür.

»Schon mal was von anklopfen gehört?«, fuhr Fries seinen Kollegen an.

»Ähm, ja, Tschuldigung. Soll ich später wiederkommen?«, irritiert sah Wegener die fremde Frau an.

»Schon gut. Kommen Sie rein. Kommissar Wegener ist ebenfalls in den Fall involviert. Kriminaloberkommissarin Stefanie Brandt vom BKA«, stellte er die Anwesenden einander vor. »Was haben Sie herausgefunden?«

»Friedrichsen war beim Militär. Er hat sogar eine Ausbildung als Scharfschütze gemacht. Er war Grenzsoldat.«

Damit hatte Fries nicht gerechnet. Er ließ sich in seinem Stuhl zurückfallen.

»Nehmen wir ihn jetzt fest?«, fragte der Kommissar.

»Noch nicht. Ich glaube, wir haben da noch eine andere Spur, der wir folgen sollten. Friedrichsen wird uns schon nicht davonlaufen. Hat er registrierte Waffen?«

Wegener zuckte mit den Schultern.

»Und wie sieht es mit seinem Alibi aus?«

»Jan Petri habe ich noch nicht erreicht. Er fängt heute erst später im ›Casablanca‹ mit seiner Schicht an. Soweit ich das verstanden habe, musste er seine Mutter ins Krankenhaus fahren und danach ...«

»Danke. Bleiben Sie dran.«

Wegener warf einen weiteren Blick auf die attraktive Kollegin vom BKA, ehe er hinter sich die Tür schloss.

»Ich dachte, Sie hätten keinen Verdächtigen«, sagte Brandt leicht verstimmt.

»Ich glaube, dass diese Spur ins Leere führt«, erklärte Fries. »Deshalb bin ich auf der Suche nach einer alternativen Theorie. Hätten Sie den Verdächtigen gesehen, dann wüssten Sie, was ich meine. Wir überprüfen ihn nur, um ihn ausschließen zu können.«

»Sie folgen Ihrem Bauchgefühl?« Die BKA-Frau schüttelte den Kopf. »Ehrlich? Einer von der alten Schule?«

Fries lächelte als Antwort.

»Wofür war Ricker in Niebels Gruppe zuständig?« Er sah der blonden Frau auf der anderen Seite des Schreibtischs tief in die Augen. »Hypothetisch und inoffiziell natürlich!«

Die Oberkommissarin überlegte lange. Fries fragte sich währenddessen, ob er den Bogen überspannt hatte. Schließlich hatte er das Gespräch mit einer kleinen Notlüge begonnen, um seine Kollegin zum Reden zu bringen. Brandt richtete sich in ihrem Stuhl auf.

»Das bleibt in diesem Raum. Habe ich Ihr Wort?«

Fries nickte und lehnte sich wieder vor.

»Andreas Ricker war die rechte Hand von Jens Niebel. Ricker hatte uns vor zwei Jahren von einem großen Drogendeal berichtet, der zwischen Niebel und Mizra Maschadow geplant war. Sie kennen sicher den Prinzen, oder?«

Jeder Polizeibeamte Deutschlands kannte den Tschetschenen, der wie ein Phantom in allen größeren Städten auftauchte, seine Geschäfte erledigte und danach wie ein Geist wieder von der Bildfläche verschwand. Vor ein paar Jahren hatte Mizra Maschadow die Zentrale seines Imperiums nach Hamburg verlegt. Fries hatte aus diesem Grund schon mehrmals das Vergnügen mit dem Prinzen gehabt. Das letzte Mal war sein Name im Zusammenhang mit den dubiosen Geschäftspraktiken von Jochen Schlüter und Jens Niebel aufgetaucht, die Fries, damals noch als Kriminalhauptkommissar in Hamburg und Leiter der Sonderkommission ›Schlübel‹, eine Verschmelzung aus den Nachnamen der beiden Hauptverdächtigen, untersucht hatte.

Maschadow war ein ehemaliger Söldner mit guten Kontakten in den Nahen und Mittleren Osten. Er nutzte diese Verbindungen und sein Wissen, um ein kleines Netzwerk aus Dealern und Waffenhändlern aufzubauen, das von Jahr zu Jahr anwuchs. Dass es dabei auch zu Reibereien mit anderen Geschäftsleuten kam, die ähnliche Interessen verfolgten, verstand sich von selbst. Die Polizei war sich daher auch sicher gewesen, dass der Prinz höchstpersönlich den Auftrag erteilt hatte, einen seiner größten Konkurrenten verschwinden zu lassen. Sie konnte es ihm allerdings nicht nachweisen. Der Prinz war aalglatt, clever und skrupellos.

»Niebel besitzt zwei Clubs in Hamburg, in denen mit Drogen, in erster Linie Koks, aber auch mit Chrystal Meth, gehandelt wird. Das war also kein kleiner Deal, der dort anstand. Wir überwachten die Transaktion und wollten wenigstens Niebel hochgehen lassen. Maschadow lässt sich bei solchen Geschäften selten persönlich blicken, das wussten wir. Mit Niebel hätten wir allerdings einen wertvollen Zeugen gegen den Prinzen gehabt.«

»Glauben Sie wirklich, dass Niebel gegen Maschadow ausgesagt hätte?«, fragte Fries.

Stefanie Brandt beantwortete diese Frage nicht.

»Irgendwie muss Niebel herausgefunden haben, dass etwas nicht stimmte. Er tauchte nicht am Übergabeort auf. Stattdessen nahmen wir Andreas Ricker und ein paar kleine Fische fest. Das

Geld, es waren zweihundertfünfzigtausend Euro, die Jens Niebel für die Drogen ausgeben wollte, verschwand. Niemand weiß, wo die Viertelmillion abgeblieben ist.«

»Woher wissen Sie dann, dass es eine Viertelmillion war?«

»Während des Zugriffs haben wir Drogen im Wert einer Viertelmillion sichergestellt. Und da Drogendeals auf der Straße nur in bar abgeschlossen werden ...«

Fries konnte sich vorstellen, dass diese Aktion sowohl den Prinzen als auch Jens Niebel empfindlich getroffen hatte. Beide Seiten hatten an diesem Tag ein kleines Vermögen verloren.

»Und was war mit Maschadow?«, fragte Fries.

»Nichts. Wir konnten ihm nicht nachweisen, dass es seine Drogen waren. Weder er noch Niebel wissen, wer der Maulwurf in der Gruppe war. Sie sind immer noch auf der Suche nach dem Verräter. Vermutlich gehen Maschadow und Niebel davon aus, dass der Spitzel das Geld hat.«

»Eine Viertelmillion guter Gründe, einen Menschen zu töten«, sagte Fries, »oder was glauben Sie?«

»Der Prinz soll ein Kopfgeld auf den Verräter ausgesetzt haben. Es wird nicht einfach für Sie werden, den Mörder in diesen Kreisen zu finden«, schloss die Oberkommissarin ihre Ausführungen ab.

Genau wegen solcher Fälle hatte Fries Hamburg verlassen. Ein Cocktail aus organisiertem Verbrechen, Mizra Maschadow und einem geplatzten Drogendeal. Konnte es noch schlimmer kommen?

»Hatte Ricker denn das Geld? Er wurde doch verhaftet. Wie soll er eine Tasche voller Scheine beiseitegeschafft haben?«

Stefanie Brandt zuckte mit den Schultern.

»Ricker beteuerte, dass er mit dem Verschwinden des Geldes nichts zu tun hätte«, sagte Brandt und lehnte sich wieder in ihrem Stuhl zurück. »Wir haben ihn drei Monate in Untersuchungshaft behalten, damit seine Tarnung nicht auffliegt. Dann wurde er aufgrund von Verfahrensfehlern, die wir geschickt platziert hatten, entlassen. Wir dachten, Ricker würde danach wieder für uns tätig werden, aber er weigerte sich. Er wollte aussteigen. Sein Vater war gestorben, während er im Gefängnis saß. Er hatte den

Hof geerbt und wollte ein neues Leben beginnen. Alles hinter sich lassen, sagte er damals. Bei unserer letzten Begegnung erzählte er mir, dass er irgendwas mit Fischen machen wollte. Keine Ahnung, was er vorhatte.«

Fries ließ sich in seinem Stuhl zurückfallen.

»Sind Sie sicher, dass es nicht dieser Fischmann war? Manchmal täuscht uns unser Bauchgefühl und ...«

»Nein!« Fries schüttelte den Kopf. »Jens Niebel hat Ricker einfach so gehen lassen? Irgendwas stimmt da doch nicht. Typen seines Kalibers lassen doch niemanden einfach so aussteigen. Dafür wusste Ricker sicher zu viel über Niebel und seine Drogengeschäfte.«

»Wir wissen nicht, was da gelaufen ist. Aber Ricker hatte vermutlich etwas gegen Niebel in der Hand. Davon gehen wir zumindest aus.«

»Was dagegen, wenn ich Jens Niebel mal auf den Zahn fühle? Mich würde interessieren, was der dazu zu sagen hat.«

»Gern«, sagte Brandt. »Niebel weilt derzeit in Diedrichshagen. Er hat dort einen zweiten Wohnsitz.«

»Diedrichshagen? Warum hat Niebel einen Wohnsitz in Diedrichshagen?«

»Wir vermuten, dass Maschadow seinen Wirkungskreis erweitern will. Die Drogenszene in Rostock ist vermutlich sein nächstes Großprojekt«, erklärte Brandt.

Fries fühlte sich, als würde Andreas Rickers Mörder ihm gerade mit einem roten Schleifchen auf einem Silbertablett serviert. Diedrichshagen lag nur ein paar Kilometer von Warnemünde entfernt. Niebel hätte gemütlich rüberspazieren können, um den vermeintlichen Spitzel vor der Kirche zu erschießen.

»Wir überwachen ihn rund um die Uhr«, fuhr die Oberkommissarin fort und ließ Fries Träume damit zerplatzen. »Von Diedrichshagen aus führt er seit ein paar Wochen die Geschäfte und fährt nur hin und wieder nach Hamburg, um ein paar Dinge zu klären, die man besser nicht am Telefon bespricht. Er hat hier eine Villa mit Pool, eine Blondine zur Unterhaltung und eine kleine Security-Crew, die ihn von allem abschirmt. Ein wahres Paradies.«

»Hätte er Ihrer Überwachung für ein paar Stunden entkommen können?«

»Ich hoffe nicht«, antwortete Brandt. »Aber ausschließen kann ich das natürlich nicht. Ich simse Ihnen seine Adresse. Vielleicht haben Sie Glück und finden bei Niebel Hinweise. Zutrauen würde ich ihm den Mord auf jeden Fall. Geben Sie mir Ihre Mobil-Nummer?«

Fries reichte ihr seine Karte.

Die Oberkommissarin griff nach ihrem Handy und suchte nach der gewünschten Information. Es klopfte an der Tür. Durch das Glas hindurch sah Fries seinen Kollegen, der mit einem Haufen Zettel in der Hand ungeduldig darauf wartete, den Raum betreten zu dürfen.

»Er ist noch in der Ausbildung.« Stefanie Brandt hatte sich zur Tür umgedreht und steckte dabei ihr Smartphone und die Visitenkarte in ihre Jackentasche. Mit einem Winken deutete Fries Wegener an, hereinzukommen.

Die Oberkommissarin stand auf.

»Ich höre von Ihnen?«

»Ich melde mich, wenn ich etwas Neues habe.«

Brandt nickte und verließ das Büro. Der junge Kommissar ließ sich auf dem Stuhl vor dem Schreibtisch nieder, auf dem zuvor Brandt gesessen hatte und starrte der attraktiven Kollegin hinterher. Fries räusperte sich.

»Was haben Sie herausgefunden?«

»Ja, richtig, ähm. Auf Friedrichsen sind keine Waffen registriert. Auf seine Frau auch nicht«, sagte Wegener. »Das heißt aber nicht, dass er sich keine Pistole besorgt haben könnte. Auf dem Schwarzmarkt oder so.«

Fries sah auf seine Uhr. Der Hinweis der BKA-Frau war vielversprechend. Dem heute nicht mehr zu folgen, könnte die Spur erkalten lassen.

Der Oberkommissar griff mit der einen Hand nach seinem Jackett und mit der anderen nach seinem Handy, auf dem die Adresse des Verdächtigen aufleuchtete.

»Es gibt noch eine andere Spur«, sagte er und warf seinem Kollegen die Wagenschlüssel zu. »Wir müssen dafür nach Diedrichshagen. Ich erzähle Ihnen die Details auf der Fahrt.«

Fries drückte eine Schnellwahltaste seines Handys und klemmte sich das Telefon zwischen Kopf und Schulter.

»Hi, Süße, ich bin's«, sprach er auf Jettes Mailbox. »Das mit den Falafeln klappt heute doch nicht. Es tut mir leid. Wir holen das nach. Ich rufe gleich bei Susanne an und geb ihr Bescheid, dass du zum Essen bleibst. Okay? Hab dich lieb.«

Wegener eilte seinem Kollegen hinterher, der bereits den zweiten Anruf tätigte.

»Susanne, ich bin es ... Ja, es dauert heute doch länger. Kann Jette so lange bei euch bleiben? Auch zum Abendessen? ... Toll. Das ist nett. Ich versuche, sie nicht allzu spät abzuholen ... Danke noch mal.«

Kurz hinter dem Golfplatz, links von der Hauptstraße ab, entdeckten die beiden Polizisten das Anwesen von Jens Niebel. Das Haus war von der Straße aus kaum zu sehen. Ein zwei Meter hoher Zaun, über dem drei Reihen Stacheldraht gespannt waren, machte es jedem unmöglich, das Grundstück zu betreten. Die Einfahrt zierte ein großes, schwarzes Eisentor, mit je einer weißen Marmorsäule auf jeder Seite, auf denen zwei goldene Löwen thronten. Das Wort ›dezent‹ existierte in Niebels Wortschatz offensichtlich nicht.

Als sich das Fahrzeug dem Anwesen näherte, hörten die beiden Beamten durch die ansonsten stille Landschaft das Sirren eines Elektromotors. Eine mobile Kamera in der rechten Marmorsäule folgte dem Weg ihres Wagens, während sie über die langgezogene Auffahrt auf das Tor zurollten. An der Einfahrt fragte eine dunkle Stimme aus einem Lautsprecher, der in der linken weißen Säule eingebaut war, was sie wünschten. Wegener hatte zu diesem Zeitpunkt noch nicht die Klingel betätigt.

»Kripo Rostock«, sagte Wegener mit wenig Überzeugung in der Stimme.

Fries beugte sich über seinen Kollegen, der auf der Fahrerseite saß, damit er besser mit der unbekannten Stimme aus dem Lautsprecher sprechen konnte.

»Kriminaloberkommissar Fries, Kripo Rostock. Wir haben ein paar Fragen an Herrn Niebel. Ist er zu sprechen?«

Der Lautsprecher rauschte. Vermutlich überlegte man noch, ob Jens Niebel zu Hause war oder nicht. Fries hatte seine Tochter versetzt. Ihm war nicht danach, unverrichteter Dinge abzufahren.

»Herr Niebel kann natürlich auch auf die Vorladung warten und uns dann im Kommissariat in Rostock aufsuchen, falls ihm das lieber ist.«

Nach einigen Sekunden surrte der Motor der Toröffnung. Zwei Minuten später hatte Wegener den Wagen vor der prachtvollen Villa von Jens Niebel geparkt.

Ein Mann mit Sonnenbrille, schwarzem Anzug und einem kleinen Kopfhörer im rechten Ohr öffnete die Tür. Die geräumige Eingangshalle der modernen Villa erstrahlte in weißem Marmor. Der dunkel gekleidete Mann, der zu der hellen Einrichtung einen markanten Kontrast bildete, begleitete die beiden Kripobeamten durch den Salon auf die Terrasse des Hauses. Sein Jackett war unter seinem linken Arm auffällig ausgebeult. Der Mann trug eine Waffe, daran bestand kein Zweifel.

Neben dem Pool, der im Mai vermutlich noch zu kalt war, um darin zu schwimmen, lag ein Mann auf einer Liege. Rechts neben ihm sonnte sich eine Blondine. Brandt hatte nicht übertrieben: Jens Niebel hatte sich hier ein kleines Paradies erschaffen.

Fries trat an die Liege heran und stellte sich vor. Obwohl sie sich aus Hamburg kannten, nahm der Oberkommissar nicht an, dass Niebel sich an ihn erinnern würde. Dafür waren sie sich nicht oft genug persönlich begegnet. Niebel hatte es vorgezogen, über seine Anwälte mit der Polizei zu kommunizieren.

»Kripo Rostock. Kriminaloberkommissar Fries. Das ist mein Kollege Kriminalkommissar Wegener. Danke, dass Sie Zeit für uns haben. Wir untersuchen den Tod eines ehemaligen Mitarbeiters von Ihnen und hätten diesbezüglich ein paar Fragen an Sie.«

Der Mann auf der Liege betrachtete die beiden Polizisten von oben bis unten. Er richtete sich auf und nahm das Handtuch entgegen, das ihm die neben ihm liegende Dame wortlos gereicht hatte.

Jens Niebel war ein stattlicher Mann. Er hatte einen durchtrainierten Körper, war braun gebrannt und seine Gesichtszüge waren ebenmäßig. Ohne die zahlreichen Tätowierungen hätte man ihm die Fassade des ehrenwerten Hamburger Geschäftsmannes durchaus abnehmen können.

»Oberkommissar Fries. Kennen wir uns nicht aus Hamburg?«, fragte der Mann. Fries war ein wenig überrascht und nickte deshalb lediglich als Antwort.

»Einer meiner Mitarbeiter soll tot sein? Davon weiß ich nichts.«

Sein Blick wanderte zum Bodyguard mit Sonnenbrille, der die beiden Polizisten seit dem Betreten des Hauses nicht aus den Augen gelassen hatte. Der Mann zuckte mit den Schultern.

Niebel sah Fries an.

»Ein ehemaliger Mitarbeiter. Andreas Ricker«, sagte dieser ohne eine weitere Erklärung.

Niebels Augenlid zuckte.

»Andreas Ricker.« Niebel wiederholte den Namen und stand von der Liege auf. Die Blondine reichte ihm, wieder ungefragt, einen schwarzen Bademantel. Der Mann zog ihn langsam über seine breiten Schultern.

»Andreas ist tot?«, fragte er noch einmal nach, als wolle sein Hirn diese Tatsache nicht wahrhaben.

Kopfschüttelnd ging er ins Haus. Die Polizisten folgten ihm. Als Letztes verließ der Mann mit Sonnenbrille die Terrasse. Im Salon steuerte Niebel die Bar an.

»Woran ist er denn gestorben?«, fragte er sichtlich benommen und schenkte sich einen Bourbon ein.

»An einer Kugel im Kopf«, antwortete Fries.

Niebels Blick wanderte zu seinem Leibwächter. Aber der schien nichts darüber zu wissen. Zumindest reagierte er nicht.

»Ich glaube nicht, dass ich Ihnen da helfen kann«, sagte Niebel. »Wie Sie schon sagten, Andreas Ricker war ein ehemaliger Mitarbeiter von mir. Unsere Wege haben sich getrennt. Das war«, er überlegte kurz, »ja, genau, das war, kurz nachdem er aus dem Gefängnis entlassen wurde.«

»In dem er wegen eines gescheiterten Drogendeals in Untersuchungshaft saß«, ergänzte Fries die Geschichte und wartete auf die Reaktion seines Gegenübers.

Niebel schenkte sich Bourbon nach. Sein Augenlid zuckte erneut. Mit dem Glas in der Hand nahm er auf einer weißen Couchlandschaft Platz, die in etwa so groß war wie Fries' gesamtes Schlafzimmer und auf der es sich der Geschäftsmann vermutlich nicht nur zum Fernsehen gemütlich machte.

»Ja, so was war es wohl«, sagte der Verdächtige und rieb sich dabei das Kinn. »Keine Ahnung, in was er dieses Mal hineingeraten ist.«

»Verdient man mit dem Ausschenken von Cola so viel Geld, dass Sie sich davon so eine schöne Villa leisten können?«, fragte Fries und sah sich dabei demonstrativ um. »Von Ihren Immobiliengeschäften mal abgesehen.«

Jens Niebel schüttelte den Kopf. Mit seinen Gedanken schien er woanders zu sein. Plötzlich sah er Fries in die Augen.

»Mit diesem Drogendeal damals hatte ich jedenfalls nichts zu tun. Die Staatsanwaltschaft war derselben Ansicht. Sonst hätten die mich ja eingesperrt.«

Niebel trank einen großen Schluck Whiskey.

»Was war mit dem Geld damals?«, fragte Fries, als hätte er die letzten Worte seines Gegenübers nicht gehört. »Damals soll eine Viertelmillion verschwunden sein.«

Fries bemerkte, dass das Augenlid von Niebel zum wiederholten Male zuckte. Der Mann war kein guter Pokerspieler.

»Frank, weißt du was von einer verschwundenen Viertelmillion?«, fragte Niebel seinen Bodyguard. Der Sonnenbrillenträger schüttelte den Kopf.

Niebel ließ seinen Blick über den Pool wandern, an dem sich die Blondine in der überraschend warmen Maisonne rekelte. Etwas beschäftigte ihn. Hatte ihn der Tod seines ehemaligen Mitarbeiters etwa überrascht? Oder trauerte er immer noch dem Geld hinterher?

»Sind wir dann fertig?«

Fries wusste, dass er nicht ein weiteres Mal die Gelegenheit bekäme, so informell mit diesem Verdächtigen reden zu können. Je düsterer die Machenschaften dieser sogenannten Geschäftsleute waren, desto besser waren ihre Anwälte.

»Ich habe nur noch eine letzte Frage«, sagte der Oberkommissar.

Niebel sah zu den Polizisten rüber.

»Was hatte Ricker gegen Sie in der Hand, dass er so einfach Ihre Organisation verlassen durfte?«

Der Gefragte sah den Polizisten sekundenlang an.

»Frank, bring unsere Gäste bitte zur Tür. Ich denke, dass sie jetzt gehen wollen.«

Als Fries schon fast den Salon verlassen hatte, drehte er sich noch einmal zu Jens Niebel um.

»Da hätte ich doch fast vergessen, Sie nach Ihrem Alibi zu fragen. Wo waren Sie gestern Nacht? So zwischen acht Uhr abends und vier Uhr morgens.«

Die Männer sahen sich an.

»Ich war hier und habe geschlafen«, sagte Niebel kühl.

»Ich nehme an, Ihre Freundin kann das bestätigen?«

Fries deutete mit seinem Kopf in Richtung Pool.

»Ja. Natürlich kann sie das.«

»Und Sie?«, fragte Fries den Bodyguard, der direkt vor ihm stand.

»Ich war auch hier«, sagte er sofort und sah zu seinem Chef.

»Kann das jemand bestätigen?«

»Wir haben eine sehr ausgeklügelte Sicherheitsanlage. Die zeichnet jede Bewegung im Haus auf. Wenn Frank das Anwesen verlassen hätte, dann wüsste ich das. So was steht im Protokoll des Sicherheitssystems«, erklärte Jens Niebel.

Fries wusste, wie die Antwort ausfallen würde, stellte aber dennoch die Frage.

»Dürfen wir das Protokoll mal einsehen und Ihr Sicherheitssystem überprüfen?«

»Natürlich«, antwortete Niebel mit einem süffisanten Grinsen auf dem Gesicht. »Sobald Sie einen Gerichtsbeschluss haben, der Ihnen das erlaubt, dürfen Sie sich bei mir alles ansehen, was Sie interessiert.«

Der Bodyguard begleitete die beiden Polizisten zum Ausgang. Fries ging automatisch auf die Fahrerseite ihres Dienstwagens zu. Vergeblich suchte er seine Jackentasche nach den Autoschlüsseln ab. Wegener reichte ihm den Bund, den er nach der Hinfahrt eingesteckt hatte.

»Soll ich nicht fahren?«, fragte der junge Kollege.

Fries schüttelte den Kopf. Er nahm den Schlüssel und öffnete das Auto. Als beide eingestiegen waren, fragte Fries: »Welchen Eindruck haben Sie?«

Wegener dachte kurz nach.

»Er war es?«

Fries grinste.

»War das jetzt eine Frage an mich?«

»Ich bin mir nicht sicher. Er hatte wahrscheinlich einen Grund, Ricker zu töten. Ich meine ...« Wegener überlegte eine Weile.

»Irgendwie scheint ja jeder, mit dem wir reden, einen Grund gehabt zu haben, Ricker zu töten.«

Fries ließ den Wagen an und fuhr langsam los. Das Tor öffnete sich mit dem leisen Surren des Motors, das nur durch die Geräusche ihres Wagens übertönt wurde.

»Genau das meinte ich, als ich sagte, dass es meistens nicht der erste Verdächtige ist. Morgen machen wir eine Übersicht mit allem, was wir schon herausgefunden haben. Verdächtige, Motive,

Alibis und Rickers Geschichte. Wir fangen um acht an. Um halb neun beginnt die erste Runde aller an diesem Fall beteiligten Kollegen. Haben Sie an so was schon mal teilgenommen?«

»Nein«, antwortete Wegener.

»Schön. Dann seien Sie pünktlich!«

»Natürlich. Und heute machen wir dann nichts mehr?«

Die Enttäuschung klang in seiner Stimme mit.

»Nein«, antwortete Fries. »Für heute ist Schluss. Es gibt keine heiße Spur mehr, der wir unbedingt jetzt noch nachjagen müssen. Wir machen morgen weiter.«

Fries setzte seinen Kollegen zwanzig Minuten später am Platz vor dem Rostocker Rathaus ab. Er selbst fuhr zurück nach Warnemünde und von dort aus weiter in Richtung Nienhagen.

Sören Fries' Schwester Susanne lebte auf dem alten Bauernhof ihrer Eltern gemeinsam mit ihrer Frau Astrid und ihren beiden Jungs. Er fuhr die mit Eichen gesäumte Allee entlang, wie er es schon so oft getan hatte, seit er seine Heimat verlassen und als junger Mann in den Westen gegangen war. Dieser Tag lag Jahre zurück. Viel war seither geschehen.

Seine Tochter verbrachte ihre Nachmittage gern bei ihrer Tante, auch wenn die beiden Cousins, die ein paar Jahre jünger waren als Jette, ihre typische Gelassenheit manchmal bis aufs Äußerste herausforderten. Dafür lernte sie dort das Landleben kennen, was für sie als Stadtkind ein großes Abenteuer war. Jedes Mal, wenn sie Susanne und ihre Familie auf dem Hof besuchten, half Jette beim Hühnerfüttern, führte die beiden Milchkühe auf die Weide oder versorgte die Pferde, die sie besonders ins Herz geschlossen hatte. Sören hatte sich nie für die Hofarbeit begeistern können.

In der Vorsaison hatte Susanne viel Zeit, sich um die Kinder und auch Jette zu kümmern. Wenn in wenigen Wochen die Sommerferien begannen und die Touristen einfielen, war die Ruhe vorbei. Seine Schwester vermietete zwei Ferienwohnungen, die sie durch den Ausbau des alten Stalls auf dem Grundstück untergebracht hatte. Aber auch mit zwei Gastfamilien auf dem Hof, die sich zwar selbst versorgten, aber doch viele Fragen zur Umgebung oder dem Landleben im Allgemeinen hatten, blieb Susanne noch genug Zeit, sich um ihre Lieben zu kümmern.

Sörens Mutter war ein ebenso warmherziger Mensch gewesen, die sich selten um sich, aber immer um andere gesorgt hatte. Nicht nur deshalb war es richtig gewesen, seiner Schwester den Hof zu überlassen, nachdem ihre Eltern verstorben waren. Sie hatte damals auch ein Zuhause gebraucht, als sie sich nach zweijähriger Ehe endlich von ihrem cholerischen Mann getrennt hatte. Von einem auf den anderen Tag stand sie mit zwei Kindern auf der Straße. Sören lebte damals mit seiner Familie kilometerweit entfernt in Hamburg.

Er parkte seinen Wagen neben dem Geländewagen seiner Schwester. Astrids Mercedes war noch nicht zu sehen. Vermutlich arbeitete sie wieder länger.

Sören ging um das Haus zu den Ställen, in denen er seine Tochter vermutete. Sein Instinkt hatte ihn nicht getäuscht. Jette stand neben einem braunen Trakehner namens Goliath, den eine Familie für ihren Spross gekauft und zur Miete bei Susanne untergestellt hatte.

»Hi, Süße«, sagte Sören und gab Jette einen Kuss auf die Stirn. »Hattest du einen schönen Tag?«

Seine Tochter umarmte ihn zur Begrüßung.

»Ja. Susanne hat mich von der Schule abgeholt. Danach durfte ich Goliath reiten.«

Der Vater atmete tief ein. Er mochte es nicht, wenn sie auf dem Fuchs ritt. Goliath war nicht nur zu groß für seine Tochter, die erst seit einem Jahr Reiterfahrung sammelte, sondern auch extrem launisch. Sören hatte Angst um Jette, auch wenn seine Tochter das völlig übertrieben fand.

»Er ist total lieb«, redete sie sofort auf ihren Vater ein, ehe der anfing, ihr aufzuzählen, warum sie nicht auf Goliath reiten solle. »Wir verstehen uns super. Er liebt es auszureiten.«

»Warum kümmern sich dann seine Besitzer nicht um ihn?«, fragte Sören, obwohl er die Antwort kannte.

»Er hat ihn nur einmal abgeworfen. Und das auch nur, weil Jason nicht mit ihm umgehen kann«, erklärte seine Tochter aufgebracht und streichelte dabei Goliaths Stirn. Während solcher Gefühlsausbrüche erkannte er Jettes Mutter in ihr. »Er mag eben keine Gerte. Und er braucht sie auch nicht. Er hört aufs Wort.«

»Und warum reitest du nicht ein Pferd von Susanne? Schneeflocke wäre doch was für dich. Sie ist nicht so wild und …«

»Ach, Papa. Schneeflocke ist nicht größer als ein Pony. Die ist was für Kleinkinder.«

Er ersparte es sich, die anderen beiden Pferde Susannes vorzuschlagen. Wenn Jette sich etwas vorgenommen hatte, war es müßig, es ihr wieder auszureden. Sören schüttelte lächelnd den Kopf.

»In fünf Minuten sehen wir uns im Haus. Ich gehe schon mal vor.«

Erneut küsste er seine Tochter auf die Stirn und verließ den Stall. Auf dem Weg zum Vordereingang hörte er ein Fahrzeug auf dem Kiesweg des Hofs einfahren. Kurz darauf wurde der Motor abgestellt.

Als er um die Ecke bog, stieg Astrid gerade aus dem Wagen.

»So früh schon zu Hause?«, begrüßte Sören seine Schwägerin und nahm sie in den Arm.

»Hör mir bloß auf«, antwortete Astrid. »Ich habe jetzt Feierabend und möchte nicht ans Büro erinnert werden.«

Sie hakte sich bei Sören unter, und gemeinsam betraten sie das Haus. In der Küche erwartete sie Susanne.

»Schön, dass ihr zum Essen bleibt«, sagte seine Schwester, während sie Sören fest an sich drückte. »Es gibt Matjes mit Pellkartoffeln nach Hausfrauenart. Fisch esst ihr doch noch, oder?«

»Matjes?«, fragte Sören, dem sofort wieder das Brötchen im Mund von Andreas Ricker einfiel. »Ich passe. Hast du auch Quark zu den Kartoffeln?«

»Quark? Also auch kein Fisch mehr?«

»Nur heute«, erklärte Sören. Er verzichtete darauf, seiner Schwester den Grund dafür zu erläutern.

»Normalerweise essen wir noch Fisch. An der Ostsee würden wir sonst doch gar nicht überleben können.«

In dem Moment kam Jette gefolgt von ihren beiden Cousins herein.

»Ich habe sie hinter der Scheune am Teich aufgegabelt«, erklärte seine Tochter und trat an die Spüle, um sich die Hände zu waschen.

»Ihr auch«, sagte Astrid. Bestimmt wies sie mit dem Kopf Richtung Wasserhahn. Björn maulte. Sein zwei Jahre älterer Bruder Felix verschwand dagegen ohne Widerworte im Flur. Kurz darauf hörten sie Wasser im Badezimmer laufen.

»Björn«, sagte Susanne streng. Sie stand mit der Schüssel voll Matjessalat in der Hand vor ihrem Sprössling und wartete. »Los jetzt!«

»Och, Manno«, sagte der Kleine und stand unter lautem Gemurmel auf, krempelte sich die Ärmel hoch und folgte seinem Bruder in den Flur.

Susanne setzte sich Astrid gegenüber an den Tisch. Sören saß neben ihr, seine Tochter daneben. Auf der anderen Seite des großen Eichentischs nahmen die beiden Jungen Platz. Björn nahm die Hand seiner Mutter und seines Bruders. Die anderen folgten seinem Beispiel und fassten sich an den Händen.

»Piep, piep, piep und guten Appetit«, sagte die Familie laut, womit das Abendessen offiziell eröffnet war.

»Reichst du mir mal das Wasser?«, fragte Jette Felix.

Björn hielt seinen Teller hoch und ließ sich von Astrid Pellkartoffeln auffüllen. Sie reichte den Teller ihrer Frau rüber, die den Matjes mit Joghurtsauce drauf verteilte. Dann war Felix' Teller an der Reihe, zum Schluss Jettes.

»Du untersuchst den Mord vor der Kirche?«, fragte Astrid, nachdem sie sich selbst aufgetan hatte.

Sören spürte, wie das Bein seiner Schwester an seinem Schienbein vorbeisauste. Astrid schreckte hoch.

»Autsch.«

»Seid ihr alle versorgt?«, fragte Sörens Schwester und lächelte die Kinder an.

»Ja«, antwortete Sören. »Ich untersuche den Fall.«

Susanne konnte es nicht leiden, wenn Astrid und ihr Bruder solche Themen vor den Kindern ansprachen. Da ihre Frau als Staatsanwältin arbeitete, kam es jedoch häufiger vor, dass sich die beiden über ihre Arbeit austauschten. Und obwohl beide von Susannes Abneigung gegen diese Gesprächsthemen wussten, war die Versuchung auch dieses Mal zu groß. Sie konnten einfach nicht anders. Schließlich war der Mord in Warnemünde eine kleine Sensation, die in den kommenden Monaten das Gesprächsthema Nummer eins in der Region sein würde. Vorsichtig tastete sich Sören vor.

»Erinnerst du dich an einen Mann namens Jens Niebel?«

Seine Schwägerin nickte. Sie sah ihre Frau an und überlegte, was sie sagen durfte und was besser nicht.

»Natürlich erinnere ich mich. Ich habe mir damals auch seine Akte schicken lassen. Dieser Niebel ist ein echt böser Junge«, sagte sie und zwinkerte Björn dabei ein Auge zu.

»Wie der Räuber aus dem Buch?«, fragte der Junge.

»Na ja«, antwortete Astrid und holte tief Luft. »Ein bisschen böser ist er schon. In Hamburg hat ein Kollege mal Anklage gegen diesen Niebel erhoben. Der Hauptzeuge verschwand wenige Tage vor Prozessbeginn. Keiner weiß, wo er abgeblieben ist. Einfach weg.«

Susanne sah ihre Frau scharf an.

»Ich meine ja nur. Felix, weißt du, wie tief die Ostsee ist?«, fragte Astrid.

»An der tiefsten Stelle vierhundertneunundfünfzig Meter«, antwortete Jette. »Das steht im Erdkunderaum an der Wand.«

»Siehst du«, sagte Astrid. »Wenn solche Leute etwas verschwinden lassen wollen, dann verschwindet es. Für immer! Sie legen es nicht irgendwo hin, damit es gefunden wird. Das machen nur Katzen, wenn sie eine Maus gefangen haben.«

»Was ist verschwunden?«, fragte Björn.

Sekundenlang antwortete niemand.

»Nichts ist verschwunden«, antwortete Susanne und warf ihrer Frau einen unmissverständlichen Blick zu.

»Ich meine ja nur. Leute wie Jens Niebel sind gefährlich. Das weißt du selbst. Oder glaubst du wirklich, dass der Unfall …« sie sah auf Jette und sprach nicht weiter. »Reichst du mir noch mal den Matjes?«, fragte Astrid stattdessen.

Sören sah in die Schüssel, die an ihm vorbeigereicht wurde. Matjes. Der Geruch verursachte ein sanftes Unbehagen in seinem Magen. Er schob den Teller von sich.

»Geht es dir nicht gut? Oder schmeckt es dir nicht?«, fragte Susanne sofort. »Möchtest du vielleicht ein paar Preiselbeeren auf den Quark? Das isst man so in Schweden, hat mir eine Familie letztes Jahr erzählt. Ich habe noch Preiselbeermarmelade im Kühlschrank.«

Ohne eine Antwort ihres Bruders abzuwarten, war Susanne bereits aufgesprungen und auf dem halben Weg zum Kühlschrank.

»Keine Preiselbeeren, danke«, sagte Sören bestimmt. Wenn er eines jetzt bestimmt nicht auf seinem Teller sehen wollte, dann kleine rote Kügelchen, die in Gelee schwammen. Er zog den Teller wieder zu sich ran.

»Ich hab heute schon so viel gegessen«, sagte er und stocherte in den Kartoffeln rum. »Vielleicht esse ich später.«

Susanne sah besorgt zu ihm rüber, gab sich dann aber mit der Erklärung zufrieden. Sie setzte sich zurück an den Tisch.

Sören dachte wieder über Andreas Ricker nach. Vielleicht hatte seine Schwägerin recht. Wenn Leute wie Niebel einen Menschen verschwinden lassen wollten, dann erledigten sie das, ohne Spuren zu hinterlassen.

Doch Fries traute diesem Niebel alles zu. Vielleicht spielte er nur mit der Polizei, streute falsche Fährten und erfreute sich daran, Sören zum zweiten Mal vorführen zu können. So schnell würde er Jens Niebel nicht von der Liste seiner Verdächtigen streichen.

»Ich ermittele nicht nur gegen Niebel«, sagte er in die Stille hinein, die nur durch Felix' Schmatzen unterbrochen wurde. »Es ist nur ein Name von vielen, der in diesen Ermittlungen aufgetaucht ist.«

»Ich habe gute Kontakte zur Hamburger Staatsanwaltschaft. Wenn ich dir irgendwie helfen kann, sag Bescheid.«

Sören schüttelte den Kopf. Sie hatten lange genug über den Fall gesprochen. Astrid hatte mit ihren eigenen Prozessen schon so viel um die Ohren, dass sie weit mehr als acht Stunden am Tag arbeitete. Seine Schwester beklagte sich zwar nicht, aber als kleiner Bruder wusste er, wie Susanne tickte.

Er saß mit seiner Familie am Abendbrottisch und hatte Feierabend. An mehr wollte Sören gerade nicht denken. Schon gar nicht an diesen Fischbrötchen-Mord.

»Das ist echt lecker«, wandte er sich Susanne zu.

»Der Quark ist gekauft«, sagte seine Schwester. »Du solltest den Fisch probieren. Der ist echt lecker!«

Sören verzog das Gesicht. Er sah Astrid an, die voller Appetit eine weitere Portion Matjes über ihre Kartoffeln verteilte. Er beneidete sie um ihre Unwissenheit.

»Ich bin fertig. Darf ich noch spielen?«, fragte Felix keine fünf Minuten später.

»Gut, noch eine halbe Stunde«, antwortete Susanne.

Die Jungs rannten gemeinsam aus dem Zimmer und Jette folgte ihnen.

»Aber nicht mehr in den Stall«, rief Sören seiner Tochter hinterher.

»Ist es wegen Goliath?«, fragte Susanne.

Ihr Bruder antwortete nicht.

»Du kannst Jette nicht in Watte packen«, sagte seine Schwägerin und schob eine halbe Kartoffel, die sie mit einem Stückchen Gurke verziert hatte, auf ihre Gabel. »Sie ist dreizehn. Sei froh, dass sie sich nur für Pferde begeistert und nicht für Jungs, Partys und Drogen.«

Sören mochte Astrid, auch wenn Feingefühl nicht gerade zu ihren Stärken zählte.

»Wir fahren sowieso gleich. Jette muss morgen früh raus.« Bei diesem Thema konnte Sören eh nicht gewinnen. »Danke für das Essen und dass du sie von der Schule abgeholt hast.«

»Immer gern. Das weißt du doch.«

Susanne sah ihn auf ihre typische Art an, die Sören das warme Gefühl gab, zu Hause zu sein. Er verabschiedete sich und ging hinaus, um Jette zu suchen. Wie er sie kannte, war sie vermutlich doch zu Goliath gelaufen.

Die Jagd beginnt

Nachdem Fries seine Tochter an der Schule abgesetzt hatte, fuhr er ins Kommissariat. Kurz vor acht betrat er die Dienststelle. Er hatte noch genug Zeit, den Artikel in der ›Ostsee-Zeitung‹ über den Toten in Warnemünde zu überfliegen, ehe Wegener zu ihm stoßen würde. Doch schon auf dem Weg in sein Büro hörte er Geräusche im Flur, die eindeutig aus Wegeners Zimmer kamen.

»So früh schon hier?«, fragte er seinen Kollegen, der etwas auf ein Whiteboard schrieb. Wegener drehte sich um. Aus einer kleinen Kaffeemaschine in der Ecke des Raums stieg Dampf auf.

»Ja. Ich habe schon mal mit der Übersicht angefangen.«

Er schob Fries einen Stuhl entgegen, der genau vor dem Whiteboard stand, auf das Wegener ihre bisherigen Untersuchungsergebnisse zusammengefasst hatte. Der Oberkommissar setzte sich und betrachtete die Arbeit. Wegener reichte ihm einen Becher mit frischem Kaffee.

»Schwarz, richtig?«

Fries nickte.

»Wollen Sie auch eine Pirogge probieren? Ich habe gestern welche gemacht. Nach Olgas Rezept, mit Kartoffeln und Quark gefüllt. Die sind wirklich klasse geworden.«

Fries begutachtete die Teigtaschen auf dem Teller, den Wegener ihm hinhielt. Für seinen Geschmack waren sie ein wenig zu fettig.

»Vielleicht später. Wann haben Sie damit angefangen?« Er deutete auf die Tafel.

»Ich bin seit einer knappen Stunde hier«, erklärte Wegener. »Ich konnte nicht mehr schlafen. Die Sachen schwirrten durch meinen Kopf. Ich hatte gestern schon zu Hause mit einer Excel-Tabelle begonnen, aber ehrlich gesagt, fand ich das zu unübersichtlich.«

Fries nahm einen Schluck des frisch aufgebrühten Wachmachers, der für einen Bürokaffee überraschend gut schmeckte.

»Nicht schlecht«, sagte er. »Ich meine den Kaffee.«

Kritisch begutachtete er die Tabelle, die der junge Mann akribisch zusammengestellt hatte.

»Verdächtiger, Motiv, Alibi«, erklärte Wegener.

Der Oberkommissar nickte.

»Ja, ich sehe schon. Gar nicht so übel für einen Frischling.«

Der Kommissar ignorierte die Bemerkung und ließ sich neben Fries auf einem zweiten Stuhl nieder.

»Mal sehen«, begann der Oberkommissar. »Was haben wir bisher herausgefunden? Olga Popow: kein ersichtliches Motiv. Allerdings auch kein Alibi.«

Er sah seinen Kollegen an.

»Wir könnten aber noch auf ein Motiv stoßen. Deswegen das Fragezeichen dort«, erklärte Wegener.

»Der Fischkuttermann Friedrichsen«, sagte der Oberkommissar und seufzte dabei.

»Sie glauben nicht, dass er es war?«

»Glauben Sie es denn?« Fries nahm einen weiteren Schluck Kaffee, stand auf und ging zum Whiteboard. »Das Motiv ist Rache. Ricker hat ihm die Lizenz abgeknöpft, und Friedrichsen macht ihn für das Scheitern seiner Ehe und das Auseinanderbrechen seiner Familie verantwortlich. Wie sieht es mit dem Alibi aus?«

»Jan Petri, der Barkeeper, hat bestätigt, dass Friedrichsen bis Mitternacht im ›Casablanca‹ war. Er war der letzte Gast und so betrunken, dass Petri ihm die Autoschlüssel abgenommen hat«, erklärte Wegener.

»So betrunken, dass er es nicht mehr geschafft hätte, eine Waffe von zu Hause zu holen und den Mann zu erschießen, der seiner Meinung nach sein Leben zerstört hat? Betrunken zu sein kann man vortäuschen. Wir wissen nicht mit Sicherheit, wo er nach Mitternacht war. Sein Alibi ist also nicht wasserdicht.«

»Bleibt noch Jens Niebel«, sagte Wegener und verzog dabei sein Gesicht. »Wenn Ricker ihm das Geld gestohlen hat, dann wäre das ein starkes Motiv. Und sein Alibi gibt ihm eine Blondine am Pool.«

»Dass Ricker mit dem verschwundenen Geld zu tun hatte, ist bisher reine Spekulation.« Fries nippte erneut am heißen Getränk. »Was haben wir also? Drei Verdächtige und keine wirklich heiße Spur! Wir sollten herausfinden, was damals mit der Viertelmillion geschehen ist. Wir müssen mit Ermittlern reden, die an diesem Fall beteiligt waren. Manchmal wissen die mehr, als in den Akten steht. Und an die Akten müssen wir erst einmal rankommen. Haben Sie schon herausgefunden, wer für die Vergabe der Fischkutterlizenzen in Warnemünde verantwortlich ist?«

Der junge Kommissar sprang vom Stuhl hoch und wühlte in einem Berg von Zetteln.

»Rainer Kruse heißt der Mann. Soll ich ihn zu uns bestellen oder fahren wir zu ihm rüber? Er sitzt im Stadtamt.«

»Wir fahren zu ihm. Das geht schneller«, antwortete der Oberkommissar und rieb sich das Kinn. »Nach dem Meeting machen wir das als Erstes.«

Als Fries zwanzig Minuten später gemeinsam mit Wegener im Konferenzraum eintraf, saßen bereits der Leiter der Fachabteilung Horst Bergmann, Doktor Pannwitt und Staatsanwalt Lutoschka am Tisch und ließen sich die von Bergmann anlässlich des ersten Treffens der Mordkommission zu diesem Fall frische Muffins schmecken. Bernd Köster, der Mann von der Spurensicherung, traf kurz nach den beiden ein.

»Wollen Sie uns den Stand Ihrer Ermittlungen kurz erläutern?«, fragte Bergmann Fries, der sich gerade einen Blaubeermuffin auf seine Serviette gelegt hatte.

»Natürlich. Unsere Ermittlungen im Mordfall Ricker stecken in einer Sackgasse.«

Er wandte sich an Köster.

»Habt Ihr die Hülse noch gefunden?«

Bernd Köster verneinte das.

»Ich denke, dass da ein Profi am Werk war«, erklärte Fries. »Wir haben einen Mann namens Helmut Friedrichsen verhört, der von Ricker bei einem Geschäft ausgetrickst wurde. Er hätte zwar ein Motiv, war früher auch mal Scharfschütze, aber an diesem Abend vermutlich viel zu betrunken, um die Tat so elegant zu begehen. Der Barkeeper aus dem ›Casablanca‹ hat uns das bestätigt.«

Alle Augen waren auf ihn gerichtet. Offensichtlich musste er diese Behauptung etwas ausführen.

»Der Mörder hat Ricker direkt auf der Stirn zwischen den Augen getroffen. Das war ein perfekt platzierter Kopfschuss.«

»Aus welcher Entfernung wurde geschossen?«, fragte Bergmann.

»Der Schuss wurde aus nächster Nähe abgefeuert«, antwortete Pannwitt.

»So besoffen, wie Friedrichsen nach Aussage des Barkeepers war, hätte ihm Ricker mit Leichtigkeit die Waffe abnehmen können.«

»Kann Friedrichsen diesen Ricker nicht ermordet haben, ehe er sich volllaufen ließ?«, fragte Bergmann. »Von wann bis wann war er denn in der Bar?«

»Von etwa zweiundzwanzig Uhr bis Mitternacht«, antwortete Wegener.

»Dann ist es unwahrscheinlich«, erklärte Pannwitt. »Andreas Ricker wurde gegen ein Uhr nachts ermordet. Plus minus eine Stunde. Und das ist großzügig berechnet.«

»Und warum ist es dann nur unwahrscheinlich?«, fragte Wegener.

»Weil es immer noch eine winzige Möglichkeit gibt, dass ich etwas übersehen habe. Ein plötzlicher Wetterumschwung in der Nacht, der die Temperatur des Leichnams verändert hat, die Entführung von Außerirdischen, was weiß ich.«

»Danke, Pannwitt«, sagte der Direktor. »Wir haben verstanden.«

Fries brach ein Stück vom Muffin ab. Bergmanns Frau konnte hervorragend backen. Schade nur, dass ihr Chef die Kuchen seiner Angetrauten immer nur dann mitbrachte, wenn eine Sonderkommission eingerichtet wurde. Und die hatten selten einen schönen Anlass.

»Danke für den Gerichtsbeschluss«, sagte Fries zum Staatsanwalt. »Ricker hatte keinen Festnetzanschluss, sondern lediglich ein Handy. Ich warte auf die Verbindungsnachweise der

Telefongesellschaft. Die haben versprochen, die heute als Erstes rauszuschicken.«

Fries steckte sich das Muffinstück in den Mund.

»Ich verfolge noch eine weitere Theorie, und dafür brauche ich Ihre Hilfe, Herr Lutoschka.« Fries schluckte den Bissen herunter. »Wir sind während der Ermittlung auf einen Fall des BKA von vor zwei Jahren gestoßen. Damals verschwand eine Viertelmillion während eines Drogendeals. Ich vermute, dass Ricker das Geld damals entwendet hat und vielleicht von einer der beiden geschädigten Personen ermordet wurde.«

»BKA?« Man hätte eine Stecknadel fallen hören können, so still war es plötzlich im Raum. »Ich sehe zu, was ich tun kann.«

Fries schob Lutoschka einen Zettel mit allen Angaben hin, die er von Stefanie Brandt erhalten hatte.

»Maschadow?«, fragte der Staatsanwalt. »Mizra Maschadow?«

»Ja. Der Prinz und Jens Niebel. Zwei alte Bekannte aus Hamburg«, antwortete Fries. »Vorerst ist es allerdings nur eine Theorie.«

Bergmann sah zum jungen Wegener rüber. Dann sah er Fries an.

»Glauben Sie, dass Kommissar Wegener …«, begann der Direktor.

»Wir kommen zurecht«, fiel ihm Fries ins Wort. »Wenn wir Unterstützung brauchen, gebe ich Bescheid.«

»Wegener«, sprach Bergmann den Sohn des Polizeipräsidenten direkt an. »Wenn es Ihnen zu heikel wird …« Bergmann räusperte sich. »Wir können auch jemand anderen mit Fries losschicken.«

»Nein«, sagte der junge Kommissar laut und bestimmt. »Ich denke, wir kommen ganz gut zurecht.«

Er sah zu Fries rüber.

»Ich sage Bescheid, wenn es brenzlig wird«, versprach der.

»Gut. Noch was?«, fragte Bergmann in die Runde.

»Die Untersuchung des Hauses von Andreas Ricker in Kühlungsborn hat nichts ergeben. Das ist eine Art Museum«, erklärte Köster.

»Habt ihr einen Computer gefunden? Irgendwas, wo man drauf erkennen kann, dass Ricker einen E-Mail-Account hatte?«

Der Mann aus der Spurensicherung schüttelte den Kopf.

»Es sieht so aus, als wären das Haus und seine Bewohner niemals in diesem Jahrtausend angekommen. Ein alter VHS-Rekorder steht da noch im Wohnzimmer rum. Und wir haben sogar noch einen VEB-Staubsauger entdeckt.«

Fries dachte an die Kaffeemaschine im Büro seines Vorgesetzten.

»Ja, einige halten immer noch an der Vergangenheit fest.«

Nachdem sich die Männer kurz über technische Schätzchen der ehemaligen DDR ausgetauscht hatten, die sich immer noch in ihrem Besitz befanden – der junge Wegener kannte kaum eins –, kehrte Bergmann zur Tagesordnung zurück.

»Wenn das dann alles ist, dann wieder zurück an die Arbeit«, löste er die Sitzung auf.

Alle Männer erhoben sich. Fries und Wegener wollten gerade den Raum verlassen, als eine Polizistin dem Oberkommissar einen Zettel in die Hand drückte.

»Der Anruf kam gerade aus der Polizeistation Kühlungsborn. Gestern Abend wurde dort eine Frau überfallen. Sie sagt, dass sie eine Information über den Mord in Warnemünde hätte. Die Frau besteht darauf, nur mit dem Polizisten zu reden, der diesen Fall bearbeitet. Es scheint dringend zu sein. Sie wurde ins Krankenhaus in Bad Doberan gebracht.«

»Ein Überfall? Wer ist sie?«, wollte Fries wissen.

Die Beamtin zuckte mit den Schultern.

»So wie ich das verstanden habe, war sie eine Freundin von Andreas Ricker.«

»Noch eine Freundin?«, fragte Fries. »Da bin ich ja mal gespannt.«

Im Krankenhaus erkundigten sich die beiden Polizisten nach der Zimmernummer der Patientin. Auf der Orthopädie-Station wurden sie fündig. Die Dame, die sich als Freundin von Ricker ausgegeben hatte, war eine angenehme Erscheinung. Maren Hauser hatte lange dunkle Haare, sah leicht gebräunt aus und hatte einen schlanken

Körperbau. Fries hätte sie als zierlich beschrieben; ihre großen nussbraunen Augen weckten den Beschützerinstinkt in ihm, auch wenn die Frau ein paar Jahre älter war als er selbst. Er schätze Maren Hauser auf Anfang oder Mitte vierzig.

»Kriminaloberkommissar Fries, mein Kollege Kriminalkommissar Wegener«, sagte er und zeigte dabei seine Dienstmarke hoch. »Man hat uns mitgeteilt, dass Sie uns sprechen wollen.«

Fries betrachtete die Frau, deren Arm eingegipst in einer Schlinge hing. Auf ihrem Gesicht zeichneten sich blaue Flecken ab. Maren Hauser hatte offensichtlich mit ihrem Angreifer gekämpft.

»Sie untersuchen den Tod von Andi?«, fragte Maren verunsichert.

»Ja«, antwortete Fries und reagierte sofort mit einer Gegenfrage: »Sie nennen Herrn Ricker Andi? Sie waren demnach eine gute Freundin von Andreas Ricker?«

Frau Hauser lächelte traurig.

»Woher wissen Sie, dass er tot ist?«, wollte der Oberkommissar als Nächstes wissen. Zu einem so frühen Zeitpunkt der Ermittlungen gab die Pressestelle den Namen des Opfers nie an die Medien weiter. Das hatte unter anderem ermittlungstechnische Gründe, war aber auch wichtig, um die Angehörigen der Opfer zu schützen. Dass Andreas Ricker in einer Zeitung namentlich erwähnt worden war, war daher unwahrscheinlich.

»Kühlungsborn ist klein und Warnemünde nicht weit entfernt. Wenn etwas Schreckliches passiert, dann spricht sich das schnell rum.«

Fries wartete, ob Frau Hauser noch mehr zu diesem Thema zu sagen hatte. Eine kurze Pause der Stille erfüllte den Raum, dann sprach sie weiter.

»Eine Freundin von mir hat einen Verlobten, der bei der Polizei in Warnemünde arbeitet. Ich möchte nicht, dass sie Schwierigkeiten kriegen. Meine Freundin wusste, dass ich Andi kannte.«

Sören reichte diese Erklärung.

»Keine Angst. Deswegen bekommt Ihre Freundin keinen Ärger. Woher kannten Sie den Verstorbenen?«, fragte er weiter.

»Andreas und ich sind zusammen zur Schule gegangen. Das ist eine Ewigkeit her. Als er noch in Kühlungsborn gelebt hatte, haben wir viel Zeit miteinander verbracht.«

»Es war mehr als nur Freundschaft?«

Fries konnte nicht glauben, dass eine so aparte Frau wie Maren Hauser auf einen Typen wie Ricker stand. Allerdings fanden viele Frauen böse Jungs anziehend. Warum, das wussten nur die Götter.

»Damals«, sagte Maren verträumt lächelnd. »Ja, er war mein erster Freund. Das war alles noch sehr unschuldig. Wir waren ja auch noch echt jung.«

Fries sah zu seinem Kollegen rüber, der sich eifrig Notizen machte. Der Oberkommissar fragte sich, was er selbst von dem bisherigen Gespräch aufgeschrieben hätte. Wahrscheinlich wenig bis nichts.

»Wir haben uns vor ein paar Monaten rein zufällig wieder getroffen. Letzten Sommer vor dem Rathaus in Rostock.«

Der Oberkommissar mochte den mittelalterlichen Bau des Rathauses mit den barocken Vorbauten, auch wenn er die Fassade in einem anderen Farbton gestrichen hätte. Schweinchenrosa war eben nicht jedermanns Sache.

»Ich arbeite bei der Stadtverwaltung. Andi hatte etwas Geschäftliches in Rostock zu erledigen. Seit jenem Tag haben wir wieder Kontakt.«

Fries wollte fragen, wie nahe sie sich standen, hielt sich aber zurück. Hatte das etwas mit den Ermittlungen zu tun? Ehe sich Fries klar darüber war, stellte Wegener die Frage.

»Nein, nein. Wir waren nur alte Freunde, die sich gefreut haben, sich nach so langer Zeit einmal wiederzusehen. Ich mochte Andreas und vielleicht hätte irgendwann auch wieder was aus uns werden können. Aber er war nicht mehr derselbe Andi wie früher. Das Gefängnis und seine Zeit in Hamburg …« Die Frau atmete tief ein. »Durch den Tod seines Bruders hatte er sich schon verändert. Er ist nie darüber weggekommen, dass Thomas ertrunken ist, damals, bei seinem Fluchtversuch. Andi hat seinen Vater dafür verantwortlich gemacht und ihm das nie verziehen.«

»Seinen Vater?«, hakte der Oberkommissar nach.

»Ja, sein Vater und sein Bruder hatten sich unentwegt gestritten. Thomas wollte raus aus der DDR. Er war jung, gerade mal siebzehn, glaube ich. Er wollte frei sein. Sein Vater war dagegen ein glühender Anhänger des Regimes. Selbst nach Thomas' Tod hat er der Partei die Treue gehalten. Andreas nicht. Der war zu jung, um das alles zu verstehen. Aber als er dann älter war, sagte er mal zu mir, dass die SED schuld am Tod seines Bruders sei. Die SED und sein Vater. Andi wäre nach dem Mauerfall am liebsten auch sofort in den Westen gegangen. Er ist nur seiner Mutter zuliebe geblieben.«

Maren Hauser blickte gedankenversunken ins Leere.

»Andi kam erst nach dem Tod seines Vaters wieder zurück nach Kühlungsborn. Kurz danach. Er wurde gerade aus der Untersuchungshaft entlassen und hatte genug von Hamburg. Über seine Zeit dort hat er nicht viel erzählt, nur dass er in die falschen Kreise gekommen sei und schlechte Entscheidungen in seinem Leben getroffen hätte.«

»Hat er etwas von einem Jens Niebel oder einem Mizra Maschadow erzählt?«, fragte Wegener.

Fries war von der klaren Vorgehensweise seines Kollegen angetan, auch wenn der vergessen zu haben schien, dass er erst einmal nur zuhören und lernen sollte. Aber genau diese Frage hätte Fries jetzt auch gestellt. Der Oberkommissar sah zu Wegener hinüber, der schuldbewusst in sein Heftchen blickte und die Antwort von Maren aufschrieb.

»Nein. Maschadow? Nein, diesen Namen habe ich noch nie gehört. Aber Niebel? Jens Niebel? Soweit ich mich erinnern kann, hieß der beste Freund von Andreas' Bruder mit Nachnamen Niebel. An seinen Vornamen erinnere ich mich nicht. Aber es könnte Jens gewesen sein. Sie sind damals gemeinsam geflüchtet. Thomas' Freund überlebte. Er hat es in den Westen geschafft, während Andis Bruder bei der Überfahrt mit dem selbst gebauten Floß ertrank.«

»Jens Niebel war der beste Freund von Andreas' totem Bruder?«, fragte Wegener nach. Diese Information überraschte auch Fries.

»Ja, ich glaube schon, dass er Jens hieß. Ich bin mir aber nicht sicher. Zumindest nicht zu hundert Prozent.«

Die beiden Polizisten sahen sich an. Wegener begann sofort, dieses Detail aufzuschreiben. Der Oberkommissar wusste dagegen, dass man solche überraschenden Wendungen in einem Fall niemals vergaß.

»Hat er sonst irgendetwas über seine Zeit in Hamburg erzählt? Was er dort gemacht hat? Wer seine Kollegen waren?«, bohrte Fries nach.

Maren Hauser schüttelte den Kopf.

»Nein, er hat einmal irgendeinen Prinzen erwähnt, sich aber auch gleich darüber geärgert, dass er diesen Mann erwähnt hatte. Ich musste ihm versprechen, niemandem davon zu erzählen. Auch nicht von der DVD.«

»Eine DVD?«, fragte Fries.

Wegener sah von seinen Notizen auf. Die Frau atmete erneut tief ein.

»Andreas ahnte wohl, dass so etwas passieren könnte. Er hatte mir eine DVD gegeben, auf die ich aufpassen sollte. Sie würde ihn beschützen, sagte Andi. Er meinte, dass ich niemandem die DVD geben durfte, solange er lebte. Ich sollte mit niemandem darüber reden. Erst wenn ihm was passieren würde, so wie jetzt, sollte ich zur Polizei gehen. Aber nur zu dem Beamten, der seinen Tod untersucht. Also Sie.«

Fries nickte und setzte sich zu ihr an den Bettrand.

»Haben Sie jemandem von der DVD erzählt?«, fragte er.

»Nein, das habe ich nicht«, antwortete sie und sah ihm dabei tief in die Augen. »Gerade deshalb verstehe ich es nicht. Sie haben nichts gestohlen. Nur die DVD von Andreas ist weg!«

Fries sah zu seinem Kollegen rüber, der aufgehört hatte, zu schreiben.

»Wissen Sie, was auf dem Datenträger drauf war?«, fragte der Oberkommissar in die Stille hinein. »Haben Sie nicht mal einen Blick drauf geworfen?«

Er hoffte, dass Maren Hauser neugierig genug gewesen war. Wenn ihm jemand eine DVD anvertrauen würde, die er erst nach dem Tod der Person weiterleiten sollte, würde er auf jeden Fall einen Blick riskieren.

»Nein, leider nicht. Jetzt wünschte ich mir, es getan zu haben. Aber Andi sagte, dass der Inhalt der DVD auch mich in Gefahr bringen könnte.«

Für Fries stand damit Jens Niebel ganz oben auf der Liste der Verdächtigen. Gegen wen hätte Ricker sonst Beweise hinterlegen sollen? Vielleicht hatte er diesem Mann eine Mitschuld am Tod seines Bruders gegeben? Vielleicht wollte Ricker Rache an Niebel nehmen? Vermutlich hatte er deshalb als Informant gearbeitet und den Drogendeal verraten. Die DVD musste der Datenträger gewesen sein, auf dem Andreas Ricker alle Informationen gegen seinen ehemaligen Boss gesammelt hatte. Hatte Ricker ihn mit dieser DVD erpresst? Wollte er Geld für seinen Neuanfang haben, für den Fischbrötchenverkauf in Warnemünde?

Fries war nicht wohl bei dem Gedanken, in diese Richtung weiterermitteln zu müssen. Einen Mord in diesen Kreisen aufzuklären, war so gut wie unmöglich. Und Jens Niebel zu nahe zu kommen, konnte tödlich enden.

»Und jetzt noch einmal zu Ihrem Überfall. War es ein Täter? Oder waren es mehrere?«, fragte der Oberkommissar.

»Einer«, antwortete Maren Hauser. »Ich denke, dass es nur einer war.«

»An was erinnern Sie sich denn?«, fragte Wegener.

Maren Hauser schüttelte den Kopf. »Es ging alles so schnell. Ich weiß nicht. Ich hatte gerade die Wohnung betreten. Und plötzlich spürte ich einen Schlag auf meinem Kopf.«

Der Oberkommissar hätte seine Frage niemals so offen gestellt, sondern sich schrittweise herangetastet. Er musste nach der Vernehmung noch einmal mit Wegener darüber reden, wie man

Leute befragte. Fries warf seinem Kollegen einen Blick zu und hoffte, dass der ihn verstanden hatte.

»Hatten Sie das Licht bereits an, als Sie den Schlag spürten?«

Maren Hauser ließ sich Zeit, ehe sie antwortete. »Doch, ja. Das Licht war an.«

»Der Schlag kam von vorne«, erklärte Fries. »Ihre Verletzungen deuten darauf hin. Vermutlich haben Sie versucht, den Schlag mit dem linken Arm abzuwehren. Können Sie sich daran erinnern, womit auf Sie eingeschlagen wurde?«

Die Frau schüttelte den Kopf.

»Können Sie sich an das Gesicht des Angreifers erinnern? Trug er eine Brille? Hatte er eine Narbe? Irgendetwas, was heraussticht?«

Maren Hauser hielt sich die Stirn.

»Nein, er hatte kein Gesicht. Er trug eine Maske. Seine Augen. Ich weiß nicht. Sie waren hell. Blau oder grün, oder so. Sie waren kalt.«

»Gut. Sehr gut«, sagte Fries und lächelte sie dabei an. »Jetzt wissen wir schon mal, dass der Täter eine Maske trug und helle Augen hatte. War er größer als Sie?«

»Nur ein bisschen«, antworte Maren Hauser. »Er war eher schmächtig, obwohl sein Schlag ziemlich kräftig war. Ich ging danach zu Boden, spürte noch ein paar Tritte und dann wurde ich ohnmächtig.«

»Und seine Stimme? Hat er was gesagt?«

Maren Hauser schüttelte den Kopf.

»Ich kann mich nicht daran erinnern, dass er was gesagt hat.«

Hilflos sah sie Sören an.

»Danke für Ihre Mithilfe. Ich weiß, dass das nicht einfach ist, so einen Überfall noch einmal zu durchleben«, sagte Fries, als er wieder von der Bettkante aufstand. »Aber mit Ihrer Aussage haben Sie uns sehr geholfen. Wenn Ihnen noch etwas einfällt«, sagte er und nahm eine Visitenkarte aus der Brieftasche, »dann rufen Sie einfach an.«

»Ich denke, dass wir uns jetzt mit dem Mann unterhalten sollten, der für die Verteilung der Fischkutterlizenzen zuständig ist«, sagte Fries auf dem Weg zu ihrem Wagen. »Wie hieß er noch mal?«

»Rainer Kruse«, antwortete Wegener. »Er arbeitet in der Stadtverwaltung in der Abteilung Finanzen, Verwaltung und Ordnung. Die sitzen hinter dem Rathaus.«

Wie zu erwarten war, saß Rainer Kruse in seinem Dienstzimmer vor einem großen Monitor an seinem Schreibtisch, und tippte etwas auf seiner Tastatur.

»Ich habe heute keine Sprechzeiten«, sagte der Mann, ohne von seinem Monitor aufzusehen. »Kommen Sie morgen wieder.«

Die Polizisten rührten sich nicht. Rainer Kruse tippte einige Sekunden weiter, doch dann hob er langsam seinen Kopf und wandte sich den beiden Unbekannten zu.

»Kommen Sie von Ricker?«, fragte der Hornbrillenträger hinterm Schreibtisch mit zittriger Stimme.

Fries überlegte, ob er einfach nicken sollte. Es wäre sicher interessant gewesen, was dieser Mann zu sagen hätte, wenn er glaubte, dass sie von Ricker geschickt wurden. Aber das wäre eine Lüge und der Oberkommissar wusste, dass solche kleinen Schwindeleien, wenn es zu einer Verhandlung kam, zu dem Ausschluss eines Geständnisses führen konnte. Er entschied sich trotzdem dafür, erst einmal nichts zu sagen.

»Was will er denn jetzt noch? Das mit der Lizenz hat doch geklappt, oder?«

»Ja, das hat es wohl«, sagte Fries, dem gerade eingefallen war, dass er den Sohn des Polizeipräsidenten an seiner Seite hatte. Es war besser, nach Lehrbuch vorzugehen, auch wenn es nicht seine bevorzugte Ermittlungsmethode war.

»Kriminaloberkommissar Fries und mein Kollege Kriminalkommissar Wegener. Wir kommen von der Kripo Rostock.«

Der Schock stand Kruse ins Gesicht geschrieben.

»Es ist nicht so, wie es aussieht. Ich wurde erpresst. Ich hatte keine Wahl«, stotterte der Beamte und starrte zwischen Fries und Wegener hin und her.

Der Oberkommissar nahm sich den freien Stuhl vor dem Schreibtisch, auf dem sonst Menschen saßen, die Rainer Kruses Hilfe als Sachbearbeiter in Anspruch nahmen. Andreas Ricker hatte vermutlich ebenfalls auf diesem Stuhl gesessen.

»Erzählen Sie doch alles von Anfang an«, sagte Fries und sah dabei Rainer Kruse an, ein kräftiger Mann, der etwa ein Meter neunzig groß war und nun Tränen in den Augen hatte.

Es klopfte an der Tür.

»Er hat gerade keine Zeit«, wimmelte Wegener eine Kollegin Kruses ab. Dabei hielt er ihr seinen Dienstausweis entgegen. Während der Kommissar die Tür schloss, reckte sie ihren Hals, um noch einen letzten Blick auf ihren Kollegen zu werfen, der von der Polizei aufgesucht wurde.

»Es war doch nur einmal. Bei einer Dienstreise nach Hamburg. Wir hatten dort eine Schulung mit einigen Kollegen wegen dieser neuen Software, mit der wir uns seit vergangenem Jahr rumärgern müssen. Natürlich sind wir auch auf die Reeperbahn gegangen.«

Kruse schüttelte den Kopf.

»Wir hatten getrunken und sind dann auch in einen Club gegangen, nun ja, sie wissen schon, junge Frauen, halb nackt und Sekt, der pro Flasche fünfhundert Euro kostet.«

Es klopfte wieder an der Tür. Dieses Mal stand ein Herr im Anzug davor, der sich als Kruses Vorgesetzter vorstellte. »Ich wollte nur fragen, ob alles in Ordnung ist.«

»Alles gut, Herr Hanfstengel«, antwortete Rainer Kruse knapp. Seinem Gesichtsausdruck nach zu urteilen, wusste der Anzugträger jedoch, dass sein Mitarbeiter gelogen hatte.

»Wir brauchen nur ein paar Informationen von Ihrem Kollegen. Sollen wir Herrn Kruse mit aufs Kommissariat nehmen oder können wir uns hier weiter ungestört mit ihm unterhalten?«

Herr Hanfstengel trat einen Schritt von der Tür zurück.

»Wenn es nicht allzu lange dauert. Schließlich ist das hier ein Arbeitsplatz.«

Hinter Hanfstengels Kopf tauchten noch zwei weitere Köpfe auf. Auf seiner linken Seite stand die Frau, die als Erste an der Tür geklopft hatte, auf der anderen Seite lugte ein Mann mit Vollbart hervor. Wegener schloss die Tür.

»Brauche ich einen Anwalt?« Verängstigt sah er zwischen den beiden Polizisten hin und her. »Oh mein Gott. Wie konnte ich nur so dämlich sein?«

»Natürlich sollten Sie mit einem Anwalt sprechen«, antwortete Fries. »Früher oder später werden Sie dennoch auch mit uns reden müssen. Und da wir den Tod von Andreas Ricker aufzuklären haben, machen Sie sich natürlich verdächtig, wenn Sie uns Informationen vorenthalten.«

Alle Farbe wich aus Kruses Gesicht.

»Andreas Ricker ist tot?«

Panisch sah er sich im Zimmer um.

»Ich will jetzt mit meinem Anwalt sprechen. Vorher sage ich kein Wort mehr.«

Fries nickte. Es war zwar nervig, auf die Aussage eines Zeugen warten zu müssen, und die Anwesenheit eines Anwalts würde die Sache nicht vereinfachen, aber Kruse würde nicht drum herumkommen, mit ihnen zu reden. Zumindest dann nicht, wenn er im Mordfall unschuldig war und dies auch beweisen wollte.

»Gut, dann kommen Sie morgen um neun Uhr mit ihrem Anwalt auf die Polizeiinspektion in der Ulmenstraße. Wenn Sie nicht erscheinen, lasse ich Sie mit einem Polizeiwagen abholen. Von Ihrer Arbeit. Mit Blaulicht und Konfetti. Sie verstehen?«

Kruse nickte verängstigt.

Als die beiden Polizisten auf den Flur traten, hatte sich um den Abteilungsleiter Hanfstengel mittlerweile ein kleiner Pulk Schaulustiger versammelt.

»Diskretion ist hier wohl Mangelware«, sagte Wegener laut, als sie an dem Menschenauflauf vorbeigingen.

Der junge Kommissar gefiel Fries von Tag zu Tag besser.

»Sie hatten ihn fast so weit«, sagte Wegener, als sie das Treppenhaus betraten. »Wenn sein Chef nicht gestört hätte, hätte er vielleicht alles zugegeben. Hätte ich draußen warten sollen? Ich hätte die Leute abfangen können, dann hätten Sie Kruse vielleicht zum Reden gebracht.«

Der Oberkommissar sah Wegener an. Der junge Mann war fast so aufgeregt wie Kruse und plapperte wie ein Wasserfall.

»Sie haben alles richtig gemacht. So etwas passiert. Wir reden dann eben morgen mit ihm.«

Auf der anderen Seite des Platzes entdeckte Fries ein Schnell-Restaurant.

»Lassen Sie uns was essen gehen«, schlug er vor und steuerte auf den Laden zu.

»Was halten Sie von Rainer Kruse?«, fragte Fries. Die beiden Männer hatten ihr Essen am Tresen ausgesucht und an einem Tisch auf der Terrasse des Lokals Platz genommen.

»Sie fragen nicht, ob ich ihn für den Mörder halte?«

»Tun Sie das?«

Wegener grinste.

»Er ist der Erste, von dem ich nicht glaube, dass er es war«, antwortete der Kommissar.

»Warum?«, wollte Fries wissen und stopfte sich einen Berg in rosafarbene Soße getränkten Salats in den Mund.

»Der Typ ist total verängstigt. Ich glaube nicht, dass der eine Waffe halten könnte.«

Fries sah Wegener an.

»Gerade aus der Angst heraus, können Menschen töten. Wenn sie in die Enge getrieben werden. Neben Habgier, Eifersucht und Rache ist die Angst eines der stärksten Motive, wenn es um ein Tötungsdelikt geht. Dieser Mord geschah allerdings kaltblütig. Der Schuss in den Kopf, da hat niemand gezögert. Der Killer wusste, was er tat. Ich gebe Ihnen recht. Kruse ist vermutlich nicht unser Täter.«

Fries sortierte die Gurken vom Salat und aß weiter.

»Kruse sagt, dass er erpresst wurde. Und er kannte Ricker. Wir können also davon ausgehen, dass er die Information bezüglich der Lizenzverlängerung dieses Imbisskutters an unser Opfer weitergegeben hat.«

Sören wischte sich mit einer Papierserviette die Dressingreste vom Mund.

»Vermutlich wurde er mit irgendwelchen Bildern aus diesem Sexclub erpresst. Morgen erfahren wir mehr dazu. Wollen Sie das Verhör übernehmen?«

Wegener verschluckte sich fast. Mit vollen Backen und einer Spaghetti aus dem Mund sah er zu Fries rüber.

»Wir beide glauben nicht, dass er es war. Sie können also nicht allzu viel falsch machen. Stellen Sie kleine Fragen, keine allzu offenen. Seien Sie präzise. Versprechen Sie ihm nicht, dass seine Indiskretion in der Behörde keine Folgen haben wird, sondern sagen Sie nur, dass Sie es versuchen würden. Schneiden Sie das Thema überhaupt nur dann an, wenn er oder sein Anwalt es ansprechen. Stellen Sie Fragen und geben Sie nur die nötigsten Informationen raus. Ricker ist tot. Er wurde ermordet. Wie er starb, brauchen Sie nicht zu erwähnen. Auch nicht, wo er gefunden wurde. Fragen Sie, wo Kruse zur Tatzeit war. Und so weiter. Kriegen Sie das hin?«

Wegener hatte seine Nudeln heruntergeschluckt.

»Natürlich schaffe ich das«, sagte er strahlend. »Ich meine, ich denke, dass ich es schaffe.«

»Das denke ich auch. Ich werde dabei sein und nur eingreifen, wenn es sein muss. Bei allen anderen Verhören ...«, sagte Fries und stocherte im Salat herum.

»Hör ich zu und lerne«, ergänzte Wegener selbst. »Ich weiß. Ich will ja lernen. Und Sie sind ein guter Lehrer.«

Der Oberkommissar sah ihn einige Sekunden lang an. Verlegen richtete der junge Mann seinen Blick auf den halb vollen Teller vor sich. Ehe Fries darauf etwas sagen konnte, klingelte sein Handy.

»KOK Fries«, meldete er sich.

»Ehrlich?«, sagte er. »Okay ... Wo? ... Wir sind in einer Viertelstunde da.«

Wegener wollte gerade fragen, was passiert sei, aber der Oberkommissar kam ihm zuvor.

»Im Haus von Ricker wurden zwei Einbrecher festgenommen. Mal sehen, was die uns zu erzählen haben.«

Unter Sirenengeheul gelangten sie im Rekordtempo nach Kühlungsborn. Es war zwar noch nicht Hauptsaison an der Ostsee und die Straßen waren noch verhältnismäßig leer, aber Fries war von den unkundigen Touristen genervt, die in den kommenden Monaten die Straßen seiner Heimat verstopfen würden. Auf der Polizeistation in Kühlungsborn nahm der Stationsleiter die Polizisten in Empfang.

»Polizeihauptkommissar Steiner«, stellte der sich vor. »Da Ricker vor Kurzem mit einem Loch im Kopf gefunden wurde, dachten wir, dass Sie Interesse an diesen Männern haben.«

»Wissen wir was über die beiden?«, fragte Fries, während er neben dem Polizisten zu den Zellen im hinteren Bereich der Wache gebracht wurde.

»Ja, es sind Brüder. Beide sind bei uns schon mal auffällig geworden. Der eine nur wegen kleinerer Einbrüche. Der Ältere hat allerdings schon mal wegen Körperverletzung eingesessen. Er soll zu einer Organisation gehören, die von einem ...« Steiner blieb stehen und sah in die Akte, die er bei sich trug.

»Jens Niebel«, kam Fries ihm zuvor.

Hauptkommissar Steiner überreichte ihm die Unterlagen. »Richtig! Von einem Jens Niebel geführt wird.«

Der Polizeibeamte öffnete mit einem Schlüssel die Tür, vor der sie stehengeblieben waren und die zum Zellentrakt führte.

»Mit wem wollen Sie zuerst sprechen?«

Fries schlug die obere Akte auf und grinste. Wegener sah auf das Foto, das ihm der Oberkommissar hinhielt.

»Na, wenn das kein Zufall ist«, sagte der Kommissar.

»Mit dem fangen wir an«, sagte Fries zu Steiner und seinem Kollegen. »Ich mache das alleine. Gucken Sie von draußen zu.«

Steiner öffnete die Tür des Verhörraums. Dort wartete, dieses Mal ohne Sonnenbrille, der persönliche Leibwächter von Jens Niebel.

Frank Thiel saß in einem abgedunkelten Raum mit hellgrünen Wänden, in dem ein Tisch und zwei Stühle standen. In einer der hinteren Ecken des Zimmers war eine Kamera von der Decke hängend angebracht, sodass der Verdächtige die ganze Zeit unter Beobachtung stand, auch wenn kein Beamter im Raum anwesend war.

Sören Fries setzte sich auf den freien Stuhl. Wegener blieb außerhalb des Raums, wie der Oberkommissar angeordnet hatte, und verfolgte das Verhör über einen Monitor in einem anderen Zimmer.

»Wie haben Sie die beiden erwischt?«, fragte Wegener, als er sich neben Hauptkommissar Steiner im Überwachungsraum vor die Bildschirme setzte.

»Zufall, wenn Sie so wollen«, antwortete der Polizist. »Wir hatten erfahren, dass Andreas Ricker erschossen wurde. Eine Nachbarin hatte einen Beamten, der in der Gegend Streife fährt, darauf aufmerksam gemacht, dass sich in der Vergangenheit des Öfteren eine unbekannte Frau auf dem Hof aufgehalten hatte. Eine Rothaarige, die etwa fünfzig Jahre alt wäre.«

Wegener wusste, dass Steiner vermutlich von Olga Popow sprach, aber er unterbrach seinen Kollegen nicht.

»Wir wollten nachsehen, ob alles in Ordnung auf dem Hof ist, ob sich die Frau immer noch dort aufhält, und sind einfach mal vorbeigefahren.«

Steiner stellte den Ton am Monitor lauter. Aus den Lautsprechern drang die Stimme von Oberkommissar Fries.

»Ich glaube, dass unser Gespräch dieses Mal nicht ganz so nett verlaufen wird wie bei unserer letzten Begegnung, Herr Thiel«, begann Fries die Vernehmung. Dann öffnete er die Akte, die ihm Steiner gegeben hatte, und begann langsam alle Straftaten vorzulesen, denen sich der Verdächtige bisher schuldig gemacht hatte.

»Körperverletzung, Nötigung, Drogen- und Waffenbesitz. Einbruch gehörte bisher nicht zu Ihren bevorzugten Betätigungsfeldern«, schloss Fries die Aufzählung ab.

»Der Hof der Familie Ricker liegt in einer Sackgasse«, erzählte Steiner weiter. »Die saßen in der Falle und hatten keine Chance zu entkommen. Sie haben versucht, über die Felder abzuhauen, aber das war aussichtslos.«

Wegener sah wieder auf den Monitor. Fries hatte sich vorgebeugt und sprach auf Thiel ein: »Wir wissen, dass Andreas Ricker etwas gegen Ihren Boss in der Hand hatte. Er hatte Informationen über ihn gesammelt und ihn damit erpresst.«

Thiel sah kurz auf, sagte aber nichts.

»Herr Ricker hatte seine Informationen auf einer DVD gespeichert. Aber das wissen Sie ja schon, oder?«

Thiels Stirn kräuselte sich.

»Versuchter Einbruch ist keine Kleinigkeit, wenn man so viele Einträge wie Sie hat«, sagte der Oberkommissar weiter und schloss dabei die vor sich liegende Akte. »Wenn Sie nicht mit mir reden wollen, dann vielleicht mit dem Staatsanwalt. Ich versuche mein Glück bei Ihrem Bruder. Der hat noch nicht so viel ausgefressen wie Sie. Bisher ist er immer knapp dem Gefängnis entkommen. Glauben Sie, dass er genauso loyal Ihnen gegenüber ist wie Sie ihm gegenüber.«

Frank Thiel sah dem Polizisten in die Augen.

»Für den sogenannten Einbruch geht er nicht in den Knast. Den können Sie uns nicht nachweisen. Er war ja noch nicht einmal mit im Haus«, sagte der Verdächtige grinsend. »Manni kriegt höchstens auf die Finger gehauen mit Bewährung und Sozialstunden und dem ganzen Scheiß. Aber Knast? Niemals!«

Thiel sah aus dem Fenster. Der Oberkommissar stand auf.

»Ja, der Einbruch. Da haben Sie vermutlich recht. Aber für den Überfall mit Körperverletzung schon. Ich glaube nicht, dass

Manni«, dabei zog er das ›i‹ in die Länge, »dafür in den Knast gehen will.«

»Körperverletzung? Was reden Sie da für einen Scheiß? Wir haben doch niemanden überfallen. Den Mist hängen Sie uns nicht an!«, schnauzte Thiel den Polizisten an. Das Grinsen war aus seinem Gesicht verschwunden. Stattdessen funkelte Wut aus seinen Augen.

Fries sah sich den Mann genau an. Der Oberkommissar kannte solche Kriminellen. Sie gaben nichts bei der Polizei zu, solange die ihnen nicht klar beweisen konnte, dass sie es waren. Sein Gefühlsausbruch schien allerdings ehrlich gewesen zu sein. Vielleicht wusste er tatsächlich nichts von dem Überfall auf Maren Hauser.

Fries setzte sich wieder.

»Jens Niebel ist garantiert kein einfacher Arbeitgeber«, sagte der Oberkommissar.

Frank Thiel richtete seinen Oberkörper auf und sah in Fries' Augen.

»Kann man so sagen.«

»Ich bitte Sie ja nicht darum, Ihren Boss zu verpfeifen. Andreas Ricker hatte Informationen gegen Niebel in der Hand. Das wissen wir. Sonst hätte Ihr Boss Ricker nicht aus der Organisation aussteigen lassen. Wer war außer Ihnen und Manni noch beauftragt, diese Informationen zurückzuholen.«

Thiel schüttelte den Kopf.

»Frank, seien Sie nicht dumm. Ich will nur wissen, wer heute Morgen in die Wohnung unserer Zeugin eingestiegen ist.«

Fries unterließ es bewusst, den Namen von Maren Hauser zu nennen. Vielleicht kannte Thiel sie tatsächlich nicht. In dem Fall wollte der Oberkommissar sie nicht einer unnötigen Gefahr aussetzen. Wenn er mit dem Überfall allerdings doch etwas zu tun hatte, bestand eine Chance, dass Thiel sich verplapperte und das Opfer beim Namen nannte.

»Wir werden es so oder so herausbekommen, ob Sie und Ihr Bruder dabei waren, wenn wir die Gegenüberstellung machen. Ich bin mir sicher, dass die Frau ihren Angreifer eindeutig identifizieren kann. Schließlich standen Sie vor ihr, als Sie zugeschlagen haben«, sagte Fries und beobachtete dabei seinen Verdächtigen, der ihn mit seinen strahlend blauen Augen ansah.

Thiel schwieg weiter.

»Wollen Sie, dass Ihr Bruder mit Ihnen in den Knast wandert? Für ihn wäre das, soweit ich weiß, das erste Mal«, fragte Fries sein Gegenüber. Er wusste, dass dieses emotionale Druckmittel sein letzter Trumpf war. Wenn Thiel jedoch mehr Angst vor seinem Boss hatte, als davor, für den ersten Gefängnisaufenthalt seines Bruders verantwortlich zu sein, dann hatte der Polizist ausgespielt.

»Manni wusste nicht, was ich vorhatte«, antwortete Thiel schließlich. »Wir haben keine Frau überfallen. Wozu auch. Ich sollte nur im Haus von Andreas nachsehen, ob ich Dinge finde, die besser nicht in die Hände der falschen Leute kommen. Manni sollte nur Schmiere stehen.«

»Und was ist mit dem Überfall auf die Frau? Könnte Niebel noch jemand anders losgeschickt haben?«, fragte der Kommissar.

Thiel seufzte.

»Nein. Solche Aufgaben erledige ich. Olek und Arthur sind beim Boss geblieben, als ich losgefahren bin. Alle anderen sind in Hamburg und kümmern sich um die Clubs. Ich hätte mitbekommen, wenn Niebel mehr Leute angefordert hätte.«

Die Männer sahen sich an. Fries überlegte, ob er Thiel glauben sollte.

»Manni wird in drei Monaten Vater. Er kann nicht in den Knast gehen. Schon gar nicht für eine Sache, mit der er nichts zu tun hat. Er sollte nur aufpassen, mehr nicht«, sagte Thiel.

Fries sah Frank in die Augen. Thiel hatte einen wunden Punkt. Das war gut zu wissen.

»Vorausgesetzt, Sie haben nichts mit dem Überfall zu tun, dann glaube ich nicht, dass er für das Schmierestehen ins Gefängnis muss. Sie müssen natürlich aussagen, dass es auch wirklich so war. Dann wird er vermutlich mit einer Bewährungsstrafe davonkommen.«

Der Oberkommissar stand auf und verließ den Verhörraum. Auf dem Flur traf er seine beiden Kollegen. Wegener hatte wieder sein Notizbuch in der Hand. Sören fragte sich, ob der junge Wegener vielleicht doch mehr als nur der Spross des Polizeipräsidenten war. Vielleicht steckte in dem jungen Mann tatsächlich ein richtiger Ermittler.

»Wir müssen Maren Hauser Fotos von den Brüdern zeigen. Vielleicht erkennt sie die Augen von einem wieder. Ich glaube zwar nicht, dass die Thiels sie überfallen haben, aber wir sollten es auf jeden Fall überprüfen.«

»Glauben Sie ihm?«, fragte Steiner.

»Ich weiß es nicht. Vielleicht will er auch nur seinen Bruder und sich schützen«, antwortete Fries.

»Und Manfred Thiel?«, fragte Wegener. »Verhören wir den nicht?«

Fries schüttelte den Kopf.

»Nein, ich glaube, dass der kleine Thiel auf seinen Anwalt warten sollte.«

Die drei Männer gingen den Flur entlang in Richtung Ausgang.

Der Oberkommissar wusste natürlich, dass es besser war, einen Verdächtigen sofort zu verhören. Wenn das Adrenalin der Tat noch nicht ganz aus dem Blut abgebaut war, neigten die Täter zu emotionalen Ausbrüchen, die durchaus ein Geständnis zur Folge haben konnten. In diesem Fall wollte Fries genau das verhindern. Mannis Bruder würde den Großteil der Schuld auf sich nehmen. Frank hatte schon einige Male mit dem Gericht zu tun gehabt. Ein weiterer Gefängnisaufenthalt würde seinen Lebensweg nicht großartig beeinflussen. Sein Bruder hatte dagegen noch eine Chance, wenn er sie ergriff. Die Geburt eines Kindes konnte im besten Fall aus einem unreifen Kindskopf ein verantwortungsvolles Mitglied der Gesellschaft machen.

»Auf jeden Fall danke, dass Sie uns angerufen haben«, sagte Fries, ehe sie sich von Steiner verabschiedeten.

Auf dem Weg zum Auto bemerkte der junge Kommissar: »Maren Hauser wurde gestern Abend überfallen. Wenn die Thiels es gewesen wären, dann hätten sie seit gestern Abend die DVD mit den Infos gegen Jens Niebel in der Hand gehabt. Dann hätte es keinen Grund gegeben, heute Morgen in das Haus von Ricker einzusteigen, oder?«

Fries überlegte.

»Vielleicht wollten sie aber auch nur sicher gehen, dass es keine Kopie von der DVD gab.«

»Gut, das wäre möglich. Es wäre allerdings auch möglich, dass die Thiels Maren Hauser nicht überfallen haben, oder?«

Wegener sah zu seinem Kollegen rüber, der darauf wartete, dass der junge Mann diesen Gedanken ausführte. »Wenn also der Leibwächter von Jens Niebel Maren Hauser nicht überfallen hat, stellt sich natürlich die Frage, wer hätte sonst noch Interesse daran, an Informationen gegen Jens Niebel zu gelangen?«

»Eine sehr gute Frage, Wegener. Wir fahren zu Rickers Haus und gucken, ob wir da noch was finden, von dem Jens Niebel nicht will, dass es in die falschen Hände gerät.«

Auf dem Hof von Ricker angekommen, packten die Kollegen der Spurensicherung gerade ihre restlichen Sachen ein. Fries und Wegener zeigten ihre Dienstausweise und wurden danach von den Streifenpolizisten, die den Tatort abgesichert hatten, auf das Grundstück gelassen.

»Habt Ihr etwas Relevantes für unseren Fall gefunden?«, fragte Fries Bernd Köster, der mit dem Laborkoffer in der Hand auf seinen Wagen zuging.

»Jede Menge Fingerabdrücke, die wir noch auswerten müssen. Fußspuren im Feld da hinten«, er deutete auf den Acker, der hinter dem Grundstück angrenzte. »Aber da die Täter in flagranti erwischt wurden ... nein, nichts Interessantes, denke ich.«

»Habt Ihr noch Datenträger gefunden? DVDs und so?«, fragte der Oberkommissar.

»DVDs?«, fragte Köster grinsend. »Nein. Wie ich heute Morgen schon sagte, haben wir hier nur ein paar alte Videokassetten gefunden. Aber DVDs? Er hatte keinen Computer im Haus. Es gibt so gut wie nichts Technisches da drin, was nach der Wende gebaut wurde.«

Der Oberkommissar schüttelte den Kopf.

»Wir gucken uns an, was auf den Videokassetten ist. Die haben wir eingepackt. Aber ich denke, dass wir nur auf Daddys alte Pornosammlung gestoßen sind.«

Bernd Köster stellte seinen Koffer in den Wagen.

»Kann ich sonst noch was für dich tun?«, fragte er und drehte sich wieder zu seinem Kollegen um.

»Nein, ich denke nicht.«

Sören bedankte sich und ging ins Haus.

»Was suchen wir?«, fragte Wegener, als er hinter Fries in das Wohnzimmer getreten war.

Fries rieb sich das Kinn, während er sich umsah.

»Alles, was Informationen beinhaltet. Vielleicht finden wir nichts. Vielleicht aber doch.« Er ging zum Wohnzimmertisch, auf dem ein Berg mit Zetteln lag. »Er hat die Sache mit dem Fischkutter gut geplant. Er ist in die Organisation von Jens Niebel so weit aufgestiegen, dass er Niebels Vertrauen genoss. Ricker war clever. Ich glaube nicht, dass es nur eine Kopie von der DVD gab.«

Sorgfältig begann er, die Zettel auf dem Tisch zu durchsuchen.

»Ich gehe in den ersten Stock und fange dort an«, sagte Wegener. Doch Fries hörte ihm nicht zu. Er hielt das Foto der Familie Ricker in der Hand, das Andreas im Alter von etwa zwölf Jahren zeigte. So alt etwa wie seine Tochter jetzt war. Der kleine Junge sah nicht so aus, als würde er eines Tages auf die schiefe Bahn geraten. Neben ihm stand ein anderer Junge. Vermutlich der größere Bruder, der ein paar Jahre später bei einem Fluchtversuch in der Ostsee ertrunken war. Irgendwie kam ihm der Junge bekannt vor. Vermutlich war es die Ähnlichkeit mit seinem Bruder. Hinter den beiden Teenagern standen die Eltern. Der Vater trug einen Anzug, seine Frau ein Blümchenkleid. Sie sah wie eine typische Mutter aus.

Die Familie wirkte nicht sehr glücklich auf dem Bild. Die Mutter hatte tiefe Ringe unter den Augen. Das Lächeln der Jungen wirkte eingefroren. Der Einzige, der auf diesem Bild ehrlich strahlte, war der Mann im Anzug. Er lebte sein perfektes Leben. Die anderen auf dem Bild schienen nur Statisten in seiner Welt zu sein. Familien eben, dachte Fries und erinnerte sich an seinen Vater, der lange gegen den Berufswunsch seines Sohnes gewesen war und ihm bis zu seinem Tod vorgehalten hatte, dass der Sohn eigentlich den Hof der Familie hätte übernehmen sollen.

Der Oberkommissar steckte das Foto in seine Jacketttasche. Die Tür öffnete sich. Wegener stand vor ihm.

»Ich glaube, ich hab da was. Einen Laptop. Gar nicht mal so alt. Er war in einem zweiten Boden im Schrank versteckt.«

»Einen Laptop? Im Schrank versteckt?«, fragte Fries. »Von wegen, die Rickers lebten im letzten Jahrtausend.«

Der Oberkommissar stellte das Gerät vor sich auf den Tisch und drückte den Startknopf.

»Klar«, sagte Wegener nach einer Minute. »Passwortgeschützt.«

»Das geht in die Technik«, sagte Fries. »Fahren Sie gleich rüber und gucken Sie, ob sich da heute noch jemand dransetzen kann.«

Wegener nahm den Computer und ging zur Tür rüber. Er drehte sich noch einmal um.

»Sie meinen doch die Techniker des LKA in Rampe, oder?«, fragte er unsicher.

Der Oberkommissar sah nicht auf, sondern nickte lediglich.

»Soll ich Sie danach abholen?«

»Nein, ich lasse mich von einer Streife zurück aufs Kommissariat bringen«, antwortete Fries und warf dem jungen Mann den Autoschlüssel zu.

Wegener eilte davon. Der Oberkommissar sah sich weiter im Haus um. Das Foto der Familie hatte ihm bereits einiges über sein Opfer verraten. Allerdings wollte Fries noch mehr über Andreas Ricker erfahren. Es reichte ihm nicht, zu wissen, was die Leute verbrochen hatten, er versuchte auch immer herauszubekommen, warum die Menschen die Dinge taten, die sie eben taten. Vor allem dann, wenn es um Verbrechen ging.

Andreas Ricker wuchs in einer klassischen Familie auf. Vater, Mutter und zwei Kinder. Sein Vater mochte strenger gewesen sein als in anderen Familien üblich, aber das alleine reichte als Ursache nicht aus, um eine Karriere im organisierten Verbrechen zu beginnen.

Im oberen Stockwerk fand Fries drei Schlafzimmer und ein großes Badezimmer vor. Das große Schlafzimmer war das der Eltern gewesen. Ein großes Ehebett, ein schwerer Kleiderschrank, geblümte Tapeten, gebügelte Gardinen und auf jeder Seite des Betts ein weißer Flokati. Das Zimmer war praktisch eingerichtet. Fries vermisste die liebevollen Details, die Ehefrauen normalerweise in die Dekoration einfließen ließen. Keine Stofftiere als Erinnerung an eine Kirmes, keine Zierkissen mit rosa Borten oder ein Hochzeitsfoto der Eheleute. Das Zimmer wirkte, als käme es aus einem Einrichtungskatalog aus den Achtzigerjahren. Später DDR-Schick eben.

Das zweite Schlafzimmer muss das eines der Jungen gewesen sein. An der Wand hingen Poster von Bands wie Midnight Oil und David Bowie. In den Regalen sah er Modellbauten von Marineschiffen und Panzern. Daneben eine Auswahl an Schulbüchern der zwölften Klasse. Das Bett war gemacht. Vor dem Fenster stand ein Schreibtisch, auf dem Schulhefter lagen. Fries nahm einen der Hefter in der Hand. Eine dicke Staubschicht hatte sich darauf gebildet. Der Name war darunter noch gut zu lesen. Thomas Ricker.

Fries ging in das nächste Zimmer. Auch hier schien die Zeit stillgestanden zu sein. Allerdings mit einem kleinen Zeitsprung. Die Poster waren unter anderem von den Scorpions und Bryan Adams. Das Bett war nicht gemacht, so wie die in den anderen Räumen. Fries ließ seinen Finger über den Schreibtisch gleiten. In diesem Zimmer hatte jemand Staub gewischt. Vermutlich war es nicht Ricker selbst gewesen. Vielleicht war es Olga Popow, die sich als zukünftige Frau Ricker gesehen und in ihrem neuen Zuhause aufgeräumt hatte.

Er setzte sich auf das Jugendbett. Andreas Ricker war ein kräftiger Mann, der über einen Meter achtzig groß war. Dieses Bett war knapp ein Meter neunzig lang. Der Tote hatte es sich nicht gemütlich eingerichtet, nachdem er in sein Elternhaus zurückgekehrt war. Es wirkte fast so, als hätte er hier nur eine Zwischenstation eingelegt.

Sören betrachtete die offene Schranktür und das Brett des zweiten Bodens, das Wegener herausgestellt hatte, um den Laptop herauszuholen. Sein junger Kollege war vielleicht doch nicht ganz so unbrauchbar, wie er zu Beginn ihrer Zusammenarbeit gedacht hatte. Fries fragte sich, ob er selbst nach einem Geheimfach im Schrankboden gesucht hätte. Selbst die Leute aus der Forensik hatten das übersehen.

Er seufzte. Beide Söhne der Familie waren von zu Hause fortgelaufen. Der eine wollte sein Glück im Westen suchen und ertrank bei seiner Flucht in der Ostsee. Der andere entkam nach Hamburg und wurde dort Mitglied einer Gang.

Das Haus der Rickers strahlte keine Herzlichkeit aus. War die Wärme, die in Familien üblich ist, mit dem Tod des ältesten Sohnes verschwunden oder hatten die Rickers bereits vorher in diesem emotionalen Kühlschrank gelebt?

Wenn es nach der Kleidung und dem Schmuck ging, die der Tote vor der Kirche getragen hatte, schien Andreas Ricker über Bargeld verfügt zu haben. Woher hatte er das Geld? Hatte er es doch irgendwie geschafft, die Viertelmillion an sich zu bringen, die damals verschwunden war? Aber wo war dann der Rest des Geldes abgeblieben? Warum hatte er sein neues Zuhause nicht gemütlich eingerichtet, wenn er über so viel Geld verfügt hatte? Warum hatte er sich nicht ein neues Bett gekauft oder auch ohne ein großes finanzielles Polster einfach nur die alten Poster von der Wand gerissen? Was hatte Ricker dazu veranlasst, in diesem Museum, das seine Kindheit und Jugendjahre konserviert hatte, zu leben?

Fries kannte das Gefühl, in seine alte Heimat zurückzukehren. Auch er wurde immer wieder mit seinem alten Ich konfrontiert, traf Leute, die ihn noch als den Jugendlichen kannten, der Flausen im Kopf hatte und sich das Boot des Nachbarn für eine Spritztour auslieh, bei der die kleine Jolle gekentert war. Aber dieser Sören war er nicht mehr. Er war ein erwachsener Mann, Vater, Polizist und Witwer. All das zeichnete ihn heute aus. So hatte auch Ricker sich weiterentwickelt. Das Leben veränderte einen. Und das machte man in seinem Äußeren sichtbar.

Warum lebte Andreas Ricker dennoch weiter in diesem Jugendzimmer? Bequemlichkeit? Fehlendes Geld? Oder was war sonst der Grund, diese Veränderungen nicht anzugehen, wo er doch alle anderen Bereiche seines Lebens konsequent verändert hatte. Er verließ Hamburg und ließ Niebels Gang hinter sich. Er war dabei, sich ein neues Leben, wenn auch nicht mit ganz legalen Mitteln, in seiner alten Heimat aufzubauen.

Fries verließ das Haus mit mehr Fragen im Kopf als in dem Moment, als er es betreten hatte.

Vor dem Haus parkte die Polizeistreife, die ihn in das Kommissariat zurückbringen sollte. Sie fuhren die Landstraße entlang und Sören schrieb sich ein paar Eindrücke der vergangenen Stunde auf.

Die Streife setzte Fries vor der Dienststelle ab. Als er in das Büro seines Kollegen sah, saß der bereits, entspannt zurückgelehnt, am Schreibtisch.

»Und?«, fragte Fries.

»Die Leute von der Technik wollten sich sofort an die Arbeit machen«, antwortete Wegener. »Wir müssen jetzt nur noch warten, bis sie das Passwort geknackt haben. Das kann ein paar Minuten oder Stunden dauern. Das liegt an der Länge der Verschlüsselung und leider auch daran, dass deren Rechner nicht gerade die schnellsten sind.«

»Sie sitzen schon dran?«, fragte der Oberkommissar ungläubig. Normalerweise dauerte es länger, bis die ein Computerproblem für ihn lösten. Offensichtlich hatte es auch Vorteile, mit dem Sprössling des Polizeipräsidenten zusammenzuarbeiten.

Fries wollte schon weitergehen, als ihn Wegener noch einmal zurückrief.

»Ach ja, Oberkommissar Fries.« Sören drehte sich um und überlegte, ob er Wegener darauf aufmerksam machen sollte, dass man die Dienstgrade unter Kollegen nicht jedes Mal benennen musste. »Ja, Wegener?«, fragte er stattdessen.

»Die Frau vom BKA ist wieder da. Die Oberkommissarin. Sie wartet in Ihrem Büro.«

»Stefanie Brandt. Warum haben Sie sie in mein Büro gelassen?«, fragte er, wartete die Antwort aber nicht mehr ab.

Durch die offenstehende Tür sah er, dass Brandt mit dem Rücken zu ihm auf der Besucherseite des Tisches saß. Schnell ging er in sein Büro. Wie beim letzten Mal ließ er den Blick über seinen Schreibtisch kreisen. Dieses Mal schien alles an seinem Platz zu liegen.

»Frau Brandt. Zwei Mal in so kurzer Zeit? Wie kommen wir zu der Ehre?«

Statt ihr zur Begrüßung die Hand zu schütteln, warf er sein Jackett über den Kleiderständer, setzte sich auf die andere Seite seines Arbeitsplatzes und sah sie auffordernd an.

»Guten Tag, Kommissar Fries«, begrüßte ihn Stefanie Brandt.

»Oberkommissar«, korrigierte der Polizist sie.

Die Kollegin vom BKA beugte sich vor. Der Ausschnitt ihrer weit aufgeknöpften Bluse ließ tief in ihr Dekolleté blicken.

»Ich habe gehört, dass Ihr Staatsanwalt Akteneinsicht beantragt hat. Wissen Sie eigentlich, wie viele Kisten voller Ordner das sind. Sie werden ewig brauchen, um die durchzusehen.«

»Etwas Ähnliches habe ich mir schon gedacht«, sagte Fries. »Ich will sie trotzdem sehen. Irgendwie habe ich das Gefühl, dass diese Razzia und das verschwundene Geld mit dem Tod von Andreas Ricker zu tun haben.«

Stefanie Brandt lehnte sich wieder zurück. Sören begrüßte das.

»Was wollen Sie wissen? Vielleicht kann ich Ihnen die Durchsicht des Aktenberges ja ersparen.«

Der Oberkommissar seufzte.

»Ich will wissen, ob noch jemand anderes das Geld hätte verschwinden lassen können. Ich frage mich, ob Andreas Ricker einen Partner hatte.«

»Das haben wir damals auch untersucht. Da war nichts.«

Fries stand auf, ging um den Schreibtisch herum und setzte sich auf die Tischkante.

»Ich will Ihnen nicht die Butter vom Brot klauen. Es geht um den Fall. Es geht darum, den Mord an Andreas Ricker aufzuklären. Warum sträubt sich das BKA, uns Informationen zukommen zu lassen?«

Brandt schüttelte den Kopf.

»Ich kann da leider nichts für Sie machen. Das wird eine Etage über mir entschieden.«

Fries mochte es nicht, auf Entscheidungen von oben zu warten. Dieses Mal würde ihm nichts anderes übrig bleiben. Er ging zu dem Kleiderständer und holte sein Smartphone aus dem Jackett.

»Wie ich von Ihrem Kollegen erfahren habe, haben Sie den Laptop des Toten gefunden?«

Fries musste unbedingt Wegener klarmachen, dass es nicht immer gut war, jedem alles zu erzählen. Schon gar nicht Leuten, die selbst mit der Herausgabe von Informationen mauerten.

»Ja, die Techniker sitzen dran. Wir wissen noch nicht, was drauf ist. Der Computer ist mit einem Passwort geschützt.«

»Und wann erwarten Sie die Ergebnisse?«

Er ging zu seinem Schreibtisch zurück und setzte sich.

»Cybercrime hat einiges zu tun.« Er dachte an den Kinderporno-Ring, den die Leute aus dieser Abteilung vor wenigen Wochen hatten hochgehen lassen. Diese Kriminellen zu verfolgen und zu erwischen, gehörte zu ihren schwierigsten Aufgaben. »Die melden sich, wenn sie was haben.«

Brandt zog die rechte Augenbraue hoch.

»Vielleicht könnten meine Techniker in Berlin schneller Ergebnisse liefern«, schlug sie vor.

Fries schüttelte lächelnd den Kopf.

»Ich denke, unsere Leute bekommen das schon hin.«

Sie biss sich auf die Unterlippe.

»Gut. Sie halten mich auf dem Laufenden?«

Die Frage klang, als ob es keine Frage, sondern eine Anweisung gewesen wäre. Sie stand auf.

»Sicher«, antwortete Fries. »Wenn Sie mir eine Chance geben, bin ich das nächste Mal vielleicht schneller als Sie.«

Er drückte auf den Hauptschalter seines Computers und startete seinen Monitor. Brandt stand noch ein paar Sekunden im Raum, ehe sie im Flur verschwand. Der Oberkommissar wartete, dass die Anmeldemaske auf dem Bildschirm erschien. Frederick Wegener hatte recht. Die Computer ihrer Behörde arbeiteten eindeutig zu langsam.

Nachdem Sören Fries seine Notizen sortiert und seine restlichen Überlegungen zu Papier gebracht hatte, legte er den Stapel mit seinen alten Fällen und auch der neuen Akte in seine Schreibtischschublade. Kurz überlegte er, ob die Anordnung seiner Stifte in der Schublade verändert wurde. Doch dann entschied er sich dafür, den aufkommenden Verfolgungswahn gleich im Keim zu ersticken. Dennoch schloss er die Schublade ab und steckte den Schlüssel in seine Jackentasche.

»Es ist spät«, sagte Fries, als er an Wegeners Büro vorbeikam. »Ich mache jetzt Feierabend.«

Der junge Kommissar stand an seinem Whiteboard, auf dem er sorgfältig die bisherigen Untersuchungsergebnisse mit den neuen Erkenntnissen ergänzt hatte. Sören kam in das Zimmer und betrachtete die Tafel. Man konnte über Wegener sagen, was man wollte. Strukturiert arbeiten konnte er.

»Was glauben Sie, wer es war?«, fragte der junge Mann in die Stille hinein.

»Zu viele Fragezeichen«, antwortete Fries.

Er nahm einen Stift und schrieb in die freie Ecke des Whiteboards: Wo ist das Geld hin? Hat es Ricker gestohlen? Was war auf dem Datenträger beziehungsweise, was hatte er gegen Jens Niebel in der Hand? War Jens Niebel tatsächlich der Freund von dem verstorbenen Bruder?

Er drehte sich zu Wegener um.

»Jens Niebel ist ein Allerweltsname. Wir müssen überprüfen, ob er tatsächlich der beste Freund des verstorbenen Bruders war.«

Während der Oberkommissar weitere Fragen aufschrieb, sprach er sie laut mit. »Wo bekommt man ein frisches Fischbrötchen mitten in der Nacht?« Fries stockte kurz. »Was haben die Bodyguards von Jens Niebel im Haus von Ricker gesucht, wenn sie bereits die DVD von Maren Hauser hatten? Und wenn es nicht seine Bodyguards waren, die Maren Hauser die DVD abgenommen haben, wer hat den Datenträger dann aus ihrer Wohnung gestohlen? Und woher wusste diese Person, wo der Datenträger zu finden war? Schließlich hat Frau Hauser mehr als eine DVD bei sich liegen.«

Fries ging einen Schritt nach hinten und überblickte seine Fragen-Liste. Zum Schluss unterstrich er noch einmal mit dem roten Stift die erste Frage.

»Wo ist das Geld hin?«, las Wegener vor.

»Das Geld ist oft der Schlüssel«, sagte Fries. »Wenn wir wissen, wer damals mit dem Geld abgehauen ist, dann ...«

Fries sprach nicht weiter. Diese Antwort würde Licht ins Dunkel bringen. Das hoffte er wenigstens.

»Ich mache Feierabend«, sagte Fries und sah den Kommissar an, der wie gebannt auf das Whiteboard starrte. »Das heißt, dass Sie nun auch gehen können«, fuhr Fries fort.

Wegener drehte sich um. »Nur noch ein paar Minuten«, sagte er wie ein kleiner Junge, der nicht zu Bett gehen wollte.

Fries ahnte, wie sich der junge Mann fühlte. Das war Wegeners erste Mordermittlung. Kein anderes Verbrechen würde in seiner

Karriere die gleiche Leidenschaft und Hingabe erfahren wie dieser Fall.

Als Sören die Wohnung betrat, hörte er laute Musik aus Jettes Zimmer. Er stellte die Einkäufe in der Küche ab und ging in den Flur. Vor Jettes Tür blieb er stehen. Sollte er klopfen? Er hatte alles eingekauft, um seiner Tochter die geliebten Kichererbsen-Bälle zu kochen. Allerdings war Jette gerade im besten Teenager-Alter. Wenn Musik aus ihrem Zimmer dröhnte, war das ein Zeichen dafür, dass etwas nicht stimmte.

Zaghaft klopfte er an. Seine Tochter rührte sich nicht. Sören versuchte es ein zweites Mal, jetzt mit mehr Kraft. Von drinnen hörte er es Rumpeln und die Musik wurde leiser gestellt. Kurz darauf ragte Jettes Kopf aus der Tür heraus.

»Ich hab die Sachen für Falafeln eingekauft. Magst du mir beim Kochen helfen?«, fragte er.

Jette zögerte die Antwort hinaus.

Was wusste er schon von Teenagern? Es war eine Ewigkeit her, dass er in ihrem Alter war. Und wie es sich anfühlte, eine heranwachsende Frau zu sein, davon hatte er rein gar keine Ahnung. In solchen Momenten fehlte ihm Annette am meisten.

»Falafel?«, fragte Jette. »Hast du auch frische Minze für die Joghurtsoße bekommen?«

»Natürlich«, antwortete Sören.

Es hatte geklappt. Jette begleitete ihn in die Küche und gemeinsam bereiteten sie das Abendessen vor.

Seine Tochter hatte sich in ihrer jungen Karriere als Aushilfsköchin in der Familie Fries darauf spezialisiert, Salat samt Dressings und andere kalte Soßen wie die Minzsoße zuzubereiten. Sören kümmerte sich um die Falafeln, während Jette von ihrem Tag in der Schule berichtete.

»Kim?« Der Vater horchte auf, als seine Tochter von einem Jungen in der Klasse berichtete, der besonders viele Verehrerinnen zu haben schien. Jette bestand allerdings darauf, ihn eher nervig zu finden.

»Ja, er tut so, als ob er der tollste Junge von allen wäre. Dabei ist er nur ein aufgeblasenes Arschloch!«

»Jette!« Seine Tochter überhörte den ernsten Tonfall in seiner Stimme und sprach weiter.

»Und jetzt soll dieser Spinner auch noch neben mir sitzen.«

Jette spülte die Minze ab und steckte die Blätter in den Mixer. Ein lautes Motorgeräusch heulte für einige Sekunden auf, dann stellte sie den Mixer wieder aus.

»Am schlimmsten ist, dass Franziska ihn klasse findet und mich nur noch über diesen Hohlkopf ausfragt. Wie findet Kim dies? Was hat Kim darüber gesagt? Ob Kim wohl mit mir auf die nächste Party geht?«

Was sollte ein Vater am besten sagen, um seine Tochter in so einer Situation beizustehen? Er wusste ja noch nicht einmal genau, was das Problem war. Ehe Sören eine Antwort gefunden hatte, redete sie weiter.

»Wenn das so weitergeht, muss ich mir eine neue Freundin suchen. Und das alles nur wegen diesem selbstverliebten Typen.«

Sören stellte den Teig für die Klöße zur Seite und setzte sich zu seiner Tochter an den Tisch, die dort gerade den Joghurt zu den gehäckselten Minzblättern in eine Schüssel gab.

»Es geht sicher irgendwann vorbei«, sagte er und hoffte, dass das die richtigen Worte waren.

Seine Tochter sah ihn an.

»Na ja, das mit deiner Freundin und dem Kim. Vielleicht stellt sie irgendwann auch fest, dass er nicht so toll ist, wie alle denken.«

Jette rührte die Joghurtsoße. Sören sah seine Tochter an. Es gab keinen Menschen, den er mehr liebte auf dieser Welt und keinen Menschen, bei dem er größere Angst hatte, etwas falsch zu machen. Sie war in einem Alter, in dem aus Kindern langsam Erwachsene wurden. Sie lösten sich von ihren Eltern, was auf der einen Seite gut war, aber sie waren auch noch nicht so weit, alle Entscheidungen im Leben alleine treffen zu können.

»Süße, wir sollten noch einmal über Goliath reden ...« Seine Tochter fiel ihm ins Wort.

»Du traust mir nicht zu, ihn zu reiten!«

»Liebes«, sagte er und seufzte tief in sich hinein. »Ich weiß, dass du für dein Alter und für die kurze Zeit, seitdem du reitest, echt klasse bist. Aber Goliath ist nicht nur groß, sondern auch unberechenbar.«

Jette warf den Löffel mit einer Wucht in die Schüssel, dass der Joghurt herausspritze. Sie holte Luft, um ihrem Vater zu widersprechen, aber er ließ sie nicht zu Wort kommen: »Es geht nicht darum, dir etwas zu verbieten. Ich will dich nur beschützen. Das ist mein Job als Vater. Verstehst du?« Er überlegte, wie er fortfahren sollte und spürte, dass er mit logischen Argumenten nicht weiterkommen würde. »Ich würde es mir nie verzeihen, wenn dir etwas passiert.«

Er sah ihr tief in die Augen, die feucht im matten Licht der Küchenlampe schimmerten. War sie wütend? Traurig? Oder beides? Er hatte das Gefühl, seine Verdächtigen besser zu kennen als dieses unbekannte Wesen, den Teenager, der seine Tochter war.

Sie ließ sich auf den Stuhl neben Sörens fallen. Er nahm ihre Hand. Jette schluchzte. Er drehte sie zu sich um und drückte sie fest an sich.

Eine Spur in die Vergangenheit

Um Viertel nach acht betrat Fries am darauffolgenden Morgen das Kommissariat. Frederick Wegener saß bereits in seinem Büro und studierte eine Akte, die er vor sich auf dem Tisch ausgebreitet hatte.

»Guten Morgen, Herr Wegener«

»Hallo«, sagte Wegener. »Ich geh noch mal meine Notizen durch. Wegen der Vernehmung von Rainer Kruse.«

Sören fragte sich, wann er das letzte Mal mit Notizen in ein Gespräch gegangen war. Vermutlich hatte er es noch nie getan.

»Fries«, hörte er seinen Namen über den Flur schallen.

Ein Blick den Korridor hinab verriet ihm die Ursache dafür.

»Auf ein Wort«, sagte die Stimme seines Vorgesetzten.

»Nicht schon wieder«, sagte Sören leise und laut zu seinem Kollegen. »Sie machen das schon.«

Fries legte seine Sachen in seinem Büro ab und ging dann zu Bergmann hinüber.

»Wie sieht es aus?«, fragte sein Chef, noch ehe Fries die Tür hinter sich geschlossen hatte.

»Wir folgen der Spur des Geldes. Allerdings haben wir immer noch keine Erlaubnis vom BKA, ihre Akten einzusehen.«

Bergmann sah Fries an. Sein Chef schien über etwas nachzudenken.

»Was ist mit dem Fischkutterbesitzer? Sind Sie wirklich sicher, dass er es nicht war.«

»Da hatten wir doch gestern schon drüber gesprochen«, sagte Fries und ließ sich unaufgefordert auf dem zweiten Stuhl nieder.

»Ja, ja. Ich weiß, aber vielleicht haben wir was übersehen und er bricht bei einem Verhör doch noch zusammen. Sie sollten ihn herbestellen«, erklärte Bergmann und setzte sich dabei auf seinen Stuhl. »Machen Sie Druck. Setzen Sie ihn in einen Raum ohne

Klimaanlage, geben ihm nichts zu essen und unterhalten sich ein paar Stunden mit ihm. Sie wissen doch sicher, wie so was geht.«

Ungläubig sah Fries den Direktor an.

»Ich soll meine Zeit mit ihm verschwenden? Warum das?«

Bergmann stand wieder auf und ging zum Fenster.

»Weil er ein Fischbrötchen im Mund hatte und weil er in der Nähe des Tatorts lebt und einen Groll auf Ricker hatte. Muss ich Ihnen wirklich alles aufzählen, was gegen ihn spricht.«

Fries stand nun ebenfalls auf, blieb aber neben dem Schreibtisch stehen. Irgendwas stimmte da nicht.

»Er war zu betrunken, um so einen Plan auszuhecken, und dabei auch alle Details im Auge zu behalten. Wenn Sie unbedingt Friedrichsen verhören lassen wollen, dann setzen Sie einen anderen Kollegen ran. Ich habe dafür keine Zeit.«

Der Oberkommissar wollte sich gerade umdrehen, um den Raum zu verlassen, als Bergmann ungewohnt laut seinen Namen rief.

»Ich habe gehört, dass Sie einen Mann aus der Behörde einbestellt haben«, fuhr sein Chef fort.

»Rainer Kruse. Richtig. Er wollte nicht alleine mit uns reden. Deswegen muss er mit seinem Anwalt aufs Revier kommen.«

Bergmann schüttelte den Kopf.

»Solange wir diesen Fischkuttermann ...«

»Heinrich Friedrichsen«, unterbrach Fries ihn. »Der Fischkuttermann heißt Heinrich Friedrichsen.«

»Genau. Solange wir Friedrichsen nicht ausschließen können, sollten wir keine Diener des Staates belästigen. Machen Sie die Untersuchung nicht komplizierter, als sie ist.«

Fries glaubte nicht, was er da hörte.

»Kriminaldirektor Bergmann«, sagte Fries in bemüht ruhigem Tonfall. »Ich sage Ihnen auch nicht, was Sie mit Ihren Akten tun sollen. Also fände ich es sehr nett, wenn Sie mir nicht in meine Arbeit reinquatschen würden. Kruse hat vertrauliche Informationen aus der Behörde an meinen Toten weitergegeben. So wie ich es sehe, wurde er von Ricker dazu erpresst. Da Ihr treuer Diener des Staates nur in Anwesenheit eines Anwalts mit uns reden will, hat er sich selbst zu einem meiner Verdächtigen gemacht.«

Dass Kruse zu seinen Verdächtigen gehörte, war gelogen. Aber das musste Bergmann ja nicht wissen.

»Oberkommissar Fries«, sagte sein Chef. »Vielleicht habe ich mich falsch ausgedrückt. Ich habe heute Morgen bereits mehrere Anrufe erhalten, die mich nachdrücklich dazu aufgefordert haben, sehr dezent in dieser Richtung weiterermitteln zu lassen. Offensichtlich gibt es auch andere Beamte, in höheren Positionen, die sich Sorgen machen. Dieser Club in Hamburg hat wohl mehrere Männer auf Videos oder Fotos aufgenommen und dann damit erpresst. Sie verstehen?«

Sören Fries schüttelte den Kopf.

»Nein«, sagte er laut. »Ich verstehe nicht. Ich mache meinen Job, so gut ich kann. Und dazu gehört, jeder Spur zu folgen, die ich für wichtig halte. Rainer Kruse ist eine davon.«

Der Oberkommissar drehte sich um und verließ das Büro.

»Wegener«, rief Fries über den Flur rüber. Der junge Polizist stand keine halbe Minute später in seiner Tür.

»Reinkommen, Tür schließen, setzen«, sagte er, ohne seinen Kollegen dabei anzusehen.

»Haben Sie irgendwelche Untersuchungsergebnisse mit Ihrem Vater besprochen?«

Wegener schüttelte den Kopf.

»Nein, mein Vater, nein, wieso sollte ich?«

Es war bereits kurz vor neun Uhr. Fries blieb kaum Zeit, um seinem Kollegen zu erklären, was ihn beschäftigte. Rainer Kruse und sein Anwalt würden gleich kommen.

»Ich möchte, dass Sie alle fallrelevanten Daten, die wir zusammentragen, streng vertraulich behandeln. Sie reden nur mit mir über diesen Mord. Mit keinem anderen.«

Jemand klopfte. Durch die Fensterscheibe erkannte Fries den einbestellten Zeugen. Neben ihm stand eine Frau im anthrazitfarbenen Zweiteiler. Vermutlich war das die Anwältin.

»Habe ich mich klar ausgedrückt?«, fragte der Oberkommissar. Wegener nickte.

Fries wies die Wartenden an einzutreten. Der Kommissar stand auf, verließ den Raum und kam kurz darauf mit einem Berg Zettel zurück.

»Gehen wir in den Verhörraum?«, fragte Wegener.

»In den Verhörraum?«, fragte die Anwältin. »Wird Herrn Kruse etwas vorgeworfen?«

Fries atmete tief ein.

»Holen Sie noch zwei Stühle, Wegener«, sagte er zum Kommissar. »Wir wollen nur klären, inwieweit sich Herr Kruse und Andreas Ricker kannten.«

Als Wegener wieder zurück ins Büro seines Vorgesetzten kam, standen die anderen drei Anwesenden immer noch um den Schreibtisch des Oberkommissars herum. Wegener stellte einen Stuhl neben den Besucherstuhl und überlegte, wo er den zweiten am besten platzieren sollte. Fries nahm ihm den Stuhl ab und stellte ihn hinter dem Schreibtisch in die rechte Ecke des Zimmers.

»Das ist mein Kollege Kriminalkommissar Wegener. Er wird Ihnen gleich ein paar Fragen stellen. Es geht um den Mord an Andreas Ricker und darum, in welcher Beziehung er zu Ihrem Mandanten stand.«

Die Anwältin nickte und setzte sich. Rainer Kruse tat es ihr gleich.

»Wegener. Herrn Kruse kennen Sie ja schon. Das ist seine Anwältin Doktor Martens. Nehmen Sie ruhig auf meinem Stuhl Platz. Ich setze mich einfach dazu«, sagte Fries und überließ damit seinem Kollegen die Bühne.

»Ja, danke, dass Sie gekommen sind«, eröffnete Wegener die Befragung und setzte sich.

»Wie Sie wissen, geht es um den Mordfall Andreas Ricker. Gestern hatten wir ja schon mal kurz die Gelegenheit, miteinander zu reden. Bis Sie das Gespräch abgebrochen haben. Sie hatten angefangen, uns zu erzählen, dass Sie in einem Club in Hamburg gewesen waren. Würden Sie an dieser Stelle erst einmal fortfahren.«

Rainer Kruse sah zu seiner Anwältin rüber, die sofort die Antwort übernahm.

»Ich denke, dass wir diesen Besuch in Hamburg nicht weiter unter die Lupe nehmen sollten. Mein Mandat hat einen Club besucht, in dem auch sexuelle Gefälligkeiten gegen die Zahlung von Bargeld angeboten werden.«

Herr Kruse schüttelte den Kopf.

»Es wurden Fotos gemacht, mit denen mein Mandant im Nachhinein erpresst wurde.«

»Der Name des Clubs?«, fragte Wegener.

»›Vanilla Club‹«, antwortete Kruse, nachdem seine Anwältin genickt hatte.

Wegener notierte sich den Namen.

»Wie wurden Sie denn erpresst? Ging es um Geld? Um eine Gefälligkeit?«, fragte der Kommissar.

Fries lehnte sich in seinem Stuhl zurück. Sein Kollege machte die Sache so weit ganz gut.

»Mein Mandant kann die Frage nicht beantworten, ohne sich dabei selbst zu belasten.«

Wegener drehte sich zu Fries um. Sein Blick sprach Bände.

Der Oberkommissar lehnte sich nach vorne.

»In unseren Ermittlungen haben wir bereits herausgefunden, dass Ihr Mandant an Herrn Ricker die Information weitergegeben hat, wann eine Kutterlizenz ablief, um selbst einen Antrag dafür stellen zu können. Wenn Ihr Mandant Kooperationsbereitschaft zeigt, also uns bestätigt, dass dies der Fall war, geben wir das an die Staatsanwaltschaft weiter. Wenn er mauert, dann wird er die Konsequenzen seiner Tat mit voller Wucht zu spüren bekommen. Den Beweis für seine Straftat werden wir auf jeden Fall finden«, sagte Fries und lehnte sich wieder zurück.

Die Anwältin flüsterte ihrem Mandanten etwas ins Ohr. Rainer Kruse antwortete.

»Andreas Ricker ist eines Tages in meinem Büro aufgetaucht. Er reichte mir eine DVD, die ich mir ansehen sollte. Natürlich konnte ich das nicht im Büro tun. Wir haben dort keine Laufwerke. Wegen des Datenschutzes, der Sicherheit und so.«

Kruse räusperte sich.

»Ricker sagte, dass er mich am darauffolgenden Tag anrufen würde. Und das tat er auch. Er wollte das genaue Datum haben, an dem die nächste Fischkutterlizenz verlängert werden müsste und den Namen des Lizenzinhabers. Ich hatte mir nichts dabei gedacht.«

»Ehrlich?«, fragte Fries aus dem Hintergrund.

»Na ja, natürlich war mir nicht wohl bei der Sache.«

Sekundenlang erfüllte Stille den Raum.

»Wir brauchen die DVD«, sagte Wegener. »Als Beweisstück und zur Entlastung Ihres Mandanten.«

Kruse sah zu seiner Anwältin rüber.

»Mein Mandant kann Ihnen das Beweisstück nicht aushändigen.«

Fries rutschte unruhig auf seinem Stuhl nach vorne. Sein Kollege musste an dieser Stelle nachhaken. Auf gar keinen Fall durfte er jetzt einfach die nächste Frage auf seiner Liste stellen.

Wegener sah von seinen Notizen auf.

»Ihr Mandant hat das Beweisstück nicht mehr, das seine Aussage bestätigen würde?«, fragte er.

Fries lehnte sich wieder zurück.

»Das habe ich nicht gesagt. Ich sagte, dass er Ihnen die DVD nicht aushändigen könnte.«

»Und warum kann er das nicht?«, fragte Wegener.

Doch statt Rainer Kruse beantwortete Fries die Frage. »Weil er sich wahrscheinlich damit auch selbst belasten würde.«

Die Anwältin nickte fast unmerklich.

»Mein Mandant war zum Zeitpunkt des sexuellen Kontakts nicht mehr ganz nüchtern. Das würde man unter anderem auch auf dem Video erkennen können«, sagte die Anwältin.

»Sie wissen, dass das Zurückhalten von Beweismitteln eine Straftat ist«, sagte Wegener.

»Nur Beweismittel, die andere belasten. Nicht solche, die ihn selbst belasten würden«, sagte sie und sah dabei Fries an, der sich wieder in seinem Stuhl vorgebeugt hatte.

»Die junge Dame, die auf dem Video mit Rainer Kruse zu sehen ist, war vermutlich sehr jung«, sagte der Oberkommissar.

»Sie hat gesagt, dass sie achtzehn Jahre alt wäre«, entfuhr es Kruse. Die Anwältin unterbrach ihn. »Hatten wir nicht vereinbart, dass ich rede.«

Rainer Kruse sackte sichtlich auf seinem Stuhl zusammen.

»Mein Mandant ist davon ausgegangen, dass die Dame die Wahrheit gesagt hat, als er sie nach dem Alter fragte. Erst als Andreas Ricker in sein Büro kam und ihn mit der DVD erpresste, wurde Herr Kruse eines Besseren belehrt. Sie sollten also eher die Betreiber dieses Clubs unter die Lupe nehmen als einen unbescholtenen Bürger, einen Beamten, der sich bisher nichts hatte zuschulden kommen lassen.«

Fries musterte den ein Meter achtzig großen Mann, der gewiss an die hundertdreißig Kilogramm auf die Waage brachte. Obwohl er mit Ende dreißig noch nicht so alt war, zierte eine beachtliche Glatze sein Haupt. Seine Hornbrille sorgte sicher auch dafür, dass er in der Damenwelt nicht allzu große Chancen hatte. Nun versuchte der Oberkommissar, sich diesen Mann alkoholisiert mit einer Sechzehnjährigen vorzustellen. Wut stieg in ihm auf.

»Ihr Mandant ist unbescholten?«, fragte er laut und stand auf. Wegener zuckte zusammen. »Er hat vertrauliche Informationen aus seinem Dienstzimmer an eine unbefugte Person weitergegeben. Ihm hätte klar sein müssen, dass Ricker damit nichts Gutes im Sinn hatte. Und das hat er nur getan, weil er nicht wollte, dass sein Sex mit einer Minderjährigen an die Öffentlichkeit kommt.«

Der Oberkommissar war um den Tisch herumgekommen und stand nun vor dem Mann, der trotz seiner Körpergröße nur noch ein Bild des Elends abgab.

»Auch wenn Sie meinen, hier das Opfer zu sein«, sagte er und sprach damit Kruse direkt an, »mache ich Sie darauf aufmerksam, dass Sie eine Straftat decken, wenn Sie uns nicht den Beweis dazu aushändigen, dass in diesem Club minderjährige Mädchen als Prostituierte arbeiten.«

Ein kleiner Bluff. Natürlich musste sich der Zeuge nicht selbst belasten. Doch die Anwältin schritt nicht ein.

»Die DVD ist damit zu einem Beweisstück in einem zweiten Fall geworden. Ihrer Aussage nach schaffen minderjährige Prostituierte im ›Vanilla Club‹ an. Ich will die DVD. Und zwar heute noch!«

Rainer Kruse und seine Anwältin verließen das Büro. Wegener saß immer noch auf dem Platz seines Vorgesetzten und blickte den beiden hinterher.

»Wow«, sagte er und stand auf.

In diesem Moment erschien Stefanie Brandt. Unter ihrem Arm trug sie das Notebook von Andreas Ricker, das Wegener am Tag zuvor in der Technik abgegeben hatte.

»Wer war das denn?«, fragte sie.

Fries erkannte sofort den Laptop unter ihrem Arm.

»Ein Mitarbeiter des Rathauses«, antwortete Wegener, der immer noch ganz berauscht von seinem ersten eigenen Verhör in einem Mordfall zu sein schien.

»Wo haben Sie den Computer her?«, fragte Fries stattdessen.

»Ich hatte heute im LKA zu tun und dachte mir, da ich eh schon dort bin, kann ich ja gleich bei den Technikern vorbeischauen, um zu sehen, was mit dem Laptop los ist. So wie es aussieht, haben die das Passwort geknackt«, sagte sie und reichte Fries den Computer.

»Soll ich gucken, was ich darauf finde?«, fragte Wegener.

Sören nickte.

»Und überprüfen Sie anschließend auch noch den Hintergrund von diesem Niebel«, rief er Wegener hinterher. »Ich will wissen, ob er wirklich der Freund von Thomas Ricker war.«

Seine Stirn lag in Falten. Dieser Fall stank zum Himmel. Je weiter er in diesem Mord ermittelte, desto tiefer fand er sich im Sumpf menschlicher Abgründe wieder.

Stefanie Brandt sah ihn an.

»Das war wohl kein so angenehmes Gespräch?«

Fries antwortete nicht. Stattdessen stellte er eine Gegenfrage: »Kennen Sie den ›Vanilla Club‹ in Hamburg?«

»Das ist das Bordell von Jens Niebel. Er selbst nennt es lieber Club. Klingt nicht so sehr nach … na ja, Sie wissen schon.«

»Arbeiten da auch minderjährige Prostituierte?«

»Soweit ich weiß, nicht.«

Stefanie Brandt setzte sich unaufgefordert hin. Fries atmete tief durch und ließ sich dann auf seinen Stuhl fallen.

»Was war denn?«, fragte sie. »Wie kommen Sie darauf, dass in Niebels Club Minderjährige anschaffen?«

Fries rückte seine Akten zurecht.

»Der Fall entwickelt sich immer verzwickter«, antwortete er.

Brandt setzte sich aufrecht hin.

»Dann ist es ja gut, dass ich Sie unterstützen werde.«

Überrascht sah Fries sie an.

»Unsere Vorgesetzten haben miteinander gesprochen und kamen überein, dass Sie Hilfe in diesem Fall gebrauchen könnten. Außerdem bekommen Sie auf diese Art Zugriff auf unsere Akten.«

Schlimmer kann der Tag kaum noch werden, dachte Fries.

»Ich glaube nicht, dass wir Ihre Unterstützung brauchen. Es reicht, wenn Sie mir die Akten zukommen lassen.«

Die Frau vom BKA stand auf.

»Wie Sie meinen«, sagte sie. »Ich wollte nur meine Hilfe anbieten. Schließlich verfüge ich über Kontakte, die Ihnen vielleicht helfen können. Aber wenn Sie nicht wollen.«

Fries überlegte. Vor ihm lag die Liste der Dinge, die noch zu überprüfen waren. Maren Hauser sollten Bilder vorgelegt werden, um den eventuellen Angreifer Frank Thiel zu identifizieren, die Identität und die Finanzen von Jens Niebel mussten überprüft werden und die alten Akten über die fehlgeschlagene Drogenrazzia wollte er sich schnellstmöglich ansehen.

Vielleicht war es ja doch nicht so schlecht, mit Brandt zusammenarbeiten. Auf diese Weise würde er die gewünschten BKA-Berichte heute noch bekommen.

»Ich leite den Fall«, erklärte Fries. »Sie sind während der Ermittlungen mir untergeordnet und nicht umgekehrt.«

Brandt sah ihn an. Sie schien über seine Bedingung nachzudenken. Dann setzte sie sich wieder auf den Stuhl.

»Okay. Wo fangen wir an?«

»Wegener wirft einen Blick auf den Laptop von Ricker. Ich muss noch einmal nach Bad Doberan ins Krankenhaus. Eine Zeugin liegt dort. Ich wollte ihr Bilder von Niebels Bodyguard zeigen.«

Während er das sagte, sah er sich auf dem Bildschirm das aktuelle Foto von Frank Thiel an, das im System gespeichert war, und sendete einen Druckauftrag los. Er wischte sich mit einer Hand übers Gesicht.

»Die Bilder aus der Verbrecherdatei sehen schon irgendwie alle gleich aus«, sagte er mehr zu sich, als zu seiner Kollegin. Aus dem Drucker ratterte es.

Stefanie Brandt holte das Foto aus dem Gerät und reichte es Fries.

»Frank Thiel«, sagte sie. »Würde es Ihnen helfen, wenn ich Ihnen ein Bild einer Überwachungsaktion besorgen könnte.«

Mit großen Augen strahlte Fries sie an. Die Oberkommissarin setzte sich auf seinen Platz, öffnete ihren Zugang zur Datenbank und durchstöberte die Akte Jens Niebel. Was das BKA gegen Niebel zusammengetragen hatte, war beeindruckend, der Ordner mit den Überwachungsbildern schien ausgesprochen umfangreich zu sein. Der Oberkommissar sah ihr über die Schulter, während Stefanie Brandt die Fotos durchstöberte.

»Das«, sagte Fries und deutete auf den Bildschirm.

Vor ihnen war Frank Thiel zu sehen, der vor einem dunklen SUV die Fahrertür öffnete. Rechts neben dem Wagen standen Jens Niebel und Mizra Maschadow, die sich die Hände schüttelten. Ein wenig im Abseits sah er Andreas Ricker. Alle Männer waren gut zu erkennen. »Können Sie mir das ausdrucken?«

Der Drucker ratterte kurz darauf. Fries starrte auf das frisch ausgedruckte Bild. Dann legte er es zu den anderen Unterlagen von Frank Thiel in die Akte.

»Ich fahre jetzt zu meiner Zeugin ins Krankenhaus. Vielleicht kann sie Thiel auf den Bildern als ihren Angreifer identifizieren. Wollen Sie mitkommen?«

Stefanie Brandt überlegte.

»Ehrlich gesagt, würde ich lieber hierbleiben und Ihrem Kollegen dabei helfen, die Dateien auf Rickers Laptop zu durchsuchen. Wenn er alleine dran sitzt, kann das ewig dauern.«

Fries schnappte sich seine Jacke und die Akte vom Schreibtisch.

»Gut, dann sehen wir uns später.«

Sören freute sich auf den Besuch im Krankenhaus. Maren Hauser schien das einzig wahre Opfer in diesem Fall zu sein. Alle anderen, die er bisher befragt hatte, waren bereits polizeilich bekannt oder würden in den kommenden Tagen in die polizeilichen Akten aufgenommen werden. Selbst der geschädigte Kutterbesitzer Helmut Friedrichsen, für den Fries eine Spur Mitleid empfand, wurde durch seinen tätlichen Angriff auf Olga Popow zum Täter.

Er räusperte sich, ehe er zaghaft an die Tür von Maren Hauser klopfte. Als er den Raum betrat, saß bereits eine Dame am Bett seiner Zeugin.

»Das ist der Kommissar«, sagte Frau Hauser zu ihrer Bekannten, als er das Zimmer betrat. »Von dem hatte ich dir erzählt.«

Sören lächelte verlegen.

»Das ist meine Freundin Irina. Sie hat mir ein paar Sachen gebracht. Ich bin ja mit nichts eingeliefert worden.«

Fries schüttelte die Hand der schlanken Brünetten, die ähnlich alt war wie Maren Hauser. Sören war auf den ersten Blick von ihren auffällig hellblauen Augen irritiert.

»Ich muss dann wieder«, sagte die Freundin mit leichtem Akzent. »Hat mich gefreut.«

Sie lächelte und verließ die beiden.

»Irina wohnt erst seit ein paar Monaten in Rostock, aber ich habe das Gefühl, dass wir uns schon ewig kennen«, sagte Maren Hauser, nachdem die Freundin das Zimmer verlassen hatte.

Sören Fries kam näher.

»Wir hatten gestern über ihren Angreifer gesprochen. Ich habe heute ein Foto dabei, auf dem der mögliche Angreifer eventuell zu sehen ist. Würden Sie mal einen Blick drauf werfen?«

Er reichte ihr das Bild aus dem Überwachungseinsatz.

»Das ist Andi«, sagte sie lächelnd. Nur eine Sekunde später gefror das Lächeln und ihre Stirn lag in Falten.

»Erkennen Sie ihn?«, fragte Fries, ohne einen Hinweis darauf zu geben, welcher der drei Männer der potenzielle Angreifer war.

»Nein, diese Männer sind viel zu kräftig gebaut«, sagte sie kopfschüttelnd. »Aber der da!«

Sie deutete auf Niebel und sah zu Fries auf. Offensichtlich hatte sie den Freund des verstorbenen Bruders von Andreas Ricker wiedererkannt, trotz der vielen Jahre, die inzwischen ins Land gestrichen sein mussten. Maren Hauser sah wieder auf das Bild. Sie zeigte eindeutig auf Jens Niebel.

»Das ist Thomas. Der Bruder von Andi. Thomas Ricker. Er lebt doch noch?«

»Sind Sie sicher?«, fragte Fries und riss ihr dabei förmlich das Bild aus der Hand.

Maren Hauser nickte.

»Natürlich bin ich mir sicher. Der sieht ganz anders aus als Jens. Der war viel kleiner. Und das Lächeln. Genauso hat Andi auch gelächelt. Das ist eindeutig sein Bruder.«

Maren Hauser starrte immer noch auf das Foto in Sörens Hand. Damit hatte er nicht gerechnet. Fries versuchte, sich die Begeisterung über diese Entdeckung nicht anmerken zu lassen. Er wusste zwar noch nicht, was diese neue Erkenntnis zu bedeuten hatte, aber dass sie etwas bedeutete, war ihm bereits jetzt klar.

Dieser neue Baustein ließ alles andere, was sie bisher ermittelt hatten, in neuem Licht erstrahlen.

Fries ließ die Zeugin noch einmal ein Blick auf die anderen beiden Männer werfen. Aber weder Mizra Maschadow noch Frank Thiel waren ihr jemals zuvor zu Gesicht gekommen.

»Falls Ihnen noch etwas einfällt, dann rufen Sie mich an. Sie haben noch meine Karte?«, fragte er bemüht beiläufig. Insgeheim hoffte er jedoch, dass ihn seine Ermittlung noch ein drittes Mal zu Maren Hauser führen würde.

Auf dem Weg zum Auto dachte Sören Fries darüber nach, mit wem er sein neues Wissen am ehesten teilen wollte. Wegener fiel ihm ein. Sein neuer Kollege machte sich gar nicht so schlecht. Verdient hätte er es also. Allerdings wollte er ihn während des Gesprächs mit Jens Niebel dieses Mal nicht dabeihaben. Zu viel stand dabei auf dem Spiel.

Auch seine neue Mitstreiterin, Oberkommissarin Stefanie Brandt, wollte er nicht einweihen. Obwohl sie deutlich mehr Erfahrung in der Polizeiarbeit vorzuweisen hatte als Wegener und vermutlich viel mehr über das organisierte Verbrechen im Allgemeinen und Jens Niebels Verstrickungen darin insbesondere wusste als er selbst. Er glaubte, dass das Gespräch mit Niebel besser verlaufen würde, wenn sie es unter vier Augen führten. Seine neue Kollegin verursachte ihm außerdem ein gewisses Unwohlsein. Er konnte es nicht beim Namen nennen. Vielleicht war es nur ihre Zugehörigkeit zum BKA, die Fries unangenehm aufstieß, oder die bewusste Zurschaustellung ihrer weiblichen Reize. Vielleicht war es aber auch nur ihre Art, ständig ungefragt aufzutauchen.

Er fuhr den bekannten Weg zur Villa von Jens Niebel hinauf und klingelte. Ein zweites Mal ließ er das Spiel mit dem Nachfragen ihrerseits, ob Niebel Zeit für ihn hätte, und der Ankündigung seinerseits, dass Niebel dann eben aufs Revier kommen müsse, über sich ergehen, und wurde darauf wenig später eingelassen.

Ohne ein Wort der Begrüßung ging Fries auf Niebel zu. Der Mann stand von seiner weißen Couch auf und sah den Oberkommissar verunsichert an.

»Sie haben noch Fragen? Ich denke, dass Sie sich dafür lieber an meinen Anwalt wenden. Seine Adresse haben Sie sicher noch.«

Der Oberkommissar überreichte ihm ohne Erklärung das Familienfoto, das er aus dem Haus der Rickers mitgenommen hatte. Jens Niebel nahm ihm das Bild ab. Er setzte sich wieder.

»Lasst uns alleine«, sagte er zu den beiden Bodyguards, die Fries noch nicht kannte und die vermutlich Frank Thiel während seiner Abwesenheit ersetzten.

Fries wartete, bis sie alleine waren.

»Sie sind Thomas Ricker, der verstorbene Bruder von Andreas. Oder soll ich lieber der ›verschollene Bruder‹ sagen?«

Niebel sah traurig auf das Bild in seinen Händen.

»Wie haben Sie es rausbekommen?«

Sören überlegte, ob er den Namen seiner Zeugin preisgeben wollte. Er entschied sich dagegen.

»Die Familienähnlichkeit ist unverkennbar, wenn man genauer hinguckt«, antwortete er stattdessen. »Ich habe ein wenig gebraucht. Aber Ihre Augen, Sie sind Thomas Ricker.«

Niebel sah ihn an.

»Schon lange nicht mehr. Thomas Ricker ist bei dem Versuch, aus der DDR zu fliehen, gestorben. Die Akten belegen das.«

Fries nahm auf der Couch Platz. Er wusste nicht, warum Ricker damals die Identität seines Freundes angenommen hatte. Aber er wusste, dass er diesen Identitätswechsel als Druckmittel einsetzen konnte.

»Wir können Ihre DNA mit der Ihres Bruders vergleichen.«

Niebel sah auf das Bild.

»Das brauchen Sie nicht.« Er holte tief Luft. »Was wollen Sie von mir?«

»Ich will herausfinden, wer Andreas Ricker umgebracht hat.«

Zwei Sekunden lang blickte Niebel dem Oberkommissar in die Augen. Hatte er verstanden, dass Fries nicht seinetwegen hier war, dass es nicht um ihn und seine illegalen Geschäfte ging, und dass er ihre gemeinsame Vergangenheit erst einmal zur Seite geschoben hatte, um den Mord an seinem Bruder aufklären zu können?

»Ich mag Sie und Ihre Art nicht«, erklärte Fries geradeheraus. »Das werde ich auch nie. Aber das spielt keine Rolle. Zumindest heute nicht. Ich bin einzig und allein wegen Ihres Bruders hier. Wenn Sie wollen, dass ich seinen Mörder schnappe, dann müssen Sie mir helfen. Ich brauche Informationen, die derzeit nur Sie mir geben können.«

Fries hoffte, dass Niebel verstanden hatte. Rickers Bruder stand auf und ging zu der Wand hinter der Bar rüber. Dort legte er einen fast unsichtbaren Schalter um, der hinter einem Gemälde versteckt angebracht war.

»Ein elektromagnetisches Feld. Eine Vorsichtsmaßnahme.« Er füllte sich ein weiteres Glas seines Lieblingsgetränks Bourbon ein und kam zum Sofa zurück. »Nur für den Fall, dass sie verwanzt sind.«

Sören warf einen Blick auf sein Handy. Seine Empfangsanzeige stand auf null. So etwas bräuchte ich auch zu Hause, dachte Fries. Seine pubertierende Tochter fingerte alle fünf Minuten an ihrem Handy herum.

»Arthur!«

Augenblicklich erschien einer von Niebels Mitarbeitern. »Schnapp dir Olek und Franziska und verschwindet. Fahrt nach Hamburg. Ich will euch bis morgen nicht mehr sehen.«

Arthur blieb für einen kurzen Moment regungslos stehen, aber dann reagierte er. Keine drei Minuten später schnappte die Haustür hinter Franziska und Niebels Bodyguards zu.

»Ich habe meinen Bruder nicht ermordet«, platzte es aus Niebel oder eigentlich Thomas Ricker heraus.

»Warum soll ich Ihnen glauben?«

Niebel kratzte sich am Kinn.

»Es geht immer noch um den Tod Ihrer Frau, oder? Sie glauben, dass ich etwas damit zu tun hatte. Sie glauben, dass ich ein eiskalter Killer bin.«

Fries reagierte nicht darauf.

»Sie irren sich. Ich habe noch nie einem Menschen etwas getan.«

»Da erzählt man sich aber andere Geschichten.«

Niebel sah den Polizisten unsicher an.

»Es sind Geschichten. Mehr nicht. Wenn Sie in meinem Geschäft überleben wollen, dann brauchen Sie ein Image.«

Der Oberkommissar überlegte, ob er dem Mann glauben sollte, der jahrelang seinen Tod vorgetäuscht hatte. Er hasste Jens Niebel abgrundtief. Obwohl er normalerweise seine Gefühle bei einem Fall außen vor lassen konnte, schaffte er es bei diesem Typen kaum.

»Es fällt mir schwer, Ihnen zu glauben«, sagte Fries ehrlich. »Vielleicht hatte Ihr Bruder herausgefunden, wer Sie sind. Er hat Sie erpresst. Wollte einmal Geld und dann noch mal. Ihm schien es finanziell gut zu gehen. Irgendwann waren Sie es leid, zu zahlen und dann ...« Fries imitierte eine Waffe und drückte ab »Bumm.«

»Er war doch mein Bruder!« Thomas Ricker sprang auf und baute sich vor dem Oberkommissar auf. »Ich hätte Andi niemals etwas tun können.«

Fries stand ebenfalls auf. Wollte Niebel ihm etwa drohen? Plötzlich wurde ihm bewusst, dass sie allein waren. Nur Niebel selbst und seine Lakaien wussten, dass er bei ihm war.

»Brüder töten ihre Brüder. Davon wird doch schon in der Bibel berichtet«, sagte Fries. Er bemühte sich, seine Anspannung nicht durchklingen zu lassen.

Sein Gesprächspartner schüttelte den Kopf. Die Männer sahen sich kurz an, dann setzte sich Niebel wieder. Fries folgte seinem Beispiel.

»Von mir aus. Nehmen wir mal an, ich glaube Ihnen. Das heißt nicht, dass ich es tue. Aber nehmen wir mal an, Sie haben Ihren Bruder nicht umgebracht. Dann weiß ich aber immer noch nicht, wer es war.«

Niebel sah ihn aufmerksam an.

»Ich brauche Informationen über den geplatzten Drogendeal vor zwei Jahren, wenn ich weiter ermitteln will. Mensch, Niebel.

Wollen Sie denn nicht, dass ich den Mörder Ihres Bruders erwische?«

Gedankenversunken sah Niebel auf das Getränk in seiner Hand.

»Was wollen Sie wissen?«

»Ich will wissen, was damals genau passiert ist. Alles!«

Rickers Bruder rieb sich das Kinn. Er schien über etwas nachzudenken.

»Nichts von dem, was ich Ihnen heute sage, werde ich irgendwo wiederholen oder bestätigen. Und nichts von dem, was ich Ihnen sage, werden Sie gegen mich verwenden. Habe ich Ihr Wort?«

»Da ich nichts beweisen kann, kann ich es auch nicht gegen Sie verwenden.«

Jens Niebel stand wieder auf und ging ans Fenster. Er nahm einen großen Schluck aus seinem Glas.

»Es geht um Andreas«, sagte Fries. »Wenn Sie unschuldig sind, dann ist es doch auch in Ihrem Interesse, dass wir seinen Mörder finden, oder nicht?«

»Natürlich will ich das«, sagte Niebel und drehte sich dabei um. »Aber glauben Sie wirklich, dass sein Mord mit der alten Sache zu tun hat?«

»Damals sind zweihundertfünfzigtausend Euro verschwunden. Der Mord sieht nach einem Profi aus. Kann Maschadow den Auftrag für Rickers Tod gegeben haben?«

Niebel atmete tief ein.

»Nein«, sagte er entschieden. »Nein, wir hatten die Sache geklärt.«

»Geklärt? Ich denke, es war Ihr Geld, das damals verschwunden ist.«

»Ja«, antwortete Niebel. »Mein Geld, aber auch seine Drogen. Und vor allem war es sein Image, das einen Schaden genommen hatte.«

Er ging zurück an die Bar und goss sich Whiskey nach. Doch er trank nicht. Er spielte nur mit der goldenen Flüssigkeit in seinem Glas.

»Maschadow behauptete, dass ein Spitzel diesen Deal verraten hätte. Und er sagte, dass niemand ihn verraten dürfte. Sonst würde man ihn nicht respektieren.«

Niebel trank einen kleinen Schluck.

»Nun ja, wenn er glaubte, dass Ihr Bruder der Spitzel war, dann könnte dies seine späte Rache gewesen sein«, sagte Fries. »Warum glauben Sie also, dass es nicht der Prinz war?«

Jens Niebel setzte sich zurück auf die Couch.

»Ich habe Mizra gesagt, dass Andi mein Bruder ist. Damals habe ich ihm die Geschichte erzählt. Er war der Einzige ... na ja, außer Andi ... der wusste, wer ich wirklich bin.«

Niebel spielte weiter mit der Flüssigkeit im Glas.

»Und?«, fragte Fries.

»Ich sagte ihm, dass ich für meinen Bruder die Hand ins Feuer legen würde.«

Sören überlegte, ob Niebel jemals erfahren würde, wie falsch er in dieser Hinsicht gelegen hatte.

»Der Prinz hat mich eine Menge dafür zahlen lassen, als die Sache damals in die Hose ging. Er behauptete, dass der Spitzel aus meinen Reihen käme. Ich denke, dass es einfach nur Pech war.«

»Und als Ricker aussteigen wollte? Hatten Sie nicht spätestens da den Verdacht, dass er vielleicht doch zugegriffen hätte? So als Startkapital für den Fischkutter?«

Niebel trank einen großen Schluck.

»Andi hätte alles von mir bekommen. Er hätte nur fragen müssen.«

»So wie Olga?«

Niebel grinste.

»Ich hatte keine Ahnung, was er mit ihr vorhatte. Olga arbeitet für den Prinzen. Ich habe sie engagiert und sie Andi geschickt.«

»Und wie ist Ihr Bruder an die Fotos von diesem Kruse gekommen?«

Niebel sah ihn überrascht an.

»Die Fotos aus dem ›Vanilla Club‹.«

Niebel schüttelte den Kopf.

»Ich bin zwar als Besitzer eingetragen, aber der Puff gehört mir nicht. Das war eine Sache, die ich für Mizra tun musste, um meine Schulden, wie er es nennt, zu begleichen.«

»Sie sind sein Strohmann?«

»Ja, genauso wie bei diesem Geschäft mit Schlüter damals. Mein Name stand nur auf dem Papier. Das Geld kam von jemand anderem. Sie können sich sicher denken, von wem.«

In diesem Moment erkannte Fries das wahre Gesicht Niebels. Er war eine Marionette, die sich im Gewirr aus Fäden verheddert hatte und sich nur nach den Vorgaben eines Puppenspielers bewegen konnte. Sören hätte fast Mitleid mit diesem Mann haben können, würde er den Namen Jens Niebels nicht so eng mit dem Tod seiner Frau in Verbindung bringen.

Dennoch war seine Neugier geweckt.

»Erzählen Sie mir von dem echten Jens Niebel und Ihrer Flucht.«

Niebel stand von der Couch auf.

»Lassen Sie uns spazieren gehen.« Er stellte sein Glas ab und gemeinsam verließen sie das Haus.

»Als Jens und ich damals auf die Idee gekommen sind, die DDR zu verlassen, begannen wir, ein Boot zu bauen. Wir waren Teenager, hatten Flausen im Kopf. Irgendwie war es wie ein Spiel, ein geheimes Spiel, das wir miteinander teilten. Und dann war es so weit. Das Boot war fertig.«

Niebel sah auf die Ostsee.

»Mein Vater hatte mitgekriegt, dass etwas nicht stimmte. Ich hatte Holz aus dem Schuppen gestohlen. Vielleicht zu viel. Er stellte mich zur Rede. Voller Wut schrie ich ihn an, dass ich abhauen wollte. Natürlich durfte er das nicht zulassen.«

Niebel schnaufte kurz.

»Mein Vater wollte mich nicht aus dem Haus lassen, hatte mich sogar in meinem Zimmer eingesperrt. Er wollte es am kommenden Tag melden. Zur Polizei gehen und seinen eigenen Sohn anzeigen.«

Er schien ins Leere zu starren. All seine Angst, seine Verzweiflung, aber auch die Hoffnung, die er damals gespürt haben musste, lagen in diesem Blick, dachte Sören.

»Ich wusste, was das bedeutet hätte. Aber nicht mit mir. Ich bin nachts aus dem Fenster gestiegen.«

Niebel lächelte bei der Erinnerung daran.

»Ich habe Jens gesagt, dass wir losmüssten. Jens war Waise. Er war bereits volljährig und lebte allein. Wir warteten bis zum Sonnenaufgang. Ohne weitere Vorbereitungen sind wir dann los. Wir hatten uns den Wetterbericht nicht angesehen. Was waren wir für Idioten!«

Langsam ging Niebel den Strand entlang weiter. Andreas' Bruder hatte diese Geschichte lang genug geheim gehalten, dachte Sören. Es schien so, als würde Niebel sich endlich eine Last von der Seele reden können, die ihn sein halbes Leben lang begleitet hatte.

»Wir hatten keine Chance, als der Sturm aufkam. Der Wind drückte uns immer weiter aufs offene Meer. Es war eiskalt. Und dann brach unser Boot auseinander. Irgendwann habe ich Jens aus den Augen verloren. Die Wellen peitschten um mich rum. Eine Ewigkeit später wachte ich im Krankenhaus auf.«

Jens Niebel blieb wieder stehen. Dieses Mal sah er nicht in die Ferne auf das Meer hinaus, sondern auf den Sand zu seinen Füßen.

»Man erzählte mir, dass sie mich aus der Ostsee gezogen hätten. Ich war total unterkühlt und es wäre ein Wunder gewesen, dass ich überhaupt noch am Leben sei. Sie fragten mich, was ich bei diesem Sturm auf dem Meer draußen gemacht hätte. Als ich verstanden hatte, dass ich im Westen war, erzählte ich ihnen, dass ich ein Flüchtling sei, und fragte natürlich auch, ob sie meinen Freund gefunden hätten. Aber das hatten sie nicht.«

»Und in diesem Moment haben Sie sich entschieden, Jens Niebel zu werden? Die Identität Ihres Freundes anzunehmen?«

»Nicht sofort. Erst als seine Leiche gefunden wurde. Er hatte keine Familie mehr gehabt. Niemand hätte ihn vermisst. Und ich wollte meine Eltern und meine Vergangenheit hinter mir lassen. Es sollte ein kompletter Neuanfang werden.«

»Und Ihr Bruder?«

Jens Niebel seufzte. Er drehte sich um und ging weiter. Um sie herum drehte der Wind auf. Für den Abend und die kommenden Tage war ein Sturm vorhergesagt.

»Andreas«, begann Niebel. »Meinen Bruder habe ich geliebt. Aber es war zu riskant, nach dem Mauerfall zurückzukommen. Mein Schwindel wäre aufgeflogen. Und ich wollte einfach alle Brücken für immer trennen. Doch eines Tages tauchte Andi in Hamburg auf. Nicht bei mir, sondern bei Maschadow.«

Niebel holte tief Luft.

»Für Mizra war Andi ein Niemand. Mein Bruder hatte mich nicht erkannt, als ich an ihm vorbeiging. Ich erkannte ihn dagegen sofort. Mit Mizras Genehmigung bot ich Andi einen Job bei mir an. Am Tresen in meinem eigentlichen Geschäft, eine Disco im Norden Hamburgs. Nichts mit Prostituierten und so. Die Arbeit war nicht allzu anspruchsvoll, vor allem war der Job besser bezahlt und ich war mir sicher, dass Andi dort nicht auf die schiefe Bahn geraten würde.«

Fries hüstelte.

»Okay, dann eben auf eine nicht allzu schiefe Bahn. Natürlich hat mich Andi dann auch erkannt. Aber wir entschieden uns, es für uns zu behalten. Ich wollte ihn durch unsere Verwandtschaft nicht in Gefahr bringen, und er respektierte meine Entscheidung, als Jens Niebel weiterzuleben.«

Er blieb wieder stehen.

»Mein Bruder hatte damals eine Freundin. Ich mochte sie nicht. Sie hatte etwas an sich. Sie war irgendwie falsch. Als mein Bruder in die U-Haft kam, tauchte sie von einem auf den anderen Tag unter. Andi sagte zwar, dass sie nichts mit dem Verschwinden des Geldes zu tun haben könnte, aber ich glaubte das nicht.«

»Wie heißt diese Frau?«

»Sie hatte einen falschen Namen genannt. Ich habe alles in Bewegung gesetzt, um sie zu finden. Aber es gibt diese Frau nicht.«

»Eine falsche Identität?«, fragte Fries. »Wer kommt denn auf so was?«

Er grinste. Doch Niebel erkannte die Ironie in Sörens Worten offenbar nicht. Die Männer gingen weiter.

»Andi hatte Glück. Er kam mit einem blauen Auge davon. Das Verfahren wurde eingestellt. Während er in Untersuchungshaft saß, starb unser Vater und Andi entschied sich, hierher zurückzukehren.«

Niebel sah an das Ende des Strandes, an dem ein Ausflugslokal mit einer Terrasse zum Verweilen einlud.

»Da haben wir uns immer getroffen. Schon als Kinder sind wir mit den Rädern an diese Stelle gefahren. Damals gab es das Lokal noch nicht. Seitdem er wieder auf dem Hof unserer Eltern lebte, hatten wir uns oft dort verabredet. Auf einen Kaffee, zum Reden. Wir haben dort einen Teil unserer Jugend nachgeholt.«

»Deswegen führen Sie von hier aus Ihre Geschäfte? Wollten Sie mit Ihrem Bruder in Kontakt bleiben?«

Niebel nickte als Antwort.

»Wissen Sie, wie Andi an die Bilder aus dem Bordell Ihres Freundes gekommen sein könnte?«

»Maschadow … mein Freund?« Er lachte kurz auf. »Wir sind Geschäftspartner. Das ist alles. Und nein. Ich weiß nicht, wie Andi an solche Bilder gekommen sein konnte. Hat er jemanden damit erpresst?«

Fries antwortete nicht.

»Sie wissen, dass niemand, der an seinem Leben hängt, gegen Maschadow aussagen würde. Alleine, dass ich hier mit Ihnen rede, kann mich in Lebensgefahr bringen.«

Niebel blieb wieder stehen.

»Ich wollte nie etwas mit Prostitution oder Drogen zu tun haben. Aber ich stand in Mizras Schuld. Keiner wagt es, dem Prinzen einen Gefallen abzuschlagen.«

Fries konnte nur erahnen, wovon Niebel sprach.

»Ich möchte trotzdem, dass Sie sich mit einem unserer Leute zusammensetzen, um ein Phantombild von Andreas' Freundin zu zeichnen. Können Sie morgen dafür ins Kommissariat kommen?«

Niebel zögerte.

»Ich glaube nicht, dass das eine gute Idee ist.« Er sah aufs Meer. »Wenn Maschadow annimmt, dass ich ein Spitzel bin, dann bin ich dran.«

»Ich verstehe«, sagte Fries und meinte es sogar ehrlich. »Wir werden es so einrichten, dass Sie offiziell von uns zu einem weiteren Gespräch vorgeladen werden. Das sollte genügen, damit Sie die Gunst Maschadows nicht verlieren.«

Nach dem Gespräch mit Jens Niebel fuhr Fries zurück in seine Dienststelle. Sein Schädel qualmte. Der Mann, der bis vor Kurzem noch sein Hauptverdächtiger im Mordfall Andreas Ricker gewesen war, war es von einem Moment zum anderen nicht mehr.

Fries verstand Menschen wie Niebel nicht. Sie kamen in eine große Stadt, träumten vom schnellen Geld und glaubten, dass ihre miesen Machenschaften keine Konsequenzen haben würden. Schnell waren sie gefangen in einem Geflecht aus Kriminalität und beteuerten, dass sie es nicht hätten kommen sehen.

Jens Niebel hatte sich eine Fassade zugelegt, um im Dschungel dieser Welt, in die er als junger Mann eingetaucht war, überleben zu können. Fries zwang sich, kein Mitgefühl mit dem Mann zu haben, der als Teenager in einem selbstgezimmerten Boot einem Regime und seinem Vater zu entkommen versuchte, und dabei erleben musste, wie sein bester Freund ertrank. Es gelang ihm nicht.

Der Oberkommissar stellte sich während seiner Ermittlungen immer wieder dieselben Fragen. Gerade weil er in seinem Job so viele Dinge zu sehen bekam, die ein normaler Geist nicht verstand, musste er sich diese Fragen stellen: Warum wurden Menschen so, wie sie wurden? Warum entschieden sich einige dafür, das Gesetz zu brechen, und andere nicht?

Kein Mensch war von Grund auf böse. Selbst Niebel nicht. Davon war Sören überzeugt. Sein Schicksal hatte ihn zu dem gemacht, der er heute war. Das rechtfertigte allerdings nicht seine Handlungen. Jeder Erwachsene war für seine Entscheidungen verantwortlich, mochten seine Kindheit oder andere Erlebnisse noch so traumatisch gewesen sein. Seinen Weg bestimmte man im Hier und Jetzt.

Wegener und Brandt saßen immer noch am Laptop des Verstorbenen. Fries stand im Flur und überlegte, ob er seinen Kollegen von seinem Gespräch mit Niebel erzählen sollte. Er entschied sich dafür, erst einmal in seinem Zimmer seine Gedanken zu sortieren, ehe er andere an dem Chaos in seinem Kopf teilhaben lassen wollte.

Er schloss die Tür hinter sich und ließ sich auf seinen Stuhl fallen. War Jens Niebel nun endgültig aus der Liste der Verdächtigen gestrichen, weil er der Bruder des Ermordeten war? Natürlich nicht. Aber er war in dieser Liste ein gutes Stück nach unten gerutscht.

In der Reihenfolge der Befragungen schrieb er alle Namen der Leute auf, die er in diesem Fall bisher getroffen hatte. Olga Popow, Helmut Friedrichsen, Jens Niebel (Thomas Ricker), Maren Hauser, Frank Thiel und Rainer Kruse. Ganz nach unten notierte er auch den Namen Mizra Maschadow.

Es war eine allgemeingültige Ermittlungsregel, dass man der Spur des Geldes folgen sollte, wenn es nicht der betrogene Ehemann oder die Geliebte war. Wo war also das Geld von damals hin verschwunden? Und wer war die geheimnisvolle Freundin von Andreas gewesen, die untergetaucht war, während Andreas Ricker in Untersuchungshaft saß?

Er stand auf und ging in das Büro seines Kollegen. Wegener schien die Zusammenarbeit mit der gut aussehenden Oberkommissarin zu gefallen. Die beiden hatten die Köpfe zusammengesteckt und kicherten.

»Frau Brandt«, unterbrach er sie. Die Polizistin drehte sich um. »Ich würde jetzt gern die Unterlagen einsehen, die Sie von dem gescheiterten Drogendeal haben.«

»Was wollen Sie denn genau wissen? Vielleicht kann ich helfen.«

»Ich möchte herausbekommen, wer an den Ermittlungen beteiligt war, welche Leute festgenommen wurden und wer die Freundin von Ricker war.«

Brandt sah ihn einen Augenblick lang schweigend an.

»Glauben Sie wirklich, dass der alte Fall damit zu tun hat?«

»Ich weiß nicht«, antwortete er. »Es ist nur ein Gefühl. Können Sie mir die Unterlagen heute noch besorgen? Am besten sofort.«

»Okay, ich kümmere mich darum«, antwortete sie und stand auf. »Kann ich irgendwo an einen Computer gehen und ungestört telefonieren?«

»Gehen Sie in mein Zimmer«, schlug Fries vor.

Stefanie Brandt verließ Wegeners Büro.

»Was haben Sie herausgefunden?«, fragte Fries seinen Kollegen.

»Der Rechner ist leer. Nur ein paar Mails an diese Maren Hauser, ein Browserverlauf, der zu einem Junggesellen passt, also viel Pornokram und ein paar Games, aber sonst nichts. Keine Adressdaten, keine persönlichen Schreiben, keine Bilder. Es scheint so, als hätte jemand alles Persönliche von diesem Gerät bewusst entfernt.«

Fries seufzte. Er hatte sich mehr von diesem Computer erhofft. Warum hatte Ricker den Laptop in einem Geheimfach im Schrank deponiert, wenn es nichts darauf gab, was es wert gewesen wäre, versteckt zu werden?

»Gibt es vielleicht irgendwelche geheimen Dateien, die nur Profis finden können?«, fragte Fries. »Vielleicht kann die Technik noch mal …«

Wegener unterbrach ihn.

»Also, wenn Sie es meinem Vater nicht verraten, ich bin ganz gut in diesem Computerzeugs. Ich brauche allerdings ein paar Dinge, die ich zu Hause habe, um einen genaueren Blick darauf zu werfen. Wenn ich den Laptop mitnehmen dürfte?«

Fries sah den jungen Mann an.

»Wie gut sind Sie? Ich meine, wenn ich eine Dienstvorschrift missachte, dann müssen Sie schon verdammt gut sein.«

Wegener grinste.

»Ich denke, dass ich Sie nicht enttäuschen werde. Wenn etwas gelöscht wurde, dann finde ich es. Ob ich es allerdings wiederherstellen kann ...«

Weiter sprach der junge Mann nicht. Stefanie Brandt stand in der Tür.

»Ihre E-Mail-Adresse?«, fragte sie mit ihrem Handy am Ohr.

Fries gab sie ihr und sie gab die ihrem Gesprächspartner am Telefon weiter.

»Hat Frau Hauser Frank Thiel wiedererkannt?«, wollte Wegener wissen.

»Frau Hauser?«

Die Begegnung mit Maren Hauser lag nach dem Gespräch mit Jens Niebel eine gefühlte Ewigkeit zurück. »Maren, ja. Nein, Frau Hauser hat Thiel nicht wiedererkannt. Dafür hat sie mir etwas anderes verraten. Ich bin dieser Spur gefolgt.«

Fries sah sich um. Hinter ihm, in seinem Büro, saß immer noch Stefanie Brandt an seinem Schreibtisch.

»Wegener«, sagte er leise und setzte sich auf den Stuhl neben seinem Kollegen. »Maren Hauser hat Frank Thiel nicht wiedererkannt. Dafür hat sie Jens Niebel erkannt.«

»Und? Wir wussten doch schon, dass sie ihn von früher kennt.«

»Ja, allerdings hat sie Jens Niebel nicht als Jens Niebel identifiziert, sondern als Thomas Ricker, den verstorbenen Bruder von Andreas.«

Wegeners Augen standen weit offen.

»Der, der in der Ostsee ertrunken ist?«, fragte er ungläubig.

»Ja, genau der!«

»Ist sie sich sicher? Ich meine, das stellt alles auf den Kopf. Irgendwie ...«

»Was stellt alles auf den Kopf?«, fragte Brandt in ihrem Rücken. Die Frau konnte sich so leise anschleichen wie eine Katze.

»Thomas Ricker. Er lebt«, sagte Wegener.

Fries hätte seinen Kollegen am liebsten geknebelt. Der junge Mann hatte keine Ahnung vom Spannungsaufbau einer Geschichte.

Durchbrüche wie diesen bei einer Ermittlung musste man feiern und nicht herausposaunen.

Fries sah auf seine Kollegin.

»Maren Hauser, die Dame, die die DVD für Ricker aufbewahrt hatte und die überfallen wurde, hat auf dem Foto, das Sie mir heute Morgen mitgegeben haben, Jens Niebel wiedererkannt. Sie ist mit den Brüdern Ricker aufgewachsen und meint, dass Jens Niebel nicht Jens Niebel wäre, sondern Thomas Ricker, der verstorbene Bruder von Andreas.«

Während er das Wort ›verstorbene‹ sagte, machte Fries Gänsefüßchen in die Luft.

Diese Neuigkeit ließ auch Brandt nicht kalt.

»Das kann nicht sein. Warum wusste das keiner?«, fragte sie.

»Die Brüder haben es geheim gehalten«, antwortete Fries.

»Morgen lasse ich Thomas Ricker alias Jens Niebel von einer Streife abholen. Offiziell, um hier eine Aussage zu machen, wegen des Einbruchs seines Bodyguards im Haus seines ehemaligen Mitarbeiters.«

»Und was ist der wirkliche Grund?«, fragte Brandt.

Die Frau hörte aufmerksam zu. Das gefiel Fries. Eine erfahrene Ermittlerin eben. Mit so einer Kollegin könnte er sich eine Zusammenarbeit gut vorstellen. Leider war sie für das BKA tätig.

»Er wird uns dabei helfen, ein Phantombild der ehemaligen Freundin von Ricker anzufertigen. Sie ist damals irgendwie untergetaucht. Ich denke, wenn wir ihrer Spur folgen, dann finden wir das Geld. Und dann ...«

Die beiden Polizisten sahen Fries erwartungsvoll an.

»Na ja, wir werden dann weitersehen. Sind die Unterlagen jetzt da?«

»Ja«, antwortete sie, »aber da werden Sie nichts über diese Frau finden. Ich habe die für Sie relevanten Daten ausgedruckt.«

»Danke«, murmelte Fries, der gerade in sein Büro gehen wollte, um sich die Ausdrucke zu holen. Er hielt kurz inne. »Warum werde ich nichts über Rickers Freundin finden?«

Stefanie Brandt schüttelte den Kopf. Offensichtlich gehörte diese Information auch zu denen, an die er nicht rankommen würde. Niebel hatte davon gesprochen, dass die Frau untergetaucht sei, und dass er sie nicht finden konnte, weil es die Frau mit diesem Namen nicht gab. Das konnte nur zwei Dinge bedeuten. Entweder war Rickers Freundin eine Zeugin, die sich auf illegalem Weg eine falsche Identität besorgt hatte und untergetaucht war, weil sie Angst vor Niebel oder Maschadow gehabt hatte. Oder die Freundin war eine verdeckte Ermittlerin gewesen, die das BKA in die Gruppe eingeschleust hatte. Beide Szenarien bedeuteten nichts Gutes für seine Ermittlungen. Das BKA würde niemals dabei helfen, diese Frau ausfindig zu machen.

»Sie kümmern sich um den Laptop?«, fragte er Wegener. Mit seinen Gedanken war er allerdings schon woanders. Fries wartete die Antwort nicht ab, sondern wandte sich gleich Brandt zu: »Ich mache für heute Schluss. Die ausgedruckten Unterlagen schaue ich mir zu Hause an. Sehen wir uns morgen?«

Er sah auf seine Armbanduhr. So ein Tag war viel zu kurz, wenn man einen Mordfall aufklären musste und zu Hause ein Teenager auf einen wartete.

»Ich weiß noch nicht, wann ich morgen hier bin. Vielleicht komme ich auch gar nicht. Da sind noch ein paar Sachen in Berlin liegengeblieben.«

Fries hatte seine Unterlagen. Wenn es nach ihm ging, konnte Brandt auch wieder ganz wegbleiben.

»Okay, dann eben übermorgen.«

Sören holte Jette bei seiner Schwester ab, die ihm anbot, noch zum Essen zu bleiben. Er sträubte sich erst, da er vorhatte, noch am selben Abend die Akten des BKA durchzugehen. Brandt hatte ihm nicht gerade wenige Seiten ausgedruckt. Er ließ sich dennoch dazu überreden, den Abend mit seiner Familie zu verbringen. Zeit für die Akten hatte er die restliche Nacht noch genug.

Nachdem sie zusammen Susannes leckeren Möhreneintopf gegessen hatten, zog Astrid ihn an die Seite.

»Was gibt es Neues?«

Sören sah seine Schwägerin an. Er wunderte sich, dass sie nicht bei der Polizei arbeitete. Obwohl sie als Staatsanwältin das gleiche Ziel verfolgte wie er, schien ihr der Weg als Juristin doch hin und wieder zu langweilig zu sein. Sie genoss es, den Geschichten ihres Schwagers zuzuhören, und Sören liebte es, mit ihr über seine Fälle zu diskutieren. Astrid war zudem so etwas wie seine externe Vernunftsquelle, wenn er mal ins Zweifeln geriet. Das Spiel von Gut und Böse, das Ordnungshüter tagein, tagaus erlebten, war selten leicht zu gewinnen.

Er sah über seine Schulter zurück in die Küche, in der Susanne mit den Kindern den Tisch abräumte, und folgte Astrid in ihr Arbeitszimmer.

»Der Fall wird immer komplexer«, begann er zu erzählen.

»Einen Sherry?«, fragte Astrid, die sich ein Gläschen einschenkte.

Sören lehnte wie immer ab.

»Wie sich herausgestellt hat, ist der Bruder von Andreas Ricker gar nicht tot.«

»Andreas ist der Tote«, sagte sie darauf und deutete damit an, dass sie über nicht so viele Informationen zum Fall verfügte wie er. Er fasste kurz das Nötigste aus dem Leben der Familie Ricker zusammen und erklärte ihr dann, dass Thomas Ricker seine Identität mit dem eigentlich verstorbenen Jens Niebel getauscht hatte.

»Wow«, entfuhr es ihr. »Das ist mal eine Entwicklung. Fast wie in diesen Vorabendserien, in denen der verschollene Bruder nach Jahren wieder auftaucht.«

»Ich dachte, du arbeitest viel. Woher kennst du solche Serien?«

»Während des Studiums habe ich mich mit so etwas von dem Stress abgelenkt.« Astrid nippte am Sherry und grinste.

Sören wusste, dass er seine Schwägerin nicht um Verschwiegenheit bitten musste. Es war ein ungeschriebenes

Gesetz zwischen ihnen, dass nichts, was in Astrids Arbeitszimmer besprochen wurde, diesen Raum verließ. So hatte Sören ihr von seinem Schmerz erzählen können, als Annette gestorben war. Susanne war zwar seine Schwester, aber ihre Frau war mittlerweile Sörens beste Freundin. Mit ihr konnte er über alles reden.

»Ich folge der Spur des Geldes. Dieser Mord war keine Kurzschlusshandlung eines verprellten Kutterbesitzers. Dieser Mord wurde eiskalt verübt und er wurde geplant. Ein Profi könnte am Werk gewesen sein. Alles in mir sagt, dass Andreas' Tod mit dieser Geschichte in Hamburg zu tun hat.«

Astrid widersprach nicht, wenn Sörens einzige Begründung für einen Verdacht sein Instinkt war. Dafür hatte er schon zu oft unter Beweis gestellt, dass er mit seinem Bauchgefühl richtig lag.

»Und wie gehst du jetzt weiter vor?«, fragte sie und nippte danach wieder an ihrem Sherry.

»Thomas Ricker, also Jens Niebel, kommt morgen ins Revier. Er will uns bei einer Phantomzeichnung helfen. Andreas Ricker hatte damals eine Freundin, die untergetaucht ist. Ich vermute, dass sie das Geld gestohlen hat und damit verschwand.«

»Glaubt das dieser Ricker-Niebel, oder wie auch immer du ihn gerade nennst, auch?«

»Er erzählte, dass Andreas gesagt hätte, dass seine Freundin nichts mit dem Verschwinden des Geldes zu tun hatte.«

»Aber du glaubst das nicht?«

Sören schüttelte den Kopf.

»Die DVD macht mir noch Kopfzerbrechen«, sagte er. »Wenn er nicht Niebel erpressen musste, um auszusteigen, was war dann auf der DVD?«

»Du hast doch von dem kleinen Beamten erzählt. Vielleicht war das nur das Sextape von ihm.«

Astrid stand auf und schenkte sich nach. Ehe sie sich wieder setzte, öffnete sie die Tür zum Flur und rief: »Schatz, soll ich dir helfen?«

Susanne verneinte, so wie immer, wenn Astrid fragte. Seine Schwester ließ den beiden ihren konspirativen Freiraum. Sie war froh, wenn sie nicht vor den Kindern von ihrer Arbeit sprachen.

»Aber die DVD hätte er zu Hause verstecken können. Dieser Rainer Kruse kriegt gerade mal seine Schnürsenkel alleine zu. Der wäre niemals auf die Idee gekommen, bei Ricker einzusteigen.«

»Wer weiß. Wenn Leute ihr Leben verteidigen wollen, dann kommen sie auf die dümmsten Ideen. Außerdem weißt du nicht, ob es noch andere Filmchen auf dieser DVD gab.«

Sören dachte an das Gespräch mit Bergmann. Auch andere Beamte in höheren Positionen hatten unruhig auf seine Ermittlungsrichtung reagiert. Er seufzte. Hatte dieser Sumpf denn gar kein Ende?

Nicht schon wieder

Fries betrat am kommenden Morgen völlig unausgeschlafen die Polizeiinspektion. Wegener saß da bereits an seinem Schreibtisch und telefonierte. Die jugendliche Energie, die sein Kollege verströmte, fand der Oberkommissar an diesem Tag besonders unsympathisch. Vermutlich lag seine schlechte Laune am fehlenden Schlaf der vergangenen Nacht. Fries hatte die Stunden größtenteils mit der Lektüre der Akten verbracht.

Wie Stefanie Brandt schon angedeutet hatte, war keine Spur über die mysteriöse Freundin des Verstorbenen in den Ausdrucken zu finden. Dafür hatte Fries sich einen sehr genauen Überblick über die Razzia des MEK, des Mobilen Einsatzkommandos, machen können. Der Zugriff war minutiös geplant gewesen. Keiner der Beteiligten schien dabei einen Fehler gemacht zu haben. Warum der Zugriff dennoch schiefgelaufen war und warum jemand mit dem Geld abhauen konnte, war den Akten nicht zu entnehmen. Fries hatte sich mehr von der Durchsicht der Protokolle erhofft.

Nachdem er seine Jacke und Tasche im Büro abgestellt hatte, ging er in die Kaffeeküche, um sich einen Becher mit dem wohl am grauslichsten schmeckenden Kaffee von ganz Mecklenburg-Vorpommern zu füllen. Er nahm einen Schluck und schüttelte sich. In dem Moment tauchte Wegener hinter ihm in der Tür auf.

»Guten Morgen.«

Der junge Mann sah ihn mit zusammengekniffenem Mund an.

»Okay, was ist passiert?«, fragte Sören.

Wegener überlegte.

»Eine schlimme und eine noch schlimmere Nachricht«, antwortete der Kommissar zögerlich.

Fries betrachtete den jungen Mann einige Sekunden und verließ dann die Küche.

»Fangen Sie einfach an«, sagte er auf dem Weg in sein Büro.

Er setzte sich an seinen Schreibtisch und Wegener nahm auf der anderen Seite Platz.

»Ich habe gestern Abend noch lange an Rickers Laptop gesessen. Wie es aussieht, hat jemand Dateien gelöscht. Aber nicht so, wie man es normalerweise macht. Da hat jemand ganze Arbeit geleistet. Der hat nicht nur die Bits geschreddert, sondern sogar die Nullen und Einsen. Der wusste genau, was er tat.«

Fries nahm einen Schluck Kaffee.

»Die Daten sind also nicht wiederherzustellen. Habe ich das richtig verstanden?«

Wegener nickte.

»Stimmt. Alles ist auf Nimmerwiedersehen weg.«

»Und wer kann so etwas?«, fragte Fries. »Das Schreddern der Bits und so.«

»Na ja«, begann Wegener. »Eigentlich jeder, der einen Computer besitzt und weiß, dass es die Möglichkeit der totalen Datenvernichtung gibt. Anleitungen dazu findet man im Netz.«

Sören wollte gerade wieder zur Kaffeetasse greifen, entschied sich aber doch anders. Nach der langen Nacht über den Papierbergen, hatte er etwas Besseres verdient. Sobald Wegener seinen Bericht beendet hatte, wollte er zum Bäcker gehen, um sich einen Latte macchiato mit Mandelmilch, doppeltem Espresso und einer Prise Zimt darauf zu kaufen. Ein Preiselbeermuffin würde sein Frühstück perfekt vollenden.

»Das ist noch nicht alles«, sagte der junge Mann in Fries' Frühstücksträume hinein. »Ich bin mir nicht sicher, aber ich glaube, dass diese Modifikation der Daten in den letzten Tagen geschehen ist.«

»Modifikation der Daten? Sie meinen das Löschen?«, fragte Fries.

»Ja, die Daten müssen nach Rickers Tod gelöscht worden sein. Zumindest vermute ich das. Ich bin mir nicht hundertprozentig sicher und es ergibt auch keinen Sinn. Aber wenn das Datum stimmt, wurden die Daten erst gelöscht, nachdem das Notebook in der Technik war.«

»Blödsinn«, sagte Fries. »Warum sollten die von Cybercrime so etwas machen?«

»Ein Versehen?«, fragte Wegener. »Ich kann mich auch irren. Vergessen Sie es einfach.«

»Gut«, murmelte Fries. Offensichtlich hatte sich Wegener bezüglich seiner Computerkenntnisse stark überschätzt. »Wo machen wir heute weiter? Ach ja, die Akten.«

»Da ist noch die andere Sache. Die noch schlimmere.«

Fries sah seinen Kollegen neugierig an.

»Wir haben einen weiteren Toten.«

Damit hatte sich der doppelte Espresso in seinem Latte macchiato erledigt. Der war aber auch nicht mehr nötig. Fries war augenblicklich hellwach.

Gemeinsam fuhren die beiden Polizisten zu Niebels Anwesen. Das gusseiserne Tor hieß sie weit geöffnet willkommen. In der Einfahrt parkte das Auto des Gerichtsmediziners Doktor Pannwitt. Zwei Streifenwagen und ein ziviles Fahrzeug, ein schwarzer BMW mit Berliner Kennzeichen, standen ebenfalls auf dem Hof.

Fries ging in das Wohnzimmer, in dem sich alle Anwesenden versammelt hatten. Auf dem Boden verteilt, standen zahlreiche Plastikhütchen mit unterschiedlichen Zahlen darauf, die den Tatort wie eine archäologische Ausgrabung dokumentierten. Der Polizeifotograf hatte seine Arbeit gerade abgeschlossen und verließ den Raum.

Mitten im ganzen Chaos lag der tote Körper von Jens Niebel. Um seinen Kopf hatte sich eine Blutlache gebildet. Das erste Einschussloch, das Fries erkannte, war nicht besonders groß. Es war in etwa so groß wie das auf Rickers Stirn.

»Und?«, fragte er, als er zu Doktor Pannwitt herantrat. »Dieselbe Waffe wie bei Andreas Ricker?«

»Noch kann ich es nicht bestätigen. Es ist allerdings auch nicht auszuschließen. Die Patronen stecken noch. Die Hülsen liegen hier rum. Meinem ersten Eindruck nach ist es dasselbe Kaliber, neun Millimeter, wie die Waffe, die in Warnemünde benutzt wurde.«

Fries entdeckte noch zwei weitere Einschüsse. Dem Zustand des Raums nach zu urteilen, hatte sich Niebel gewehrt. Auf dem Boden eine zertrümmerte Vase. Ein Stuhl war umgestoßen worden. Jens Niebel hatte versucht zu entkommen. Zwei Schüsse in den Rücken. Einer in die Stirn.

»Drei Schüsse?«, fragte Fries.

»Nein, es wurde vier Mal abgedrückt. Eine Kugel ging daneben.« Er deutete in den Garten, in dem zwei Polizisten den Boden absuchten. »Sie landete vermutlich dort.«

Fries sah zu Wegener rüber, der sich im Hintergrund hielt.

»Kommen Sie«, sagt er. »Das ist eine gute Leiche, um sich an den Anblick zu gewöhnen. Sie ist noch recht frisch und die Verletzungen sind nicht so brutal.«

Wegener näherte sich und blickte aus zwei Meter Entfernung auf den Mann.

»Wollen Sie mich mal in der Gerichtsmedizin besuchen?«, fragte Pannwitt mit einem schadenfrohen Lächeln im Gesicht.

»Ein anderes Mal«, antwortete Sören für seinen Kollegen. In dem Moment betrat Stefanie Brandt den Raum. Sie sprach mit einem älteren Herrn. Fries ging zu den beiden rüber.

»Rufen Sie mich an, wenn Ihnen noch etwas einfällt«, sagte sie zu dem Mann und reichte ihm ihre Visitenkarte. Dann lächelte sie Fries zu.

»Guten Morgen«, sagte sie. »Ich habe gerade mit dem Herrn Claasen gesprochen, der Niebel gefunden hat. Er ist so was wie ein Hausmeister hier. Er sollte heute Morgen den Pool reinigen. Und da niemand aufgemacht hat, ist er um das Haus zur Terrasse und hat das Opfer so vorgefunden.« Sie deutete auf den Leichnam.

Wegener gesellte sich zu ihnen.

»Guten Morgen«, grüßte er die Kollegin.

»Danke«, murmelte Fries kühl. Er unterließ es dabei bewusst, die BKA-Frau freundlich zu begrüßen. »Ich dachte, Sie hätten heute was Dringendes in Berlin zu erledigen.«

»Ja, eigentlich schon. Aber dann habe ich die Meldung erhalten, dass Niebel tot sei«, erklärte sie und zog ihre Schultern hoch. »Ich denke, das hier ist wichtiger. Berlin kann warten.«

Sie ging zur Leiche rüber. Fries und Wegener folgten ihr. Mit einem Kugelschreiber hob Brandt eine Hülse vom Boden auf.

»Sind das neun Millimeter? Das ist doch dasselbe Kaliber, das auch bei Rickers Ermordung verwendet wurde.«

Fries sah seine Kollegin einen Augenblick an.

»Ja«, sagte er. »Vermutlich war es derselbe Täter.«

»Unser Hauptverdächtiger fällt damit ja nun weg«, erklärte sie.

»Alle fallen damit weg«, sagte Fries. »Es bleibt nur einer übrig, der beide kannte und ein Motiv haben könnte.«

»Wer ist das?«, fragte Wegener, der sich wieder einen Meter weiter nach hinten zurückgezogen hatte.

»Der Prinz«, antworteten die beiden Kriminaloberkommissare wie aus einem Mund. Überrascht sahen sie sich an. Wegener unterdrückte ein Schmunzeln.

»Ich fahre nach Hamburg. Jetzt gleich. Kommen Sie mit?«, fragte Fries seine Kollegin.

»Zum Prinzen? Nein Danke. Sie werden sowieso nicht zu ihm durchkommen. Ich fahre nach Berlin und versuche dort herauszubekommen, ob der Prinz ein Alibi für gestern Abend hat. Schließlich überwachen meine Kollegen ihn rund um die Uhr.«

»So wie Jens Niebel?«, fragte Fries.

»Die Überwachung von Niebel wurde gestern eingestellt. Die Anweisung kam aus Berlin«, erzählte Brandt fast beiläufig.

»Warum wurde die Überwachung eingestellt? Gerade jetzt?«, fragte Sören.

»Ich habe keine Ahnung. Deshalb fahre ich auch nach Berlin. Ich will das klären. Oder wollen Sie lieber, dass ich zu Maschadow mitkomme?«

»Nein, nein. Fahren Sie nach Berlin. Wir müssen rausbekommen, warum die Überwachung eingestellt wurde. Von wem kam die Anweisung? Keine vierundzwanzig Stunden, nachdem das BKA

Niebels Observation beendet hat, ist er tot. Das kann doch kein Zufall sein.«

»Ich kriege das raus. Verlassen Sie sich auf mich.«

Brandt verabschiedete sich. Kurz darauf fuhr sie in ihrem schwarzen Sportcoupé davon.

»Okay, Wegener. Dann eben wir zwei. Jetzt lernen Sie einen der einflussreichsten und abgebrühtesten Verbrecher unserer Zeit kennen.«

»Aber wenn wir ihn doch sowieso nicht zu sehen kriegen …« Fries fiel ihm ins Wort.

»Glauben Sie mir, wir werden ihn sehen. Der Prinz und ich sind alte Bekannte.«

Auf der Autobahn unterhielten sich die beiden Männer kaum miteinander. Fries raste mit seinem Dienstwagen in einem Tempo über die A20 und später über die A1, dass Wegener die Fragen zum Fall vergingen. Erst als sie Hamburg erreicht hatten und Fries seine Geschwindigkeit umgebungsbedingt anpassen musste, traute sich Wegener, seinen Kollegen anzusprechen.

»Sie haben hier mal gearbeitet?«, fragte der junge Mann. Es war nicht wirklich eine Frage, da jeder in Rostock Fries' Vorgeschichte kannte. Es war eher der unbeholfene Einstieg in ein Gespräch, das Wegener seit ihrer Abfahrt aus Diedrichshagen beschäftigte.

Fries wartete ungeduldig an der roten Ampel in der Spaldingstraße in einer Lawine aus Blech und Motoren, die jeden Tag in die Stadt einwalzte.

»Ja, sieben Jahre lang.«

»Sie kennen den Prinzen aus der Zeit?«

Fries sah seinen Kollegen an.

»Was wollen Sie wirklich wissen?«

Wegener räusperte sich.

»Man erzählt sich viel. Und das meiste wird wahrscheinlich übertrieben sein. Aber man sagt, dass der Prinz vermutlich …«

Die Ampel schaltete auf Grün und Sören gab Gas.

»Nun ja, also, man sagt, dass der Prinz mit dem Tod Ihrer Frau zu tun gehabt hätte.«

Fries beschleunigte, fuhr auf den mittleren Streifen und überholte vor dem erneuten Umschalten auf Rot einen tschechischen LKW, der vor der Ampel zum Stehen kam. Ihr Wagen rutschte bei dunklem Gelb über die Kreuzung und nahm auch noch die folgende Ampel mit, die gerade auf Gelb umgesprungen war.

»Wir müssen nicht darüber reden«, sagte Wegener. Er war auf dem Beifahrersitz ein paar Zentimeter nach unten gerutscht.

»Richtig«, sagte Fries auf Höhe des Deichtorplatzes. »Das müssen wir nicht.«

Es dauerte, ehe Fries einen Parkplatz hinter dem Fischmarkt fand. Das Hauptquartier des Prinzen lag nur wenige Minuten Fußweg entfernt. Von dieser Zentrale aus organisierte Maschadow ein riesiges Geflecht aus Drogengeschäften, Waffenhandel und Prostitution.

Der Prinz verließ die wie zu einer Festung gesicherten Räume nie ohne seine Leibwächter. Nur wenn er seine Eltern in Tschetschenien besuchte, die zurückgezogen auf einem Bauernhof lebten, machte er von dieser Regel eine Ausnahme. In sein altes Heimatdorf reiste Maschadow ohne Bodyguards. In diesem Land schien ihn allein sein Ruf zu schützen.

Der Mann, der Fries die Tür öffnete, hätte einem Katalog für Bodybuilder entsprungen sein können. Unter dem weich fallenden Stoff seines Anzugs zeichneten sich seine wohldefinierten Muskeln ab. Fries beneidete den Türsteher nicht um die vielen Stunden, die er schwitzend an den Hanteln verbringen musste, um diesen stählernen Körper zu formen. Für ihn waren die Zeiten vorbei, in denen er sich um jedes Gramm Fett an seinem Bauch Gedanken machte. Stattdessen genoss er es, in seiner Freizeit Kochbücher zu studieren und neue vegetarische Gerichte mit seiner Tochter auszuprobieren.

Obwohl es in Hamburg wie so oft bewölkt war, trug der Türsteher eine Sonnenbrille. Vermutlich gehörte dieses Utensil zur Standardausrüstung eines Security-Mitarbeiters. Der Mann erkannte Fries, was zumindest das minimale Nicken per Stiernacken andeutete, mit dem er die Öffnung der Tür einleitete. Wegener folgte seinem Vorgesetzten mit einer Mischung aus Hochachtung und Angst. Der junge Mann hatte keine Ahnung, was ihn drinnen erwarten würde.

Im Vergleich zu vielen alt eingesessenen Clubs auf dem Hamburger Kiez hatte man dieses Etablissement überraschend geschmackvoll eingerichtet. Das Mobiliar war in strahlend weißer Klavierlackoptik gehalten. Die Spiegel, im ganzen Saal verteilt, ließen den riesigen Raum noch imposanter wirken, als er von sich aus schon war. Die goldenen Beschläge an den Türen und die gleichfarbigen Kronleuchter rundeten dieses Bild ab, das jedem Betrachter einen Hauch von Anerkennung abverlangte. Mizra hatte diesen Club in dem Haus untergebracht, in dem er auch lebte. Aus diesem Grund hatten nur private Gäste, wie er sie nannte, Zutritt. Natürlich waren das keine Gäste im eigentlichen Sinne, sondern ausgewählte Kunden, deren Kreditwürdigkeit der Prinz durchleuchtet hatte und die zur zahlungskräftigeren Klientel gehörten.

Im vorderen Teil des Clubs mit dem wohlklingenden Namen ›Imperium‹ befand sich ein geräumiger Discobereich mit drei angrenzenden Bars, die jeden Wunsch erfüllten, den der Gast äußerte. In den hinteren Räumen, deren Betreten noch einmal einer gesonderten Einlasskontrolle bedurfte, standen Roulettetische und freizügig gekleidete Damen boten ihre Dienste an. Über dem Club lagen die privaten Räume des Prinzen. Dort wickelte er seine Geschäfte ab und ließ hin und wieder illegale Pokerrunden stattfinden, bei denen sich auch hochrangige Persönlichkeiten aus Wirtschaft und Politik blicken ließen. Natürlich hatte der Prinz für diese besonderen Menschen einen sehr diskreten, separaten Eingang. Diese Männer hatten schließlich einen Ruf zu verlieren. Aber da die Pokerabende des Prinzen im Ruf standen, legendär zu sein, folgte früher oder später jeder in der Stadt der Mundpropaganda. Jeder, der die Startsumme von hunderttausend Euro aufbringen konnte, war an diesen Abenden willkommen. Und da der Innensenator selbst einmal Besucher dieser Veranstaltung gewesen sein soll, hatte es niemals eine Razzia während dieser Veranstaltungen gegeben.

Fries ging die Treppe in den ersten Stock hoch, bog links in den Korridor ab und folgte diesem bis zum Ende. Er war nicht zum ersten Mal dort. Wegener fühlte sich unwohl bei dem Gedanken, im selben Zimmer mit dem Mann zu sein, dessen Namen jeder Absolvent der Polizeischule wenigstens einmal während seiner Ausbildung gehört hatte. Unzählige Legenden hatten sich um Mizra Maschadow gebildet. Keine handelte von Einhörnern und Elfen.

Nachdem Fries durch die Tür am Ende des Korridors getreten war, standen die beiden Polizisten im Wohnzimmer, Arbeitszimmer oder der Empfangshalle des Prinzen. Wegener wusste es nicht. Dieses Zimmer hätte alles sein können.

Am hinteren Ende des weitläufigen Raums stand ein großer Schreibtisch. Dahinter saß ein Mann, der Wegeners erstem Eindruck nach wie eine zu Mensch gewordene Kröte aussah.

»Hauptkommissar Fries«, sagte der Mann ohne Hals. »Wie komme ich zu der Ehre?«

Von Nahem betrachtet, hatte der Prinz sogar noch mehr Ähnlichkeit mit einer Amphibie. Wegener konnte nicht anders. Er starrte Maschadow geradezu an. Die Haut des Prinzen war ledrig, seine Augen wässrig. Der Blässe nach zu urteilen, verließ der Chef eines der einflussreichsten kriminellen Kartelle Deutschlands sein Haus nur noch selten. Er hatte sich sein eigenes Verlies gebaut, vollgestellt mit einem riesigen Fernseher, einer Musikanlage, die so teuer war wie ein kleines Auto, und den edelsten Möbeln. Dennoch blieb es ein Verlies.

»Maschadow«, sagte Fries und ließ sich ungebeten auf den Stuhl vor dem Schreibtisch nieder. »Es ist lange her.«

»Ja«, sagte der Prinz.

Wegener wusste nicht, wie man so eine Kreatur ›Prinz‹ nennen konnte. Er sah in dessen blutunterlaufene Augen. Der Blick des Mannes bohrte sich wie eine eiskalte Hand um sein Herz. Schnell sah der junge Kommissar zu Boden.

»Ist das Ihr neuer Partner?«

Ein kurzer Blick streifte Wegener. Es schien, als hätte Sören seine Anwesenheit vergessen und wäre erst durch Mizra wieder auf ihn aufmerksam geworden.

»Vorübergehend«, antwortete Fries.

Mizra nahm eine Zigarre von einem goldenen Aschenbecher auf, die da vor sich hin geglommen hatte. Er nahm einen Zug und stieß den Rauch genussvoll in Fries' Richtung aus.

»Sie rauchen immer noch nicht?«

Fries reagierte nicht auf diese Provokation. Stur blickte er seinem Gegenüber in die Augen. Es war, als wartete er auf etwas. Wegener wusste nicht, worauf, aber er wusste, dass dies einer der Momente war, in dem er besser seinen Mund hielt. Er rührte sich nicht, wagte kaum zu atmen. Er beobachtete nur die beiden Männer, die sich musterten, wie zwei Boxer, die sich vor einem Kampf abcheckten, nach der Schwäche des anderen suchten und beim geringsten Zwinkern ihres Gegenübers den Angriff wagten.

»Jens Niebel«, sagte Fries nach einer Ewigkeit der Stille.

Der Prinz legte seine Zigarre ab.

»Ja, ich kenne ihn.«

»Ich nehme an, Sie haben ein Alibi für den gestrigen Abend und die Nacht?«

Mizra zog eine Augenbraue hoch.

»Niebel ist tot?«

Fries antwortete nicht. Es war klar, dass Jens Niebel tot war, wenn er nach dem Alibi des Prinzen fragte, kurz nachdem er Niebels Namen erwähnt hatte.

»Natürlich habe ich eines. Sie können jeden meiner Mitarbeiter befragen. Ich war den ganzen Abend hier.«

Nichts anderes hatte Fries erwartet. So ein Alibi bedeutete letztendlich nichts. Leute wie Maschadow entledigten sich niemals persönlich unliebsamer Menschen. Diese Aufgaben übernahmen andere für sie.

Der Prinz stand auf. Mit seinem massigen Körper kam er um den Schreibtisch herum und baute sich vor dem Polizisten auf.

»Wieso kommen Sie auf mich?«

Fries erhob sich, um dem Gangsterboss Auge in Auge gegenüberzustehen.

»Sie waren ein Geschäftspartner von Jens Niebel, stimmt das?«

Mizra grinste.

»Brauche ich einen Anwalt?«

»Wir reden doch nur«, antwortete Fries.

Er wusste, dass er keinen Fehler machen durfte. Der Prinz wurde abgehört. Jedes Wort, das Sören sagte, landete beim BKA. Er musste sich daher zusammenreißen, auch wenn alles in ihm danach schrie, seine Waffe zu ziehen und diesem Mistkerl sein dämliches Grinsen aus dem Gesicht zu schießen. Stattdessen lächelte er zurück.

Mizra Maschadow ging zu einer ledernen Sofalandschaft, die in der hinteren Hälfte des Raums stand. Auf dem Tisch davor befanden sich diverse Softdrinks. Er öffnete eine Flasche mit Pfirsichsaft, schenkte sich ein und trank das Glas halb aus.

»Ich kenne Niebel schon seit Jahren. Es gab Berührungspunkte bei unseren Geschäften«, erklärte der Prinz.

»Wie den ›Vanilla Club‹?«

»Der ›Vanilla Club‹?«

Mizra spielte den Unwissenden. Aber auch das überraschte Fries nicht.

»Niebel hat mir hin und wieder einen Gefallen getan. So wie ich ihn auch in seinen Anfängen unterstützt habe. Geschäftspartner? Ich weiß nicht. Wir waren eher so etwas wie Freunde.«

»Wenn man so etwas wie Freunde in Ihrer Position überhaupt hat«, sagte Fries. Er ging zu Maschadow rüber.

»Es geht immer noch um die verschwundene Viertelmillion von damals. Sie haben es nie verwunden, dass Sie über den Tisch gezogen wurden, dass sich jemand gegen Sie gestellt und Sie bei der Polizei verpfiffen hat. Dafür mussten die beiden Brüder jetzt sterben. Irre ich mich?«

»Andreas ist auch tot?«

»Ja«, antwortete Fries. »Ich nehme an, dass Sie erst Andreas umbringen ließen, und als sein Bruder damit drohte, Sie bei der Polizei anzuzeigen, haben Sie auch Ihren sogenannten Freund erledigen lassen.«

Mizra sah Fries an. Dieses Mal lächelte er nicht.

»Natürlich würde ich gern mit dem Menschen reden, der damals mit dem Geld verschwunden ist. Ricker war es allerdings nicht«, sagte Mizra.

Man sah ihm an, dass er überlegte, wie viel er erzählen konnte, ohne sich selbst zu belasten. Maschadow musste davon ausgehen, dass der Polizist eine Wanze trug. Vielleicht wusste er auch, dass das BKA mithörte.

»Als mir Jens davon erzählt hatte, dass Andreas aussteigen wollte, fiel natürlich mein Verdacht auf ihn. Man steigt nur aus, wenn man genug verdient hat, um sich zur Ruhe zu setzen. Niemand, der in meinem Geschäftsfeld tätig war, gibt sich im Anschluss wieder mit einem normalen Beruf zufrieden. Dafür ist die Gier in uns Menschen zu stark.«

Nicht in jedem, dachte Fries.

»Damals erzählte mir Jens, dass Andreas sein Bruder war, und erzählte auch etwas über seine Flucht aus der DDR. Er schwor auf sein Leben, dass Andreas nichts mit dem Verschwinden des Geldes zu tun hatte.«

»Und Sie glaubten ihm? So ohne Weiteres?«

Mizra sah dem Polizisten von unten in die Augen.

»Wir haben unsere eigenen Wege, diese Dinge zu regeln. Jens hat seine Schuld mir gegenüber in einem so großen Umfang wiedergutgemacht, dass ich davon ausgehe, dass er die Wahrheit gesagt hat.«

Er trank den Rest des Pfirsichsaftes.

»Dieser ›Vanilla Club‹ ...«, begann der Prinz.

»Das Bordell«, sagte Fries.

Mizra wedelte mit der Hand, als würde er dieses Wort damit aus dem Raum wischen.

»Niebel war in vielerlei Hinsicht nützlich für mich. Ich verliere mehr mit seinem Tod, als ich gewinne.«

Er sah Fries dabei direkt in die Augen. Sören hielt diesem Blick stand. Maschadow deutete ihm an, näher zu kommen. Leise flüsterte er Fries ins Ohr: »Ich weiß, dass ich abgehört werde. Seit dem geplatzten Drogendeal werde ich überwacht. Mein Alibi können Sie sich also von Ihren Kollegen bestätigen lassen.«

Fries wollte schon wieder von Mizra wegrücken, als der ihn wieder zu sich ran zitierte.

»Es waren damals viele Polizisten an der Überwachung und später auch bei der Razzia beteiligt. Ich habe gehört, dass es drunter und drüber ging, als Ihre Jungs die Halle stürmten. Wenn ich mich recht erinnere, wurde einer Ihrer Kollegen dabei auch verletzt.«

Mizra machte eine kurze Pause, ehe er das aussprach, was auch schon dem Oberkommissar kurz durch den Kopf gegangen war. Er hatte diesen Gedanken allerdings schnell wieder beiseitegeschoben.

»Jeder, der damals bei der Razzia anwesend war, hätte einen günstigen Moment abpassen können.«

Mizra brauchte nicht weiterzureden.

»Können wir unter vier Augen sprechen?«, fragte der Prinz wieder in normaler Lautstärke.

Fries sah über seine Schulter zu seinem Kollegen rüber.

»Ich vertraue ihm«, sagte er.

Mizra reagierte nicht darauf. Sören drehte sich zu seinem Kollegen um: »Was halten Sie davon, wenn Sie schon mal den Wagen holen?«

Ungläubig starrte Wegener seinen Vorgesetzten an. Erst nach einigen Sekunden ging er auf Fries zu und nahm ihm den Schlüssel ab, den der ihm hinhielt.

»Sind Sie sicher?«

Mizra grinste.

»Gehen Sie schon«, forderte Fries ihn auf.

Kurz darauf waren Maschadow und er allein.

»Kommen Sie«, sagte der Prinz und erhob sich.

An der Seite des Raums stand ein mit alten Büchern gefülltes Regal. Mizra schob ein Buch zur Seite. Das Regal bewegte sich und dahinter kam ein kleiner Raum zum Vorschein.

»Nach Ihnen.«

Fries ging vor. Maschadow folgte ihm. Von alleine schloss sich die Tür hinter den beiden.

»Dieser Raum ist abhörsicher«, sagte Mizra. »Ein Faraday'scher Käfig. Es gelangt nichts nach außen, falls Sie verwanzt sein sollten.«

»Klar«, sagte Fries und dachte sich, dass sich demnächst jeder, der etwas auf sich hielt und glaubte, ein Superschurke zu sein, so einen Raum in seinem Haus einbauen ließ.

»Setzen Sie sich.«

Auch dieser Bitte folgte Fries.

»Sie glauben doch nicht ehrlich, dass einer unserer Leute damals das Geld gestohlen hat?«, platzte es aus Fries heraus. »Es ist ein netter Versuch. Sie wollen von sich ablenken. Das ist alles.«

Der Prinz schüttelte den Kopf. Dann setzte er sich neben Fries.

»Glauben Sie wirklich, dass ich zwei Jahre gebraucht hätte, um einen Spitzel in meiner Organisation ausfindig zu machen und ihn zur Rechenschaft zu ziehen? Fries, wir arbeiten anders. Das wissen Sie doch.«

Der Polizist holte tief Luft.

»Wenn man ein Unternehmen wie meins führt, ist Respekt die einzige Währung, die zählt. Respekt ist das, was meinen Laden am Laufen hält, was die Leute nicht in meine Taschen greifen lässt und weshalb meine Geschäftspartner mich niemals hintergehen würden.«

»Respekt? Ich würde eher sagen, dass sich Ihr Imperium auf ein wackeliges Gerüst aus Angst stützt.«

»Angst oder Respekt?« Der Prinz zuckte mit den Schultern. »In meinem Business sind das zwei Seiten einer Medaille.«

»Und was wollen Sie von mir?«, fragte Fries.

Der Prinz lächelte gezwungen.

»Ich will den Verräter«, antwortete Mizra ohne Ausflüchte. »Ich will denjenigen, der uns damals verraten und das Geld an sich genommen hat. Ich will ihn, bevor Sie ihn der Polizei aushändigen.«

Fries schüttelte den Kopf.

»Warum sollte ich Ihnen diesen Gefallen tun? Ich bin Polizist, Sie ein Verbrecher.«

»Ja, ja, ich weiß. Sie glauben, ich gehöre zu den Bösen. Vermutlich haben Sie recht. Aber ich war es damals nicht, der Ihre Frau umbringen ließ. So etwas tue ich nicht. Niemals. Die Familie …« Mizra stockte. »Wie soll ich es sagen? Es gibt Grenzen, die ich nicht überschreite.«

Fries blickte Maschadow in die Augen.

»Es war also kein Unfall.«

Der Prinz reagierte nicht.

»Sie wissen, wer es war?«

Mizra legte den Kopf zur Seite. Fries sprang auf.

»Ich würde auch noch ein wenig Geld für die Ausbildung Ihrer Tochter drauflegen«, sagte Maschadow. »Wie alt ist sie jetzt? Zwölf? Dreizehn? Was halten Sie von zwanzigtausend Euro?«

»Sollten Sie sich meiner Tochter auch nur nähern …«

Mizra hob die Hand.

»Ich sagte doch, dass die Familie für mich tabu ist.«

Fries gefiel der Verlauf dieser Unterhaltung gar nicht. Wusste der Prinz wirklich, wie seine Frau ums Leben gekommen war? Und wenn er es wusste, war es dann nicht auch wahrscheinlich, dass Maschadow selbst etwas mit Annettes Tod zu tun hatte?

»Ich traue Ihnen nicht«, entfuhr es Fries. »Ich würde Ihnen den Namen des Verräters niemals nennen. Eher friert die Hölle zu.«

Mizra verdrehte seinen Nacken, bis die Gelenke knackten.

»Schade«, sagte er darauf. »Ich dachte es mir. Sie glauben, dass Sie zu den Guten gehören. Aber lassen Sie mich eins sagen: Jeder hat seinen Preis.«

»Nicht jeder.«

»Das werden wir noch sehen«, sagte Maschadow und ging zur Tür hinüber. »Fünfzigtausend?«

Fries schüttelte den Kopf. Der Prinz nickte.

»Ich werde den Verräter auch hinter Gittern erwischen. Das wissen Sie doch, oder? Es ist also egal. Sie können nur gewinnen, wenn Sie mir helfen. Ansonsten verdient sich jemand anderes das Geld.«

Die Tür öffnete sich. Fries starrte noch einen Augenblick lang in die kalten Augen des Prinzen. Dann verließ er den Club.

Wegener hatte den Wagen vorgefahren. Fries stieg auf der Beifahrerseite ein. Der junge Mann sah seinen Vorgesetzten an. Er ahnte, dass etwas nicht stimmte, traute sich aber nicht, danach zu fragen.

Erst als sie die Stadt verlassen hatten und das tiefe Rot, in dem Fries' Gesicht nach dem Verlassen des Clubs geglüht hatte, wieder einer gesunden Farbe gewichen war, wagte es Wegener.

»Erzählen Sie mir von Ihrem Gespräch mit dem Prinzen?«

Fries sah aus dem Fenster.

»Das hatte nichts mit diesem Fall zu tun«, antwortete Sören nach einer Weile.

Sie fuhren schweigend weiter. Fries tippte eine SMS. Kurz darauf piepte sein Handy.

»Ich mache für heute Feierabend. Können Sie mich an der Brücke in Warnemünde absetzen?«

Wegener nickte.

»Es geht nicht gegen Sie«, sagte er nach einer Weile. »Es hat mit meiner Vergangenheit zu tun.«

»Mit dem Tod Ihrer Frau?«

Sören sah seinen jungen Kollegen an.

»Ich werde Sie da nicht mit reinziehen. Das ist meine Angelegenheit und ich bitte Sie, dies zu respektieren.«

Wieder schwiegen die Männer.

Fries dachte über Mizras Angebot nach, ihm den Mörder seiner Frau auszuliefern. Er musste nur den Namen eines Menschen preisgeben, der dem Prinzen einen Haufen Geld gestohlen hatte und vermutlich auch für zwei Morde verantwortlich war. Allerdings würde Fries damit ein Todesurteil unterschreiben. Andererseits war dieser Mann bereits so gut wie tot, sobald Fries ihn verhaftete. Typen wie Maschadow hatten Einfluss, das hatte Mizra selbst erwähnt. Einfluss, der sogar bis in den Knast reichte. Der Prinz würde dafür sorgen, dass der Verräter seine Strafe erhielt, ob mit oder ohne Sörens Hilfe.

Wegener hielt das Schweigen nicht länger aus.

»Maschadow hat Ihnen etwas ins Ohr geflüstert. Was war das? Hatte das auch mit Ihrem Fall damals zu tun?«

Fries' Gedanken kehrten in die Gegenwart zurück. Maschadow hatte eine Andeutung gemacht. Jeder, der damals anwesend war, konnte mit dem Geld abgehauen sein. Jeder.

»Ich hatte Sie mal darum gebeten, mir zu vertrauen und nur das zu tun, was ich Ihnen sage. Kann ich mich darauf verlassen, dass Sie sich daran halten werden?«

Wegener sah kurz zu ihm rüber.

»Auch wenn ich darauf bestehe, dass Sie nichts Ihrem Vater verraten?«

Der junge Mann schluckte.

»Ist es illegal?«

Fries lächelte.

»Nein, es ist nur kompliziert. Ich erkläre Ihnen morgen alles. Solange möchte ich Sie darum bitten, mit niemandem über diesen Fall zu reden. Auch nicht mit Kollegen. Und auch nicht darüber, was in Hamburg passiert ist.«

Wegener nahm die Ausfahrt nach Rostock.

»Und was ist mit Stefanie?«, fragte er und sah dabei zu Fries rüber.

»Stefanie? Sie duzen sich?«

»Na ja, Steffi und ich, wir haben bei der Untersuchung des Laptops ja eng zusammengearbeitet … «

»Steffi?«

Nervös rutschte Wegener auf seinem Sitz nach vorn.

»Sie hat es mir angeboten ... Es ist rein beruflich. Ich hab doch eine Freundin ... Eine richtig tolle ...«, stotterte der junge Kommissar.

»Reden Sie bitte mit niemandem über diesen Fall! Auch nicht mit Steffi.«

Fries schüttelte halb amüsiert, halb missbilligend den Kopf.

»Ich bin mir nicht sicher, aber es könnte sein, dass derjenige, der das Geld beim Drogendeal zur Seite geschafft hat, einer von unseren Leuten war.«

»Ein Cop?«

»Polizist«, korrigierte Fries ihn. Doch noch im selben Moment dachte er, dass die Berufsbezeichnung eines ehrenwerten Gesetzeshüters auf die Sorte Verräter nicht mehr zutraf.

Sören wartete gegenüber von der Brücke auf der weißen Bank vor der Warnemünder Vogtei auf seine Verabredung. Es dauerte keine fünf Minuten, da tauchte die Frau auf. Wie immer hatte sie ihre Aktentasche dabei, ein Geschenk, das ihr Susanne gemacht hatte, als sie zum ersten Mal gemeinsam Astrids Geburtstag gefeiert hatten. Seine Schwägerin achtete seither wie ein Falke auf dieses weinrote Monster aus Leder, das wie ein Relikt aus dem letzten Jahrhundert aussah.

»Das ist ja eine Überraschung«, sagte sie und drückte ihren Schwager dabei kurz an sich. »Ist mit Jette alles in Ordnung?«

»Ja, ja, mit Jette ist alles in Ordnung. Schön, dass du Zeit hattest.«

Sören hatte lange darüber nachgedacht, mit wem er über das Gespräch mit dem Prinzen reden konnte. Astrid kam ihm als Erste in den Sinn. Sie war nicht nur die Kompetenteste, die er in Rechtsfragen kannte, sie war auch ein Mensch, dem er vertraute. Nicht, dass er seiner Schwester nicht vertrauen würde. Aber sie ging Probleme eher emotional an, wohingegen ihre Frau, vielleicht auch dank ihres Berufs, Schwierigkeiten eher von der rationalen Seite betrachtete.

Sie tauschten zunächst nur Belanglosigkeiten über ihren Alltag aus, während sie den Strom entlangschlenderten.

»Ein Eis?«, fragte Fries, als sie am dänischen Eisstand vorbeikamen.

»Du hast mich angesimst, um mich zum Eis einzuladen?« Astrid zog die rechte Augenbraue hoch. »Ich nehme trotzdem eins.«

Sie bestellten sich zwei Schlemmertüten und gingen in Richtung Leuchtturm weiter. Sören genoss die frische Luft, die ihm um die Nase wehte und seine Gedanken reinigte. Als sie den Zeitungskiosk am Ende der Fußgängerzone passiert hatten, begann er zu erzählen.

»Der Bruder unserer ersten Leiche wurde heute Morgen erschossen aufgefunden.«

»Der Bruder von Andreas Ricker ist tot?«, fragte Astrid und nickte dabei grüßend einem Mann zu, der an ihnen vorbeilief. »Du meinst Jens Niebel, der eigentlich Thomas Ricker ist, äh, ich meine natürlich war?«

»Ja, genau von dem rede ich. Und dann habe ich heute Mizra Maschadow getroffen.«

»Den Prinzen? Was hat der denn mit dem Fall zu tun?«

»Mizra Maschadow war ein Geschäftspartner von Jens Niebel. Er war an dem Drogendeal beteiligt, den das BKA vor zwei Jahren hochgehen ließ. Natürlich konnte man ihm nichts nachweisen.«

»Natürlich nicht. So wie immer.«

Sören nickte gedankenversunken.

»Maschadow sagt, dass er weiß, wer für den Tod von Annette verantwortlich ist.«

Astrid blieb stehen und hielt seinen Arm fest.

»Und? Muss man dir alles aus der Nase ziehen?«

Ihr Schwager verzog das Gesicht.

»Er hat einen Deal vorgeschlagen. Es ist nicht so, dass ich darauf eingehen werde, aber ich muss es dir erzählen. Ich muss es irgendjemandem erzählen.«

Er löste sich aus ihrem Griff und ging weiter. Astrid nahm einen Löffel Stracciatella aus ihrer Waffel und folgte ihm.

»Er will, dass ich ihm einen Namen nenne. Er will, dass ich ihm sage, wer der Verräter beim geplatzten Drogendeal war. Er will Rache. Das hat wohl was mit Ehre, Image oder Respekt zu tun.«

Sein Eis tropfte auf seine Hand. Astrid kam ihm zu Hilfe. Sie schob sich den Teil von Sörens Schokoladeneis auf ihr Löffelchen, der am bedrohlichsten zu kleckern schien, und lud ihn auf ihre Eistüte, die sie bereits halb aufgegessen hatte.

»Gut«, sagte sie. »Du hast dich dagegen entschieden. Das war richtig.«

Er sah sie wie ein kleiner Junge an, der nicht die ganze Wahrheit gesagt hatte.

»Sören. Du hast dich richtig entschieden. Mit solchen Leuten macht man keine Geschäfte. Wenn du dich einmal mit dem Prinzen einlässt, dann gehörst du ihm. Auf ewig. Du bist dann erpressbar.«

Er unterbrach sie.

»Ich weiß, ich weiß. Aber nun habe ich die Gewissheit, dass Annette ermordet wurde, dass es kein Zufall oder einfach nur ein Unfall war. Verstehst du?«

Natürlich verstand sie. Annettes Tod war damit immer noch nicht abgeschlossen. Sören würde auf die Suche nach dem Täter gehen. Er konnte gar nicht anders. Sie hätte genau das Gleiche getan, wenn sie an seiner Stelle gewesen wäre. In diesem Punkt waren sich die beiden sehr ähnlich.

»Und wenn dir auch was passiert? Was wird dann aus Jette? Natürlich würden wir uns um sie kümmern, das ist klar, aber sie braucht doch ihren Vater. Maschadow und das alles, Sören, ist es das wert?«

Er antwortete nicht. Besorgt sah sie ihn immer wieder an, während sie schweigend am Schiff der Deutschen Seerettung vorbeigingen, die Bänke, auf denen um diese Jahreszeit überwiegend Rentner saßen, links liegen ließen, und schließlich an der ›La Havanna Bar‹ rauskamen, deren Mitarbeiter den

Außenbereich für das erste sonnige Wochenende in dieser Saison vorbereiteten.

»Kann Jette eine Weile bei euch bleiben?«, fragte er, als sie den schmalen Weg, der zur Westmole führte, entlanggingen. »Nur ein paar Tage. Vielleicht zwei Wochen.«

»Selbstverständlich. Du weißt, dass wir Jette gern bei uns haben.«

»Willst du vorher nicht Susanne fragen?«

»Blödsinn. Ich muss mir nur etwas einfallen lassen, damit sie sich nicht allzu große Sorgen um dich macht.«

»Astrid«, sagte Sören und zögerte dabei. »Ich werde nicht im Fall meiner Frau ermitteln. Versprochen. Zumindest jetzt nicht. Aber ich bin bei den Morden der Brüder Ricker auf eine Spur gestoßen, die vielen Leuten Unbehagen bereiten könnte. Ich will Jette aus der Schusslinie haben. Also im übertragenen Sinne. Ich glaube nicht, dass wirklich geschossen wird.«

Er hoffte, dass er recht behalten würde. Sein Blick glitt über die Ostsee.

»Verrätst du mir, worum es geht?«, wollte Astrid wissen.

»Bald«, antwortete Sören. »Sehr bald!«

Gemeinsam holten Sören und Astrid Jette von der Schule ab und brachten sie zu Susanne auf den Hof. Die war zunächst etwas irritiert und fragte nach, was denn los sei, gab sich aber mit der Antwort ihres Bruders zufrieden, dass der Fall verzwickter war, als zunächst angenommen. Anschließend verabschiedete Sören sich von seiner Tochter, die nicht unglücklich darüber zu sein schien, die kommenden Tage bei ihren Tanten auf dem Hof verbringen zu können. Und bei Goliath, wie Fries fürchtete.

»Du rufst mich jeden Abend an«, sagte Sören zu Jette, die ihn aber nach einem flüchtigen Kuss, den sie ihm zum Abschied auf die Wange gegeben hatte, nicht mehr hörte. Sie war bereits auf dem Weg in den Pferdestall.

»Ich sorge dafür, dass sie sich bei dir meldet«, sagte seine Schwester.

Sören sah seiner Tochter nachdenklich hinterher. Sie würde ihn in der kommenden Woche offenbar weit weniger vermissen als umgekehrt. Mit dem Gedanken, dass die Pubertät seiner Tochter im vollen Gang war und ihm ihr Abnabelungsprozess bereits jetzt mehr zu schaffen machte, als er es jemals vermutet hatte, verließ er den Hof.

Sein Weg führte entlang der alten Landstraße, die sein Leben in der Kindheit geprägt hatte. Nach der Wende war der alte sandige Feldweg zu einer richtigen Landstraße ausgebaut worden, der ihr kleines Anwesen mit der Zivilisation verband. Als Kind war er diese Strecke häufig mit seinen Freunden auf dem Fahrrad nach Rostock gefahren, wenn sie ein wenig Großstadtluft, wie sie es damals genannt hatten, schnuppern wollten. Auf dem Weg hatten sie oft haltgemacht, Brombeeren gesammelt, sich auf gemähte Weizenfelder gelegt und von dort den Wolken dabei zugesehen, wie sie davongeflogen waren.

Er freute sich darüber, dass seine Tochter eine ähnlich unbeschwerte Kindheit erleben durfte, wenn man mal von dem großen Schatten absah, den der Tod ihrer Mutter in ihr junges Leben geworfen hatte. Ein weiteres Trauma durfte Sören ihr nicht zumuten. Egal wie verzwickt dieser Fall noch wurde, ihm durfte auf gar keinen Fall etwas passieren.

Er ging in sein Arbeitszimmer. Ursprünglich war dieser Raum nicht als Büro geplant gewesen, da er seine Fälle so gut wie nie mit nach Hause nahm. Er bemühte sich, die dunklen Seiten des Lebens aus dem Alltag seiner Familie fernzuhalten. Dennoch hatte er sich einen kleinen Rückzugsort eingerichtet, in dem er seine Bücher zur Forensik aufbewahrte, zu Ermittlungstechniken wie das Profiling und Krimis jeglicher Art, die er zur Entspannung las. Auch ein Computer stand in diesem Zimmer. Manchmal tippte er darauf einen Bericht zu Ende. Glücklicherweise kam das nur selten vor.

Er startete das Betriebssystem und verließ den Raum, um sich ein paar Brote zu schmieren. Mit einem Kamillentee und zwei Scheiben Vollkornbrot, die eine mit einer vegetarischen Leberwurst, die er und Jette zusammen aus Räuchertofu und Kidneybohnen selbst gemacht hatten, die andere mit einem würzigen Tilsiter belegt, setzte er sich schließlich an seinen Rechner. Er begann, alles aufzuschreiben, was sein junger Kollege bereits fein säuberlich auf seinem Mordfall-Brett im Revier notiert hatte.

Die Verdächtigen rund um den Fischkutterlizenz-Diebstahl behandelte er eher stiefmütterlich. Er schrieb zwar die Motive und Alibis des ehemaligen Fischkutterinhabers Helmut Friedrichsen, der angeblichen Verlobten Olga Popow und des Rathausmitarbeiters Rainer Kruse auf, weil es der Vollständigkeit diente, war sich aber ziemlich sicher, dass dieser Fall nur am Rande mit dem Fischbrötchenverkauf in Warnemünde zu tun hatte.

Ehe er den zweiten Teil seiner Verdächtigenliste begann, lehnte sich Sören auf seinem Schreibtischstuhl zurück. Er nahm sich sein vegetarisches Leberwurstbrot und biss genüsslich ab. Während er kaute, dachte er nach.

Spätestens seit Jens Niebel tot aufgefunden wurde, war klar, dass er in ein Wespennest gestochen hatte. Andreas Ricker wurde nicht erschossen, weil er sich hier illegaler Praktiken bedient hatte, um ein neues Geschäft aufzumachen. Sein Mörder war ein Schatten aus seiner Vergangenheit gewesen. Er hatte ihn aus Hamburg mitgebracht wie einen ausgespuckten Kaugummi, der am Schuh festgeklebt war. Vermutlich hatte Andreas Ricker nicht einmal mitbekommen, dass er im Visier eines Killers gestanden hatte. Erst als er seinem Mörder ins Auge blickte, musste ihm klar geworden sein, dass er dem Tod nicht mehr entkommen konnte. Er hatte keine Versuche unternommen, wegzulaufen, sich zu wehren oder seinen Angreifer zu überwältigen. Andreas Ricker hatte gewusst, wozu sein Mörder im Stande war. Vielleicht hatte er noch versucht zu verhandeln, das Leben seines Bruders zu beschützen. So hätte es

Sören getan, wenn er in so einer Situation stecken würde und er einen Menschen beschützen wollte, den er liebte.

Er stand wieder auf und ging in die Küche. Aus dem Kühlschrank holte er ein Glas Spreewaldgurken. Jette liebte diese sauren Dinger, seitdem sie sprechen konnte. Fries nahm sich zwei Gurken aus dem Glas. Auf dem Weg zurück zu seinem Computer biss er von einer ab. Die saure Lake, die sich in der Gurke gesammelt hatte, spritzte über den Teppich im Flur.

»Verdammt!«, murmelte er kauend.

Er wischte die Flüssigkeit vom Fußboden behelfsmäßig mit einem Taschentuch auf und widmete sich dann dem zweiten Teil seiner Verdächtigen.

Mizra Maschadow führte diese Liste an. Auch wenn ihm der Mann in Hamburg einiges zu überdenken auf den Weg mitgegeben hatte, war er damit noch nicht dem Kreis der Verdächtigen entkommen. Was konnte Fries von dem glauben, was Maschadow gesagt hatte? Was davon nutzte nur seinem eigenen Interesse?

Der Prinz hatte Andeutungen gemacht. Damals sei es bei der Razzia drunter und drüber gegangen, ein Polizist wurde angeschossen und einige der Verdächtigen waren entkommen. So stand es auch im Bericht des BKA, den Stefanie Brandt ihm ausgehändigt hatte. Viele Einsatzkräfte waren an diesem Zugriff beteiligt gewesen. Jeder von ihnen hätte diese unüberschaubare Situation dazu nutzen können, um das Geld beiseitezuschaffen.

Er sah auf die Uhr. Es war schon kurz nach zwölf. Dennoch verschickte er eine SMS. Vielleicht las Wegener sie heute noch.

Fries legte die zweite Gurke auf den Teller. Von der ersten biss er ein weiteres Mal ab. Dieses Mal hielt er eine Hand darunter. Dann legte er auch den Rest dieser Gurke ab. Ihm war der Appetit angesichts dieser Wendung im Fall vergangen.

Einer von uns

Gegen zwei Uhr legte Sören sich auf die Couch vor den Fernseher. Kurz darauf schlief er ein. Während amerikanische Kollegen einer TV-Serie ihre Verbrecher auf den Straßen von New York verfolgten, träumte er von seinem ersten Mordopfer. Er sah Andreas Ricker vor sich, der ihm etwas mitzuteilen versuchte, aber je lauter Ricker sprach, desto weiter entfernte er sich von Fries. Immer größer werdende Flammen zwischen sich und Ricker begleiteten das Szenario. Ein Knall weckte Sören aus seinem Traum. Vor dem Haus versuchte jemand, eine alte Schwalbe anzulassen.

Sören versuchte, erneut einzuschlafen, gab diesen Versuch aber um kurz nach fünf auf. In seinem Kopf war er hellwach. Sein Körper fühlte sich anders an. Er stellte sich unter die Dusche, drehte das kalte Wasser auf und fluchte leise vor sich hin. Das Frühstück ließ er ausfallen. Dann verließ er seine Wohnung.

Als Fries die Räume des Kommissariats betrat, war es dort verhältnismäßig ruhig. Ein paar Kollegen aus der Nachtschicht machten gerade Feierabend. Er warf einen Blick in Wegeners Büro, doch der Schreibtisch war noch unbesetzt.

In der Küche setzte er einen Kaffee auf. Wenigstens bekam er heute mal einen frischen Aufguss. Nachdem Sören sich das dampfende Getränk eingeschenkt hatte, ging er in sein Büro. Ein anstrengender Tag lag vor ihm.

Der Oberkommissar sah auf die Uhr am unteren Bildschirmrand seines Computers. Es war erst Viertel vor sieben.

Während Fries seine Mails durchging, hörte er, wie Schritte durch den Korridor hallten. Er sah zur Tür. Kurz darauf stand Wegener darin. Seine Augen wirkten noch ein wenig verquollen.

»Was gibt es denn so Dringendes, dass Sie mich so früh hier haben wollten?«

»Nehmen Sie sich erst einmal einen Kaffee und dann kommen Sie rüber«, sagte Fries.

»Sie haben Kaffee gekocht?«

Sören antwortete mit einem Blick. Als würde er nie Kaffee kochen. Vielleicht lag Wegener da nicht ganz so falsch. Er gehörte wirklich nicht zu den fleißigsten Nachkochern in der Abteilung. Allerdings sollte man sich solche Bemerkungen seinem Vorgesetzten gegenüber schenken. Fries dachte an seine bisherige Karriere. Als ob du jemals darauf Rücksicht genommen hättest, dachte er und musste schmunzeln.

»Bin gleich zurück.«

Es dauerte keine zwei Minuten, da kam der Kommissar mit einem Becher zurück, auf dem zwei Kühe im Sturm zu sehen waren.

»Machen Sie die Tür hinter sich zu.«

Wegener tat es.

Der Oberkommissar sah auf ein Blatt Papier vor sich.

»Mizra Maschadow hat mir gestern einen Hinweis gegeben. Natürlich weiß ich, dass ich einem Typen wie ihm nicht trauen kann. Aber dieser Hinweis ist gar nicht so dumm.« Fries machte eine kurze Pause. »Ich habe es gestern schon angedeutet. Warum sind wir sicher, dass einer von Niebels oder Maschadows Leuten das Geld gestohlen hat? Kann es nicht auch einer von uns getan haben?«

Wegener sah zu ihm rüber. Seine Augen wirkten auf einmal hellwach.

»Sie meinen tatsächlich, dass ein Polizist zugegriffen hat?«

»Nein, ich denke nur, dass wir es zumindest in Betracht ziehen sollten«, antwortete Fries. »Wer war damals an diesen Ermittlungen beteiligt? Wer war die Kontaktperson von Andreas beim BKA gewesen? Derjenige wird uns vermutlich auch mehr über die mysteriöse Freundin von Ricker erzählen können? Ist sie vielleicht auch eine Polizistin? Ich meine, wer kann denn so ohne Weiteres untertauchen. Wir haben noch viele Fragen, die unbeantwortet sind.«

Wegener richtete sich in seinem Stuhl auf.

»Und wie gehen wir weiter vor?«

Fries sah ihn an.

»Wenn ich gegen einen Kollegen ermittle, kann es sehr unangenehm werden. Das wäre jetzt die letzte Möglichkeit für Sie auszusteigen. Mir wird etwas einfallen, wie Sie aus dieser Sache rauskommen, sodass es sich nicht schlecht in Ihrer Akte macht, wenn Sie das wollen.«

»Nein, auf gar keinen Fall«, sagte Wegener entschieden. »Ich bleibe dabei. Sie sind mein Partner und Partner gehen zusammen durch dick und dünn.«

Fries seufzte.

»Ich weiß«, sagte der junge Mann sofort. »Wir sind nur Partner für diesen Fall. Aber solange der nicht abgeschlossen ist, bin ich eben Ihr Partner. Ob Sie wollen oder nicht.«

Sören sah den jungen Mann an. Hatte Wegener eine Ahnung, worauf er sich einließ? Vermutlich nicht. Konnte Fries den Fall alleine lösen? Vielleicht. Es war allerdings immer besser, einen Kollegen an der Seite zu haben, selbst wenn der ein blutiger Anfänger war.

»Ich werde zusehen, dass ich Sie aus der Schusslinie halte, wenn es unschön wird. Aber wie ich gestern schon sagte: Ab jetzt bleibt alles zwischen uns. Wenn jemand etwas wissen will, dann schicken Sie ihn zu mir.«

»Auch Stefanie Brandt?«

»Auch Oberkommissarin Brandt. Zumindest erst einmal. Sind Sie damit einverstanden?«

»Natürlich«, antwortete Wegener. Sein Kopfnicken unterstrich seine Aussage.

Fries holte noch einmal tief Luft, nahm dann eine Mappe aus dem Papierstapel, der vor ihm lag, und fuhr fort.

»Also gut. In dem Bericht von Stefanie werden kaum Namen genannt. Die meisten wurden anonymisiert. Ich werde zusehen, dass wir einen Termin bei dem Mitarbeiter des BKA bekommen, der die Operation damals geleitet hat. Wie hieß der doch gleich?«

Fries öffnete die Mappe und entdeckte den gesuchten Namen auf dem ersten Blatt.

»Timm. Kriminalrat Timm. Mit dem will ich persönlich reden, nicht am Telefon. Wollen Sie zu dem Treffen mitkommen?«

»Von mir aus ist das kein Problem. Wollen Sie denn, dass ich dabei bin? Oder wollen Sie lieber mit Frau Brandt fahren? Schließlich sind die Leute im BKA ihre Kollegen, das könnte nützlich sein.«

Fries sah Wegener eine Sekunde lang an.

»Gerade, weil es ihre Kollegen sind, wird sie nicht begeistert sein, wenn wir diese Leute unter die Lupe nehmen«, antwortete Fries. In diesem Moment öffnete Stefanie Brandt die Tür.

»Wovon werde ich nicht begeistert sein? Und wen wollen Sie unter die Lupe nehmen?«

Sie kam auf ihre beiden Kollegen zu, warf ihre Tasche auf den Boden neben dem Schreibtisch und blieb, die Hände in die Hüften gestützt, vor ihnen stehen. Fries war sich nicht sicher, was sie von seinem Gespräch mit Wegener mitbekommen hatte. So aufgebracht, wie sie wirkte, hatte sie allerdings schon länger gehorcht.

»Was haben Sie noch alles gehört?«, fragte er geradeheraus.

»Ich denke mehr, als ich sollte.«

Es war zwecklos, zu leugnen. Er musste mit offenen Karten spielen, wenn er überhaupt eine Chance haben wollte, im BKA ermitteln zu können.

»Ich möchte eine Liste aller Mitarbeiter haben, die damals an der Razzia beteiligt gewesen waren. Und von den Kollegen, die von dieser Operation wussten. In dem Bericht, den Sie mir freundlicherweise zukommen ließen, tauchen kaum Namen auf. Ich weiß, es war eine Undercover-Aktion und es geht um Sicherheitsbedenken und so weiter. Sie können uns diese Informationen nicht aushändigen. Aus diesem Grund möchte ich mit Ihrem

Vorgesetzten …« Er sah auf das Blatt in der Akte vor sich. »…Kriminalrat Timm … mit dem möchte ich reden.«

Stefanie Brandt schüttelte den Kopf.

»Das geht nicht. Es ist ja nicht so, dass er nichts anderes zu tun hätte, als einer kleinen …« Sie unterbrach ihren Redefluss und räusperte sich. »Er kann sich doch nicht einfach über die Vorschriften hinwegsetzen. Solche Sicherheitsstufen gibt es nicht umsonst. Es stehen Menschenleben auf dem Spiel.«

Fries hob seine Hand.

»Wenn ich mit Kriminalrat Timm rede, wird er meiner Argumentation sicher folgen können. Vielleicht haben Sie eben mitbekommen, weshalb ich die Namen dieser Leute brauche«, sagte Fries und beobachtete Stefanie Brandt. Sie antwortete nicht, was Fries als Antwort gelten ließ. Vermutlich hatte sie das Gespräch zwischen ihm und Wegener längere Zeit belauscht.

»Ich werde mit Ihnen oder ohne Sie mit Timm sprechen. Die Entscheidung liegt bei Ihnen.«

Wegener sah zwischen den beiden Kollegen hin und her. Die Oberkommissarin schien über Fries' unbewohnt energisches Auftreten nachzudenken.

»Okay. Ich rufe Oliver an und frage, ob er heute Zeit für uns hat«, sagte Brandt nach einigen Sekunden. »Aber er wird nicht begeistert sein, dass Sie die Sache einem seiner Mitarbeiter unterschieben wollen.«

Sie hatte bereits das Smartphone in der Hand und die Schnellwahltaste gedrückt, ehe Fries reagieren konnte. Er hatte keine Zeit mehr, sie darauf hinzuweisen, dass es ihm lieber wäre, wenn der Kriminalrat vor der Unterhaltung mit ihm nichts von Fries' Vermutungen bezüglich Timms Mitarbeiter erfahren würde. Hoffentlich plauderte Stefanie Brandt nicht zu viel aus.

»Oliver«, sagte sie. »Ich bin es, Stefanie. Ja, immer noch in Rostock. Sag mal …« Sie ging den Flur hinunter.

»Lassen Sie uns in Ihrem Büro weitermachen«, sagte Fries.

Mit Hilfe der Fallübersicht, die Wegener auf dem Whiteboard gemacht hatte, gingen sie alle Fakten zu den beiden Morden noch einmal durch. Nachdem Wegener die Notizen abfotografiert hatte, löschten sie alles auf der Tafel.

»Nur zur Sicherheit«, sagte Fries, während Wegener seine detaillierte Übersicht abwischte. »Schließlich weiß man nie, wer in unseren Büros ein und aus geht und welche Interessen derjenige an unseren Ermittlungen hat.«

Aus den Augenwinkeln heraus bemerkte Fries, dass Bergmann gerade an seinem Büro vorbeiging.

»Wir machen eine kurze Pause. Sehen Sie sich die Ausdrucke des BKA an, die Stefanie uns gegeben hat. Ich möchte, dass Sie über diesen Fall von damals genauso gut Bescheid wissen, als wären Sie selbst dabei gewesen.«

Fries stand auf und verließ den Raum. Wegener machte sich an die Arbeit.

»Guten Morgen, Herr Bergmann«, sagte er, als er bei seinem Chef in der Tür stand. »Kann ich Sie kurz sprechen?«

Fries wartete Bergmanns Antwort nicht ab. Sein Chef hatte sich noch nicht einmal gesetzt und sogar noch seinen Aktenkoffer in der Hand, als Fries die Tür bereits hinter sich geschlossen hatte.

»So dringend?«, fragte Bergmann.

»Wer ist auf die Idee gekommen, dass Stefanie Brandt mit an dem Fall arbeitet?«

»Stefanie Brandt?«

Bergmann stellte seinen Koffer neben dem Schreibtisch ab. Seinem Gesichtsausdruck nach zu urteilen, arbeitete sein Gehirn gerade auf Hochtouren.

»Brandt, Brandt, das ist doch die Kollegin vom Bundeskriminalamt, richtig?«

»Ja, die vom BKA. Wer wollte, dass sie bei diesem Fall mitarbeitet? Sind Sie auf die Idee gekommen oder war das jemand aus Berlin?«

Bergmann überlegte. Während er das tat, drehte er sich zu seiner Kaffeemaschine um und befüllte sie.

»Ihr Vorgesetzter hat mich angerufen und gefragt, was ich davon halten würde, wenn sie uns hilft.«

»Kriminalrat Timm?«

»Ja, ja. Timm war sein Name. Kriminalrat Timm.«

»Wann war das?«, fragte Fries.

Bergmann drehte sich zu seinem Mitarbeiter um.

»Ich weiß nicht. Gestern oder vorgestern. Warum interessiert Sie das?«

Fries setzte sich.

»Ich bin da einer Sache auf der Spur. Ich glaube nicht, dass sie Ihnen gefallen dürfte.«

Bergmann füllte den letzten Löffel Kaffee in den Filter. Dann drehte er sich zu seinem Mitarbeiter um.

»Legen Sie los.«

Fries erzählte von seiner bisherigen Ermittlungsarbeit und seinem Gespräch mit Mizra Maschadow.

»Sie waren gestern in Hamburg?«

»Das sagte ich doch gerade.«

»Mit dem Kollegen Wegener?«

»Natürlich mit Wegener.«

»Bei Maschadow?«

»Ja, wo ist das Problem?«, antwortete Fries. Natürlich wusste er, wo das Problem lag.

»Sie sind mit dem Sohn des Rostocker Polizeipräsidenten ...«, polterte Bergmann los, als Fries aufstand.

»Sie können mir gern einen anderen Kollegen zuweisen, aber Sie wollten ja, dass Wegener etwas lernt und Punkte sammelt.«

»Aber doch nicht, wenn es gegen den Prinzen geht. Wir wissen doch beide, dass dieser Typ über Leichen geht.«

Bergmanns Stimme bebte. Sein Organ war bis in den Korridor hinaus zu hören. Ein Kollege warf einen unsicheren Blick durch die nicht völlig geschlossene Tür ins Büro, huschte dann aber schnell vorbei.

»Ich mache auch alleine weiter. Aber dann ganz alleine. Auch ohne Stefanie Brandt«, sagte Fries in einem ähnlich lauten Ton.

Bergmann deutete Fries an, sich wieder zu setzen.

»Mal ehrlich, Fries. Weil ein Krimineller auf das BKA zeigt, wollen Sie gleich die Pferde scheu machen und in den eigenen Reihen ermitteln?«

»Ich will nicht ermitteln«, sagte Fries. Er bemühte sich, seine Stimme ruhig klingen zu lassen. »Ich will mich nur im BKA umhören. Ich möchte nicht, dass wir in den Ruf geraten, innerhalb der Polizei nicht ...«

»Ja, ja. Ich weiß schon, was Sie meinen. Mir gefällt es trotzdem nicht. Was war noch mal mit dem Fischkuttermann?«, fragte Bergmann.

»Helmut Friedrichsen?« Nicht schon wieder, dachte Fries.

»Das Fischbrötchen im Mund war eine falsche Fährte, der wir folgen sollten. Alles spricht gegen ihn. Seit dem Tod von Jens Niebel bin ich mir hundertprozentig sicher, dass Friedrichsen nichts mit dem Tod der beiden Brüder zu tun hat.«

»Und wenn es zwei Täter waren?«, fragte der Direktor. »Zwei Fälle, zwei Motive, zwei Mörder.«

»Das Kaliber war identisch. Ich warte noch auf den ballistischen Bericht. Der soll heute kommen.«

Fries' Chef nickte.

»Eine polizeiinterne Ermittlung? Das hat uns gerade noch gefehlt. Wenn sich Ihre Theorie als wahr herausstellt, muss ich den Fall an das LKA weiterleiten«, erklärte Bergmann. »Ob die allerdings so scharf darauf sind, gegen einen Kollegen des BKA zu ermitteln ...«

Fries sah seinen Vorgesetzten an. Das letzte Wort hatte der.

»In Ordnung, aber Sie werden sich dort nur umhören. Treten Sie niemandem auf die Füße. Versuchen Sie, nett zu sein. Ich weiß, das ist nicht unbedingt Ihre Stärke«, sagte Bergmann kopfschüttelnd.

»Ich suche nach einem Mörder. Und wenn der aus unseren Reihen kommt, dann ist das eben so.«

»Wenn der Polizeipräsident erfährt, was Sie da vorhaben ... seien Sie bloß vorsichtig. Niemand mag Polizisten, die einen ihrer Kollegen fälschlicherweise beschuldigen.« Man sah Bergmann an, dass er hin- und hergerissen war. Leise fügte er hinzu: »Passen Sie auf, dass Ihnen die Sache nicht um die Ohren fliegt.«

Wegener und Brandt warteten in seinem Büro.

»Und?«, fragte Fries. »Hat Ihr Timm heute Zeit für uns?«

Die Angesprochene stand auf.

»Mein Timm?«, sie verzog das Gesicht. »Er nimmt sich die Zeit, auch wenn er nicht glaubt, dass es etwas bringen wird.«

»Sie haben ihm erzählt, worum es geht?«

»Natürlich«, antwortete Brandt. »Warum hätte er sonst einwilligen sollen? Er hat wichtigere Dinge zu tun, als sich mit Ihnen zu treffen. Für den Kontakt zum BKA sollte ich ja bei der Ermittlung dabei sein.«

Wenn dieser Kontakt nur ausgereicht hätte, dachte Fries.

»Danke, dass Sie sich darum gekümmert haben. Ich will Ihre Kompetenz nicht infrage stellen. Ich glaube bloß, dass ich von Ihrem Vorgesetzten detailliertere Informationen über den Einsatz des MEK vor zwei Jahren bekommen kann, wenn ich persönlich mit ihm rede.«

Die Oberkommissarin sah ihn mit zusammengepressten Lippen an. Niemand mochte es, übergangen zu werden. Das hatte Fries allerdings auch nicht vorgehabt. Er wollte lediglich mehr über die Operation vor zwei Jahren erfahren und wusste, dass Entscheidungen über die Freigabe der Akten nicht auf seiner oder ihrer Ebene getroffen wurden, sondern ein paar Etagen höher. Oliver Timm konnte ihm, wenn er wollte, Informationen zugänglich machen, an die Fries normalerweise nicht herankommen würde. Ob er das allerdings auch tun würde, nachdem er wusste, dass Fries einen seiner Kollegen für einen korrupten Mörder hielt, musste sich erst herausstellen.

Sie fuhren zu dritt zum Berliner Standort des BKA, an dem auch Stefanie Brandt ihre Basis hatte. Nachdem sie die Sicherheitsschleuse passiert hatten, führte Stefanie Brandt die beiden Rostocker Kollegen endlos wirkende Korridore entlang.

Dabei passierten sie unzählige Türen, was nur vom Klackern ihrer Absätze akustisch begleitet wurde. Erst als ein Mitarbeiter ein Zimmer verließ, um in dem gleich eine Tür weiter liegendem Büro zu verschwinden, brach die unwirkliche Stille für ein paar Sekunden auf. Danach wirkte der Flur wieder wie die Kulisse eines verlassenen Filmsets.

»Arbeitet hier auch jemand?«, fragte Wegener.

Fries zuckte mit den Schultern.

Im zweiten Stock blieb die Oberkommissarin vor einer Tür stehen, die wie all die anderen in diesem Gebäude aussah und sich lediglich durch das Namensschild von den anderen unterschied. Brandt klopfte. Eine tiefe Stimme forderte sie auf, hereinzukommen.

Das Zimmer war deutlich größer als das von Fries und Wegener zusammen. Eine Sitzgruppe neben der großzügigen Fensterfront deutete an, dass hier auch Besprechungen im kleineren Kreis stattfanden. Anstelle eines Whiteboards, das Wegener für die Auflistung der Verdächtigen genutzt hatte, verfügte diese Behörde über beachtlich große Smartboards, wie man an dem in Timms Büro erkennen konnte. Als Stefanie Brandt mit ihren beiden Begleitern den Raum betrat, schaltete Timm das Gerät per Fernbedienung aus, auf dem Details zu seinem aktuellen Einsatz abgebildet waren. Vermutlich war auch diese Operation streng geheim. Fries fühlte sich jedes Mal, wenn er mit dem BKA zusammenarbeitete, als würde er selbst unter Verdacht stehen. Kein angenehmes Gefühl, wie er eingestehen musste. Umso heikler war das Gespräch, das er nun zu führen hatte.

»Kriminalrat Timm«, stellte sich der Mann vor, der aufgestanden war und um den Schreibtisch herumkam, um ihnen die Hand zu schütteln.

Der erste Eindruck war Fries immer besonders wichtig. Er betrachtete den Mann, er schätzte, dass Timm Mitte vierzig war, Wert auf gebleichte Zähne legte und seinen drahtigen Körper trainierte. In dem Blick, mit dem er seine Kollegin ansah, spiegelte sich viel Vertrautheit wider. Sören konnte es nicht mit Gewissheit sagen, aber er vermutete, dass die beiden etwas miteinander verband, was über ihre Arbeit hinausging.

Als der Kriminalrat Fries die Hand schüttelte, entdeckte Sören eine schwere goldene Armbanduhr an Timms Handgelenk. Eine Rolex, bemerkte Fries mit dem zweiten Blick. Er kannte keinen Polizisten, der sich mit so einem Statussymbol schmückte. Vielleicht benahmen sich die Kollegen in Berlin anders. In Rostock hatte man Kredite für Häuser abzuzahlen, für die Ausbildung seiner Kinder aufzukommen, und gönnte sich höchstens hin und wieder einen Urlaub am Mittelmeer.

»KOK Fries, Kripo Rostock. Danke, dass Sie Zeit für uns haben.«

Er schüttelte Timms Hand.

»Eine schöne Uhr haben Sie da. Verdient man beim BKA so gut? Sollte ich etwa über einen Wechsel nachdenken?«, fragte Fries und bemühte sich dabei, einen lockeren Plauderton anzustimmen.

»Ach die«, antwortete Timm und zog dabei den Ärmel seines Hemdes über die Uhr. »Das ist keine echte Rolex, sondern eine gut gemachte Fälschung. Sie sind nicht der Erste, der darauf reingefallen ist.«

Timm sah kurz zu Stefanie Brandt rüber und dann wieder zu Fries.

»Verraten Sie mich bitte nicht bei den Kollegen des Betrugsdezernats. Ich weiß, dass wir Polizisten mit gutem Beispiel vorangehen sollten. Aber diese Uhr, es war ein Geschenk.«

»Keine Angst, ich verrate Sie schon nicht. Bevor wir anfangen: Das ist mein Kollege Kriminalkommissar Wegener. Er ist noch relativ neu dabei und interessiert sich brennend für Ihre Arbeit hier in Berlin.«

Timm betrachtete den jungen Mann neugierig.

»Wegener? Sind Sie mit dem Polizeipräsidenten bei Ihnen da oben verwandt?«

Der junge Mann nickte verlegen. Vermutlich hatten sie nur aufgrund Wegeners Verwandtschaft in die oberste Etage des Rostocker Polizeipräsidiums so kurzfristig einen Termin bei dem Berliner Kollegen bekommen, erkannte Fries. Dafür gab es zwei

Gründe: Entweder wollte Timm sich an höherer Stelle einschmeicheln, was nicht so schlimm wäre, oder der Berliner Beamte war mit dem Chef der Mecklenburger Polizei befreundet und wollte Fries' oberstem Chef einen Gefallen tun. In diesem Fall würde der Grund für ihre Anwesenheit beim BKA früher oder später an Wegener senior weitergeleitet werden. Fries hoffte, dass Timm ein Schleimer war.

»Womit kann ich Ihnen helfen?«, fragte Timm. Mit einer ausladenden Handbewegung lud er seine Besucher ein, am Konferenztisch Platz zu nehmen.

»Was hat Ihnen Frau Brandt bereits erzählt?« Fries wusste noch nicht, ob er Timm trauen konnte. Wenn sein Gesprächspartner etwas mit dem Fall zu tun hatte oder die Ermittlungen aus anderen Gründen behindern wollte, würde ein Anruf bei Wegeners Vater reichen, um Fries und seine Ermittlungen in die Schranken zu weisen.

»Sie ermitteln gegen Mizra Maschadow«, antwortete er und strahlte ihn mit seinen unnatürlich weißen Zähnen an.

»Nicht direkt. Zwei Menschen wurden ermordet. Andreas Ricker und Jens Niebel. Ich weiß nicht, ob Ihnen die Namen etwas sagen?«

Timm sah zu seiner Kollegin rüber.

»Spielen Sie auf die Drogenrazzia vor zwei Jahren in Hamburg an? Ich habe diesen Einsatz geleitet«, erklärte er. Seine Zähne waren in diesem Moment nicht mehr zu sehen. »Was hat der Fall von damals mit den Morden jetzt zu tun?«

Fries räusperte sich.

»Es ist eine Idee oder eine Spur, der ich nachgehen möchte. Wenn Sie meiner Vermutung nicht folgen wollen oder können, dann …« Er führte diesen Gedanken nicht weiter aus. »Damals ist ein ziemlicher Haufen Geld verschwunden. Eine Viertelmillion. Ich möchte die Namen aller Beamten haben, die bei der Razzia beteiligt waren oder von der geplanten Razzia wussten.«

Timm lehnte sich zurück und lachte.

»Mehr nicht?«

Der Kriminalrat schüttelte den Kopf.

»Der Fall Maschadow ist noch nicht abgeschlossen. Wir sind immer noch an diesem Typen dran. Leute, die damals an dem Fall gearbeitet haben, sind heute immer noch daran beteiligt. Ich würde sie unnötig in Gefahr bringen.«

»Unnötig. Ich will einen Doppelmord aufklären!«

Die beiden Männer taxierten sich.

»Soweit ich weiß, waren die beiden Ermordeten nicht gerade treue Bürger unseres Staates, die sich nichts haben zuschulden kommen lassen. Im Vergleich zu meinen Leuten, die jeden Tag ihren Arsch riskieren, um Leute wie den Prinzen aus dem Verkehr zu ziehen.«

Fries holte Luft, um etwas zu sagen, doch Timm sprach weiter.

»Wir waren beide an dem Fall dran. Stefanie sogar undercover. Ich werde sie nicht der Gefahr aussetzen, dass durchsickert ...« Timm warf einen verstohlenen Blick auf seine Kollegin. »Ich will niemanden in Gefahr bringen. Das ist alles.«

Fries lächelte zufrieden.

»Sie waren also die mysteriöse Freundin von Andreas Ricker? Warum haben Sie uns das nicht schon lange erzählt?«

Brandt antwortete nicht.

»Das ist eine von vielen Informationen, die aus gutem Grund unter Verschluss sind«, sagte Timm stattdessen.

»Wir sind unter uns«, sagte Fries. Der freundliche Tonfall, der noch zu Beginn des Gesprächs deutlich zu erkennen gewesen war, war nun seiner professionellen Vernehmerstimme gewichen.

Timm schüttelte den Kopf.

»Von mir bekommen Sie keine Namen. Und sollte ich herausbekommen, dass Steffi in Ihren Akten als potenzielle Freundin von Andreas Ricker auftaucht, dann ziehe ich Sie persönlich zur Rechenschaft.«

Was das hieß, wusste Fries nur zu gut. Er hatte schon öfter Grenzen überschritten und war diverse Male zur Rechenschaft gezogen worden. Aber da seine Aufklärungsrate die seiner Kollegen deutlich übertraf, blieb es meist bei einem ermahnenden Gespräch, was einem Auf-die-Finger-Hauen bei Kindern gleichkam.

Oliver Timm stand auf.

»Ich habe noch andere Fälle auf dem Tisch, wichtigere, um die ich mich kümmern muss. Tut mir leid, dass ich Ihnen nicht helfen konnte.«

Fries hasste diese Floskel. Natürlich tat es Timm nicht leid.

»Noch eine letzte Frage. Warum haben Sie die Überwachung von Niebel einstellen lassen?«, fragte Fries.

Timms Blick fiel für den Bruchteil einer Sekunde auf Brandt, die darauf nicht reagierte.

»Das sind wirtschaftliche Entscheidungen«, antwortete er. »Da stecke ich nicht drin. Vielleicht war Niebel nicht wichtig genug. Ich weiß es nicht.«

Timm sah noch einmal zu seiner Mitarbeiterin rüber und kratzte sich dabei am Hals. Den Rostocker Ermittler überkam das unangenehme Gefühl, dass Timm ihn angelogen hatte.

Fries war nicht unzufrieden mit dem Ergebnis des Gesprächs. Auch wenn Timm nicht explizit bestätigt hatte, dass Stefanie Brandt die geheimnisvolle Freundin von Andreas Ricker gewesen war, die untertauchte, während Andi in Untersuchungshaft saß, war sich Fries nun so gut wie sicher.

Die Liste der Verdächtigen hatte sich nach diesem Ausflug um einen Namen verlängert. Eigentlich um zwei, wenn er auch Stefanie Brandt dazuzählte, die vorher mit keinem Ton erwähnt hatte, dass sie undercover an der Aktion beteiligt gewesen war. Vielleicht hatte sie Fries das nur auf Anweisung ihres Vorgesetzten verschwiegen. Doch bis jetzt war das nur eine Theorie.

Sie hatten Berlin bereits vor einer Stunde hinter sich gelassen. Fries fuhr mit dem Dienstwagen zügig über die Autobahn, während Wegener auf dem Beifahrersitz stichwortartig die Ergebnisse des Gesprächs in sein Büchlein aufschrieb. Sören fragte sich, was sein Kollege alles zu Papier brachte. Das Gespräch hatte ja nun wirklich nicht sehr lange gedauert.

»Haben Sie ein Verhältnis mit Oliver Timm?«, brach Fries das Schweigen.

Stefanie Brandts Augen funkelten ihn über den Rückspiegel an. Wegener sah von seinen Notizen auf.

»Er ist verheiratet«, antwortete sie.

»Das habe ich nicht gefragt. Ich wollte wissen, ob Sie mit ihm schlafen.«

»Nein, nicht mehr«, antwortete sie und sah dann stur aus dem Fenster.

Sie fuhren an einem Schild vorbei, das eine Raststätte in fünf Kilometern ankündigte.

»Ich würde gern mal zur Toilette. Können wir anhalten?«, fragte Brandt.

Kurz darauf parkten sie vor einem Schnellrestaurant.

»Bringen Sie mir einen Kaffee mit«, sagte Fries zu Wegener, der ausgestiegen war, um seine Beine auszustrecken.

»Ich wollte eigentlich keinen ...«

»Ich würde gern mit Brandt alleine reden«, fuhr Sören ihm ins Wort. Ohne weitere Widerworte ging Wegener zum Schnellrestaurant.

Stefanie Brandt kam als Erste zurück.

»Hat Timm Kinder?«, fragte Fries.

Sie sah ihn an, als hätte er ihr ein Stück Kot zum Essen angeboten.

»Was soll das? Verdächtigen Sie etwa Oliver?«

»Ich habe nicht viele Namen bekommen, die ich durchleuchten kann. Nur Ihren und seinen. Soll ich lieber Sie verdächtigen?«

Sie verschränkte ihre Arme vor die Brust und lehnte sich mit dem Rücken an den Wagen.

»Im letzten Sommer sind es zwei geworden«, sagte sie leise.

»Damals hat er Sie verlassen, oder?«

Mit dem Fuß kickte sie einen Kiesel weg.

»Wenn Sie glauben, dass Timm da drinsteckt, dann wäre jetzt die Möglichkeit ...«

Stefanie Brandt stieß sich mit dem Rücken vom Wagen ab.

»Er hat mich ins BKA geholt. Er hat an mich geglaubt, als meine damalige Chefin es nicht tat. Sie wollte mich am Schreibtisch haben. Sie sagte, dass sie mich zu ihrer Vertretung aufbauen wollte, aber letztendlich war ich eine bessere Sekretärin. Mehr nicht.«

Fries sah ihr in die Augen.

»Gut, er hat Ihnen eine Chance gegeben, aber das ist Vergangenheit. Sie schulden ihm nichts. Ihre Loyalität könnte Ihnen jetzt das Genick brechen.«

Brandt schüttelte den Kopf und sah zum Schnellrestaurant rüber. Fries folgte ihrem Blick und entdeckte Wegener, der auf einem Papptablett drei Kaffeebecher balancierte. »Überlegen Sie es sich«, sagte Fries.

Im Eingangskorb auf seinem Schreibtisch entdeckte Fries den Bericht der Spurensicherung. Er lehnte sich auf seinem Stuhl zurück, legte die Beine auf den Tisch und schlug dic erste Seite des Hefters auf.

Wie er es sich gedacht hatte, waren die Brüder Ricker mit derselben Waffe erschossen worden. Ansonsten hatte es keine verwertbaren Hinweise an beiden Tatorten gegeben. Weder DNA, noch Fingerabdrücke oder Fußspuren, die man einer Person zuordnen konnte. Der Täter musste ausgesprochen clever sein. Mit seiner Mordlust war das eine gefährliche Kombination.

Im Bericht der Autopsie von Andreas Ricker hatte auch nichts Überraschendes gestanden. Der Tod von Andreas Ricker war unmittelbar nach dem Eintritt der Kugel in den Kopf eingetreten. Nicht verwunderlich, wenn man bedenkt, dass das Geschoss einmal quer durch das Großhirn gerast war.

Dem Bericht des Rechtsmediziners zufolge wurde Andreas Ricker von einem Menschen erschossen, der etwa einen Meter siebzig groß war. Das hatte Pannwitt aus der Schussbahn der Kugel geschlossen, die in die Stirn eingedrungen war und im hinteren oberen Teil des Kopfes den Schädel wieder verlassen hatte. Auch wenn Andreas Ricker seinen Tod vor Augen hatte, war er wenigstens so schnell gestorben, dass er nicht mehr gespürt hatte, wie sein Körper auf die Bank fiel und dort zusammensackte.

Nach dem Eindruck, den Fries in der Wohnung von Jens Niebel nach dessen Tod gewonnen hatte, war der unter ganz anderen Umständen gestorben. Da er von wenigstens drei Kugeln getroffen worden war, konnte man davon ausgehen, dass die ersten beiden Geschosse ihn nur verletzt und erst die letzte Kugel ihn getötet hatte. Den Bericht über Niebels Tod erwartete der Oberkommissar in den kommenden Stunden.

Während Fries sich die detaillierte Auflistung des Mageninhaltes von Andreas Ricker durchlas – ein Steak mit Pommes, ein gemischter Salat mit italienischem Dressing und dazu ein Pils – donnerte die Stimme Bergmanns über den Korridor.

»Ist Ihr Kollege da?«

»In seinem Büro«, antwortete Wegener.

Noch bevor Fries seine Füße vom Tisch nehmen konnte, stand sein Chef schon in der Tür, die er kurz darauf hinter sich zuknallte.

»Was von ›diskret und zurückhaltend‹ haben Sie nicht verstanden?«

Fries stand auf.

»Wollen Sie sich nicht setzen?«, fragte er mit einer Unschuldsmiene, als wüsste er nicht, wovon Bergmann sprach.

»Ich wurde gerade von meinem Vorgesetzten angerufen. Unser Polizeipräsident ist nicht gerade begeistert davon, dass Sie dem BKA auf die Füße treten. Und das auch noch mit Wegeners Sohn im Schlepptau!«

Fries setzte sich zurück auf seinen Stuhl.

»Ich bin niemandem auf die Füße getreten. Die in Berlin blockieren meine Ermittlungen, und ich versuche, an Informationen zu gelangen. Da kommt es eben zu Reibereien.«

Bergmann zog den Stuhl vom Tisch und setzte sich zu Fries.

»Und das machen Sie ausgerechnet mit dem Sohn vom alten Wegener?«

»Sie haben ihn mir zugeteilt. Er sollte etwas lernen. Und jetzt lernt er was. Vermutlich mehr als gedacht.«

»Hören Sie doch auf! Glauben Sie tatsächlich, dass einer Ihrer Kollegen so dämlich wäre, eine Viertelmillion zu stehlen und dann zwei Jahre wartet, um die Zeugen zu ermorden, die ihn mit dieser Tat in Verbindung bringen könnten? Das ergibt keinen Sinn.«

»Vielleicht wusste der Mörder nicht, dass Ricker was gegen ihn in der Hand hatte. Vielleicht hat Andreas Ricker, nun, da er ein Geschäft eröffnen wollte und Bargeld brauchte, diesen Polizisten mit seinem Wissen erpresst.«

»Das ist doch gequirlte Scheiße!«

Bergmann warf sich in seinem Stuhl zurück.

»Es ist ja nur eine Theorie, der ich nachgehe. Ich habe mich auch schon gefragt, warum Andreas Ricker erst jetzt umgebracht wurde. Er hatte geplant, einen Fischkutterimbiss zu eröffnen. Dafür brauchte er Geld. Aufgrund seiner kriminellen Vergangenheit könnte man annehmen, dass Ricker das Geld nicht als Kredit von der Bank holen würde. Erpressung scheint mir ein gutes Motiv für den Mord zu sein. Und wenn man berücksichtigt, wie Andreas Ricker an die Information über die Fischkutterlizenz aus dem Rathaus gekommen ist, dann gehörte Erpressung eindeutig zu seinem Geschäftsmodell.«

Bergmann seufzte.

»Aber Sie haben keinerlei Beweise, nur Ideen, die nicht belegt werden können. Oder?«

»Noch nicht. Dieser Timm, Oliver Timm vom BKA. Es könnte sein, dass der da mit drinsteckt«, sagte Fries und beugte sich nach vorne. »Ich will mir seine Finanzen ansehen. Dafür bräuchte ich einen Gerichtsbeschluss.«

»Kommt nicht in Frage«, sagte Bergmann. Er stand dabei auf. »Mit dem, was Sie da haben, machen wir uns lächerlich.«

Doch Fries wollte noch nicht aufgeben.

»Er trägt eine Rolex«, sagte er. »Keine Fälschung aus Thailand. Die ist echt und verdammt teuer.«

»Eine echte Rolex? Sind sie sicher?«

Fries nickte.

»Selbst wenn es keine Fälschung ist, kriegen wir damit keinen Gerichtsbeschluss. So eine Uhr kann er sich selbst gekauft haben. Das ist kein Beweis.«

»Von unseren Gehältern? Der Mann lebt in Berlin. Teure Mieten. Vielleicht hat er auch einen Kredit für ein Eigenheim laufen.«

Bergmann ging Richtung Tür.

»Es gibt tausend Möglichkeiten, an das Geld für eine Rolex zu kommen. Glücksspiel, Lotto, Erben ... nein, ich werde Sie in dieser Richtung nicht unterstützen. Vielleicht wäre es besser, Sie ganz von dem Fall abzuziehen.«

Fries sprang von seinem Stuhl auf.

»Nein, das ist mein Fall! Den lasse ich mir nicht so einfach wegnehmen.«

»Ich nehme und ich gebe Fälle. Wenn ich sage, dass Schluss ist, dann ist Schluss. Mir gefällt gar nicht, in welche Richtung das geht«, sagte Bergmann betont ruhig.

»Der Alte ist doch nur besorgt, weil sein Sprössling mit dabei ist.«

Bergmann sah Fries auf eine Weise an, die fast furchteinflößend war.

»Der Alte? Sie meinen vermutlich den Polizeipräsidenten Wegener. Es geht hier nicht um ihn. Es geht darum, dass Sie gegen einen oder mehrere Kollegen ermitteln wollen. Und das nur aus einem Gefühl heraus.«

Fries wollte seine Theorie mit weiteren Argumenten untermauern, doch Bergmann hob seine Hand zum Zeichen, dass er genug gehört hatte. Mit dem Blick, den er seit ein paar Minuten aufgesetzt hatte, reichte das aus, um Fries schweigen zu lassen.

»Wenn Sie sich täuschen, nimmt das kein gutes Ende. Weder für Sie noch für mich. Niemand mag Kollegen, die andere Polizisten fälschlicherweise verdächtigen.«

»Den Verräter, der in den eigenen Reihen ermittelt hat?«, fragte Fries. »Sie wollen nicht, dass ich den Mörder kriege. Zumindest nicht, wenn es einer von uns ist.«

»Das habe ich nicht gesagt.«

»Es klang aber so.«

Bergmann schüttelte den Kopf und ging zur Tür.

»Sie haben noch einen Tag«, sagte er, während er die Tür öffnete. »Es gibt auch noch andere Kollegen, die sich gern einen aufgeklärten Mord auf die Fahnen schreiben würden. Warum machen Sie alles so kompliziert?«

Fries wusste nichts darauf zu antworten. Als hätte er es sich ausgesucht, dass dieser Fall so unangenehm würde. Natürlich hatte Bergmann recht, dass es bisher alles nur Theorien waren, denen er folgte. Aber er wusste besser, wann sein Instinkt ihn gut anleitete und wann er von ihm in die Irre geführt wurde. Dieses Mal, da war Sören sich sicher, war er auf dem richtigen Weg.

Fries starrte noch einige Minuten auf das Bild seiner Tochter auf dem Schreibtisch. Er dachte über seine Zukunft nach. Es wäre so viel einfacher, den Fall abzugeben und einem anderen Kollegen dabei zuzusehen, wie er die Ermittlung an die Wand fuhr, wenn er Bergmanns Vorgaben folgte. Aber so würde der Mörder von Ricker und Niebel vermutlich niemals gefasst werden.

Er griff zum Telefonhörer.

»Wegener«, meldete sich sein Kollege.

»Sie scheinen ja ziemlich pfiffig zu sein, wenn es um Computer und so geht. Könnten Sie auch die Finanzen von jemandem überprüfen?«

»Haben wir keinen Gerichtsbeschluss dafür?«

Fries antwortete nicht. Wegener schien kurz nachzudenken.

»Theoretisch schon«, er sah sich um, legte auf und kam ins Büro von Fries rüber. »Ohne Gerichtsbeschluss ist das natürlich alles andere als legal.«

Der Oberkommissar ging auf diesen Einwand nicht ein.

»Ich frage mich, wie es um die Finanzen von Oliver Timm steht. Auch wenn man in seiner Position nicht wenig verdient, kann man damit trotzdem kein Leben in Saus und Braus führen. Haben Sie eine Rolex? Oder haben Sie vor, mal eine zu kaufen?«

»Wenn ich mal was erben würde, dann vielleicht. Wahrscheinlich würde ich eher auf eine Wohnung sparen. Oder mir ein neues Auto kaufen. Meins ist ein echtes Museumsstück.«

Fries schüttelte den Kopf.

»Ich habe keine Beweise gegen Timm. Deswegen bekomme ich keinen Gerichtsbeschluss für die Finanzauskunft. Es ist nur eine Theorie, aber meine innere Stimme sagt mir, dass damals ein Polizist das Geld gestohlen hat. Und da wir nur zwei Namen haben, die damals an dieser Operation beteiligt gewesen waren …«

»Unter einer Bedingung«, sagte Wegener. »Mein Vater darf niemals davon erfahren.«

»Natürlich nicht.«

»Ich sollte es besser von einem anderen Rechner und mit einem anderen Netzwerk machen. Dafür hole ich einen alten Laptop von zu Hause und logge mich in freies WLAN ein.«

Wegener wollte gerade das Büro verlassen, als er sich noch einmal umdrehte.

»Soll ich auch gleich die Finanzen von Stefanie Brandt überprüfen?«

Fries dachte kurz nach.

»Ja, warum eigentlich nicht.«

Sören hatte im Internet nach Uhren des Herstellers Rolex recherchiert, um eine Vorstellung davon zu bekommen, wie teuer Timms edler Zeitmesser wirklich war. Er hatte zwar schon vermutet, dass der Preis für die Uhr im vierstelligen Bereich lag, hätte sie aber auf höchstens vier- bis fünftausend Euro geschätzt. Nach langer Recherche fand er schließlich ein Bild der Uhr, die der von Timms wie ein Zwilling ähnelte. Überrascht stellte er fest, dass das Modell Sea-Dweller zwölftausend Euro kostete.

Fries würde niemals auf die Idee kommen, sein hart verdientes Gehalt für so einen Luxusgegenstand auszugeben. Er hatte eine

Tochter, die kostspielige Wünsche hatte. Ein neues Handy, ein eigenes Pferd oder eine bessere Musikanlage. Hin und wieder musste Jette neu eingekleidet werden und Klassenfahrten zahlten sich auch nicht von alleine. Und wenn Fries an die Anschaffung eines neuen Sofas dachte, was schon längst überfällig war, bekam er Magenschmerzen. Als alleinerziehender Vater hatte er kein Geld übrig, um es für teure Uhren auszugeben. Das Leben war kostspielig genug.

In dem Moment kam Wegener zurück.

»So schnell wieder da?«

Der Kommissar schloss die Tür hinter sich. Er sah auf seine Armbanduhr.

»Wieso schnell? Es ist kurz nach fünf. Ich war fast zwei Stunden weg«, antwortete er. »Es dauert halt, bis man was im großen, weiten Internet findet. Aber wenn man weiß, wo man anklopfen muss, sind die Daten im Netz so schnell zu finden wie Rosinen im Müsli.«

Er setzte sich mit seinem Laptop auf dem Schoss an den Schreibtisch.

»Timm hat keine großen Geldreserven. Sein Girokonto ist im leichten Plus. Tagesgeldkonten und Depots habe ich nicht gefunden. Auch keinen Bausparvertrag. Weder einen aufgelösten noch einen laufenden. Als Beamter bekommt man die doch günstiger, oder? Na ja, egal. Jedenfalls hat er zwei Kredite laufen. Einen für sein Haus, das er und seine Frau vor anderthalb Jahren gekauft haben. Es war keine hundertprozentige Finanzierung der Bank. Sie hatten etwa dreißig Prozent Eigenkapital. Ich denke mal, dass diese Information nicht unwichtig ist. Den anderen Kredit haben sie für ihr Auto aufgenommen. Einen Familienkombi. Das Darlehen läuft noch vierundzwanzig Monate über die Hausbank des Autohändlers.«

»Was haben die beiden beim Hauskauf bar auf den Tisch gelegt?«, fragte Fries.

»Etwas über hundertdreißigtausend Euro.«

»Das ist nicht gerade wenig. Arbeitet die Frau?«

»Seit dem zweiten Kind nicht mehr. Vorher hat Frau Timm in Teilzeit in einem Labor gearbeitet.«

Fries dachte nach.

»Wo kommt das Geld her? So einen hohen Betrag kann man doch nicht einfach aus dem Hut zaubern. Dafür braucht man einen Herkunftsnachweis.«

Wegener zuckte mit den Schultern.

»Wie viel können Sie im Monat zur Seite legen?«, fragte er Wegener.

»Ich? Na ja, ich lebe ja noch in Wismar. Mit den Spritkosten, wenn ich jeden Tag nach Rostock fahre, ist das nicht viel.«

Fries sah Wegener an. Er wusste wenig bis gar nichts von seinem Partner. Außer dass er der Sohn des Leiters des Rostocker Polizeipräsidiums war. Dass Wegener in Wismar lebte, war ihm neu.

»Ich verdiene sicher mehr als Sie und ich muss nicht jeden Tag weite Strecken zurücklegen. Aber ich habe eine Tochter.«

Wegener sah ihn erwartungsvoll an. Auch er dürfte nicht allzu viel über ihn wissen. Außer den Sachen, die man sich hinter seinem Rücken auf dem Flur zuflüsterte.

»Oliver Timm hat zwei Kinder. Wie kann er über hunderttausend Euro für das Haus sparen und sich zudem auch noch eine Rolex leisten, die zwölftausend kostet?«

»Zwölftausend?«, fragte Wegener nach. »Okay, das ist eine Summe, die man nicht mal so eben ausgibt.«

»Ich weiß nicht, ob Sie eine Freundin haben, aber ich kann Ihnen sagen, wenn man eine Familie hat, bespricht man Ausgaben ab einer bestimmten Höhe. Die Kosten für eine Rolex würden auf jeden Fall Inhalt eines Gesprächs sein.«

In dem Moment kam Stefanie Brandt am Büro vorbei. Sie sah die beiden Kollegen am Schreibtisch sitzen.

»Störe ich bei einem geheimen Treffen?«, fragte sie keck.

»Nein, nein. Nur das Übliche. Wegener wollte gerade los, Kaffee holen, und hat nur gefragt, was ich wollte. Also den großen

Caramel macchiato und einen Blaubeermuffin. Sie auch was?«, fragte Fries die Kollegin.

»Nein, danke. Mir reicht der Kaffee im Haus.«

Wegener sah ihn verwundert an. Doch dann reagierte er.

»Okay, ich bin dann gleich wieder da.«

Brandt wollte ihm folgen, aber Fries hielt sie zurück.

»Haben Sie über unser Gespräch nachgedacht?«, fragte er.

Sie schloss die Tür und kam näher.

»Ich weiß nicht, was ich Ihnen Schlechtes über Oliver erzählen soll. Er ist ein guter Mensch.«

Fries kratzte sich am Kinn. Natürlich war es nicht einfach, einer Frau Informationen zu entlocken, die offensichtlich noch Gefühle für den Verdächtigen hegte.

»Setzen Sie sich doch«, sagte er. »Ich werde Ihnen sagen, was ich vermute.«

Fries wartete, bis sie sich gesetzt hatte. Er wusste, dass er nur an Details kam, wenn er eine Atmosphäre des Vertrauens aufbauen konnte. Wenn sie stand, drückte ihr Körper eine Abwehrhaltung aus, die eine Zusammenarbeit mit ihr erschweren würde. Wenn sie jedoch saß, signalisierte der Körper dem Hirn, dass keine Gefahr bestand. Sie würde sich entspannen und vielleicht doch mehr erzählen, als sie ursprünglich vorgehabt hatte.

Brandt folgte seiner Einladung. Obwohl sie immer noch die Arme vor sich verschränkt hatte, was eindeutig ein Zeichen für Abwehr und Misstrauen war, hatte sie einen Schritt in seine Richtung gemacht. Das war gut.

Fries holte noch einmal tief Luft.

»Ihr Chef trägt eine Rolex«, begann er.

»Das ist eine Fälschung. Eine verdammt gute. Das hat Oliver doch selbst gesagt.«

Sören schüttelte den Kopf.

»Die Uhr ist hundertprozentig echt.«

»Woher wollen Sie das wissen? Sie hatten die Uhr ja noch nicht einmal in der Hand.«

Fries lächelte verkniffen.

»Ich bin mir ziemlich sicher«, antwortete er. »Ich hatte schon mit vielen Fälschungen zu tun. In Hamburg habe ich oft mit dem Zoll zusammenarbeiten dürfen. Dabei lernt man einiges über Imitate.«

Stefanie drehte den Kopf zur Seite. Fries erkannte, dass er zu forsch rangegangen war. Ob er sie jetzt noch zum Reden brachte, bezweifelte er. Doch dann sprach sie von alleine weiter.

»Auch wenn der Einsatz vor zwei Jahren in die Hose gegangen ist, wurde er danach befördert. Da kriegt er natürlich mehr Geld als vorher. Keine Ahnung, vielleicht hat er seinen beruflichen Aufstieg mit dem Kauf der Rolex gefeiert.«

Noch einmal Glück gehabt, dachte Fries, und nahm sich vor, sachte weiterzufragen.

»Und warum leugnet er dann, dass die Uhr echt ist?«

Die Oberkommissarin zuckte als Antwort mit den Schultern. Gut, dann vielleicht ein anderes Thema, dachte Fries.

»Wissen Sie, ob Timm ein Eigenheim besitzt?«, fragte er, obwohl er die Antwort kannte.

»Soweit ich weiß, lebt er mit seiner Frau in einem netten Häuschen irgendwo in der Nähe vom Wannsee«, antwortete sie. In ihrer Stimme klang eine Spur Verachtung mit.

Fries ahnte, was in ihr vorging. Vermutlich hatten die beiden während oder kurz nach dem Einsatz in Hamburg das Verhältnis miteinander gehabt. Vielleicht hatten ihr erst die Schwangerschaft der Frau und der Kauf des Hauses klargemacht, dass Timm seine Familie niemals verlassen würde.

»Timm hat dreißig Prozent des Hauses bar bezahlt«, sagte er und hob dabei die Hand. »Fragen Sie mich nicht, woher ich das weiß. Hat er mal erwähnt, woher das Geld stammt? Hat seine Frau eine Erbschaft gemacht? Oder haben die beiden im Lotto gewonnen? Irgendeine Idee?«

Sie sah ihn mit ihren eisig blauen Augen an, als würde sie ihm am liebsten an die Kehle springen. Dabei war er nur der Überbringer der Botschaft, nicht der ehemalige Geliebte, der mit ihr gespielt hatte und vermutlich immer noch spielte, als wäre sie eine kleine Puppe, die sich alles gefallen ließ.

»Macht Sie der unerwartete Geldsegen der Timms nicht auch stutzig?«

»Ich glaube das nicht«, antwortete sie schroff.

Fries ärgerte sich über sich selbst. Er hätte niemals ihr gegenüber andeuten dürfen, dass sie Timms Finanzen durchleuchtet hatten. So einen Fauxpas durfte sich ein Anfänger wie Wegener erlauben, aber doch nicht er.

»Frau Brandt«, sagte Fries mit Nachdruck. »Oliver Timm ist derzeit ein Verdächtiger in diesem Fall. Sollten Sie ihm oder einer ihm nahestehenden Person erzählen, was wir beide besprochen haben, dann ...«

Er sprach nicht weiter. Er hatte ja auch nichts, womit er drohen konnte.

»Ich möchte heute nicht weiter drüber reden«, sagte sie matt und stand auf. »Ich mache jetzt Feierabend. Ich muss über das alles in Ruhe nachdenken.«

»Kann ich mich darauf verlassen, dass Sie mit Timm nicht über diesen Fall reden werden?«

Sie nickte schwach.

Stefanie Brandt verließ sein Büro und kurz darauf auch das Kommissariat. Fries dachte weiter über den Fall nach. Hatte er sich da in eine Sache verrannt? Sollte er nicht doch lieber die Ermittlungen einem Kollegen übergeben, von dem man nicht erwartete, dass er den Fall löste, der aber wenigstens keinen Mist baute, so wie er, der einen leitenden Beamten des BKA verdächtigte, ein Doppelmörder und Dieb zu sein.

Sein privates Handy klingelte. Jettes Foto, das sie zusammen mit ihm beim Abschlussfeuerwerk der Hanse Sail im vergangenen Jahr zeigte, leuchtete auf.

»Hallo, meine Süße. Alles okay bei Euch?«

»Ja«, antwortete sie. »Ich fühl mich hier wohl. Und Susanne und Astrid sind auch supernett zu mir.«

Sören hörte, dass das nicht alles war. Auch wenn er viel nicht verstand, wenn es um den Subtext bei Gesprächen unter Frauen ging, wusste er doch immer, wenn mit seiner Tochter etwas nicht stimmte.

»Aber?«, fragte er.

»Du fehlst mir. Das wollte ich dir nur sagen.«

Ein warmes Gefühl breitete sich in ihm aus. Wenn sie ihn vermisste, hatte die Pubertät noch nicht vollends die Kontrolle über seine Tochter übernommen.

»Weißt du was, ich habe heute keine Lust mehr zu arbeiten. Was hältst du davon, wenn ich dich abhole und wir den Abend zusammen in Warnemünde verbringen?«

»Das wäre klasse«, antwortete Jette.

Sören lächelte. Sollte der Fall doch den Bach runtergehen. Solange er und seine Tochter so ein tolles Verhältnis zueinander hatten, war die Welt in Ordnung.

»Ich mache hier die Sachen fertig und hole dich dann ab. Du kannst ja deine Tanten fragen, ob sie uns begleiten wollen oder nur die Jungs mitkommen sollen.«

Auf seinem Schreibtisch lagen wild verteilt die Notizen herum, die er sich zum Fall gemacht hatte. Er schob die Zettel zu einem Stapel zusammen und verstaute den in einer Akte, die er in seine Tasche steckte. In dem Moment kam Wegener um die Ecke.

»Wollten Sie wirklich einen Caramel macchiato?«, fragte er mit einem Pappbecher in der Hand. »Ich habe auch einen Muffin besorgt.«

Fries stand auf und kam um den Tisch herum.

»Was kriegen Sie?«

»Fünf Euro zwanzig.«

Während Sören das Kleingeld aus seinem Portemonnaie abzählte, stellte Wegener den Kaffee und die Tüte auf den Tisch. Fries reichte ihm das Geld und gab ihm den Kaffee.

»Ich wollte Sie nicht als Boten missbrauchen. Ich wollte nur …«

»Ich verstehe. Sie wollten mit Stefanie …« Wegener sah sich um, ob die Besagte in ihrer Nähe stand. »… alleine reden.«

Fries packte den Muffin in seine Tasche und griff zu seinem Jackett.

»Brandt ist schon weg. Ich mache auch Feierabend«, sagte er. »Vielleicht sollten Sie das auch tun?«

Wegener sah ihn unschlüssig an.

»Und die Finanzen …« Er sah sich dabei um wie ein kleiner Junge, der Süßigkeiten stehlen wollte. »… von Stefanie?«

Mit dieser Frage hatte Wegener wieder die volle Aufmerksamkeit seines Vorgesetzten entfacht.

»Haben Sie etwas Auffälliges gefunden?«

»Na ja, nicht direkt. Aber …«

Fries sah auf seine Uhr. Er hatte seiner Tochter versprochen, sie zeitnah abzuholen. Der Spagat, den er zwischen seinem Beruf und seiner Aufgabe als Vater vollführen musste, brachte ihn manchmal an seine Grenzen.

»Können wir da auch morgen drüber reden?«

»Natürlich«, antwortete Wegener. »Das läuft ja nicht weg.«

Als Sören auf den Hof fuhr, wartete Jette schon auf den Stufen zum Haus. Hinter der Tür hörte Sören das Geschrei der beiden Jungs. Seine Tochter verdrehte die Augen.

»Das geht schon den ganzen Nachmittag so«, sagte sie beim Aufstehen. Sören gab ihr einen Kuss auf die Wange.

»Kommen die anderen nicht mit?«

»Nein«, antwortete sie. »Astrid muss heute noch lange arbeiten und Susanne meinte, dass die Jungen heute keinen Ausflug verdient hätten.«

Jette ging zum Auto und öffnete die Beifahrertür. Sören sah zur Haustür. Auch wenn seine Tochter manchmal herumzickte, war sie im Vergleich zu den beiden Söhnen seiner Schwester ein wahrer Engel.

»Na, dann«, sagte er und ging zur Fahrerseite, »machen wir uns eben alleine einen schönen Abend.«

Es war Ende Mai. Die Hauptsaison hatte zwar noch nicht begonnen, aber dennoch tummelte sich eine beträchtliche Anzahl von Touristen in Warnemünde. Das Wetter war seit dem 1. Mai im Vergleich zu den Vorjahren auch überraschend gut gewesen. Eine kleine Entschädigung für den langen Winter und den verregneten April, dachte Sören, der die dunkle Jahreszeit noch nie gemocht hatte.

Sören erwischte eine der raren Parkmöglichkeiten an der Kirche, vor der ein paar Tage zuvor der leblose Körper von Andreas Ricker gefunden worden war. Er versuchte, dieses Bild aus seinem Kopf zu verdrängen. Jetzt war er mit seiner Tochter hier. Seine Erinnerung an die blutigen Hirnteile hinter der Bank sollten ihr Beisammensein nicht trüben.

»Hier lang«, sagte er und nahm dabei bewusst einen kleinen Umweg in Kauf, um nicht direkt den Schauplatz des Mordes passieren zu müssen. Sie kamen an der Touristeninformation vorbei und bogen kurz darauf links vor der Brücke auf die kleine Straße Am Strom ein.

»Und? Was machen wir zuerst?«, fragte Sören.

Er wusste, dass seine Tochter selten sofort zu den Fischkuttern wollte, um Abendbrot zu essen, sondern lieber vorher einen kurzen Spaziergang zum Leuchtturm machte, um sich dort den Wind um die Nase wehen zu lassen.

Sie kamen an einem Maler und ein paar Schmuckverkäufern vorbei, die auf kleinen Ständen auf der Straße ihre selbst geschaffenen Kunstwerke zum Verkauf anboten. Jette stöberte jedes Mal an den Tischen, obwohl sie dieses Mal nichts fand, was ihr so gut gefiel, dass sie ihr Taschengeld dafür ausgeben wollte.

»Wie geht es in der Schule?«, fragte er.

Als Kind hatte Sören solche Fragen gehasst. Wie sollte es in der Schule schon sein? Wahrscheinlich so wie bei ihm im Büro. Langweilig. Nur selten gab es etwas Besonderes zu berichten.

»So wie immer«, kam dann auch die wenig überraschende Antwort von Jette.

Ein paar Meter weiter kamen sie an der Statue vorbei, die Sören vor zwei Tagen gesehen hatte, bevor er Helmut Friedrichsen befragt hatte. Die junge Frau packte gerade ihre Sachen ein.

»Schon Feierabend?«, fragte Jette.

Die Frau drehte sich um und lächelte.

»Ich war lang genug hier. Mein Rücken bricht schon fast auseinander«, antwortete die Künstlerin, die immer noch silberne Farbe im Gesicht hatte. Sie streckte ihren Rücken.

»Guck mal, Papa«, sagte Jette und zeigte auf die Bücher, die vor der Kiste der Straßenkünstlerin standen. »Schreiben Sie auch Bücher?«

Die Frau lächelte verlegen.

»Ja, das sind meine autobiografischen Romane über meine Zeit in Spanien. Das ist schon ewig her. Derzeit arbeite ich an einem Krimi. Der soll nächstes Jahr erscheinen.«

Jette fragte, ob sie sich ein Buch ansehen dürfe. Sie blätterte darin herum, las ein paar Zeilen und sah dann ihren Vater mit dem Blick an, den er nur zu gut kannte.

»Was kostet es denn?«

Er zahlte die verlangten zehn Euro und Jette freute sich über die persönliche Widmung, die ihr die Autorin hineinschrieb.

»Und wenn sie einen Krimi hat, dann kaufen wir den auch. Okay?«, fragte seine Tochter, während sie schon weiter in Richtung Leuchtturm ging. Sören nickte der silbernen Frau zum Abschied zu und folgte seiner Tochter.

Sie hatten gerade die letzte Bar am alten Strom passiert und waren in der kleinen Gasse verschwunden, die zur Promenade führte, als Jette von alleine zu erzählen anfing.

»Du hattest doch gefragt, ob es was Neues in der Schule gibt«, begann sie vorsichtig. »Na ja, Kim hat mich gefragt, ob ich mit ihm ins Kino will. Alleine!«

Sörens Magen zog sich zusammen. Diesen Tag hatte er immer befürchtet. Ein Junge hatte seine Tochter nach einem Date gefragt.

»Ich dachte, du magst Kim nicht«, tastete er sich vorsichtig auf das unbekannte Terrain vor.

»Na ja, nicht mögen ... ich dachte immer, dass er was von Franzi will. Eigentlich ist er ganz nett. Aber wenn ich mit ihm ins Kino gehe, denkt Franziska bestimmt, dass ich sie hintergangen hätte. Verstehst du?«

Sören hatte das Gefühl, die kleine Jette mit ihrer Angst vor dem Kindergarten-Besuch vor sich zu haben, so verunsichert wirkte ihr Blick.

Er verzog das Gesicht. Als Vater hätte er ihr am liebsten gesagt, dass sie noch viel Zeit hätte, sich mit Jungs zu verabreden. Achtzehn wäre ein tolles Alter dafür. Er wusste, dass er ihr diese Antwort nicht geben konnte. Was hätte Annette getan?

»Das ist eine schwierige Frage«, begann er langsam. »Vielleicht solltest du erst mit deiner Freundin reden, ob es okay für sie ist, wenn du dich mit ihm triffst. Sie hat er doch nicht gefragt, oder?«

Sie gingen die Stufen zur Strandpromenade hoch. Links von ihnen erhob sich der weiß-rote Leuchtturm.

»Nein, das hat er nicht. Aber sie behauptet, dass er sie mag und sich nur nicht traut, sie anzusprechen. Was ist, wenn das stimmt? Wenn er nur mit mir ins Kino geht, damit ich später Franzi für ihn fragen soll, ob sie mit ihm gehen will?«

Sören hatte Schwierigkeiten, seiner Tochter zu folgen.

»Ich kenne den jungen Mann zwar nicht«, sagte er. »Aber da ich ja auch mal ein junger Mann war und ein junges Mädchen nach einem Date gefragt habe, kann ich dir nur sagen, dass ich viel zu aufgeregt war, um so kompliziert zu denken.«

Er sah seine Tochter an.

»Magst du den Jungen?«

Jettes Blick wanderte zum Boden.

»Ja«, sagte sie zögerlich. »Schon. Ein bisschen.«

Das hatte er befürchtet. Seine Tochter war das erste Mal verliebt. Er holte Luft und rieb sich mit seiner flachen Hand über das Gesicht.

»Du solltest deiner Freundin sagen, dass Kim dich ins Kino eingeladen hat und dass du ihn magst. Sie wird vermutlich erst einmal ein wenig sauer auf dich sein, aber wenn sie deine Freundin ist, dann sollte sie da drüber wegkommen. Schließlich hat Kim dich angesprochen und nicht umgekehrt.«

Jette sah nachdenklich zum Horizont.

»Erwachsenwerden ist doof!«, sagte sie.

Sören hatte das Gefühl, erst gestern seiner Tochter verboten zu haben, am Daumen zu lutschen. Das alles ging viel zu schnell für ihn.

»Ich wollte Susanne schon lange fragen«, er hüstelte, »ob sie mal mit dir reden kann«, fuhr er fort, »nun ja ...«

»Aufklärung und so?«, fragte Jette. »Das hatten wir schon in der Schule.«

Alles in Sören schrie laut auf.

»Ja, natürlich die Technik«, sagte er, so ruhig er konnte. »Aber natürlich solltest du auch wissen, dass man nicht, nur weil der Junge es unbedingt will ...«

»Ich verstehe schon«, unterbrach ihn seine Tochter. Ihr schien das Gespräch noch unangenehmer zu sein als ihm. »Ich rede lieber mit Susanne oder Astrid darüber.«

Sören atmete erleichtert aus.

»Hast du jetzt auch Hunger?«, fragte er.

»Natürlich. Ich nehme Fish and Chips. Oder vielleicht doch lieber ein Backfischbrötchen?«

Vermutlich würde Jette beides verdrücken. Er fragte sich, wo die Zeit hin war, in der seine größte Sorge die war, dass seine Tochter sich den Magen verdarb.

Es war schon kurz nach neun, als Sören Jette bei ihren Tanten ablieferte. Natürlich hätte seine Tochter auch bei ihm schlafen können, aber ihre Schulsachen waren auf dem Hof geblieben und er hatte sich vorgenommen, am kommenden Morgen wieder früh ins Büro zu fahren.

Jette eilte bereits die Treppe hoch, als Sören seine Schwägerin begrüßte. Susanne rief aus dem oberen Stockwerk herunter: »Frag ihn, ob er was trinken will?«

»Als ob ich nicht von alleine auf die Idee komme«, sagte Astrid und hob die linke Augenbraue.

»Ein Alster, wenn ihr habt«, sagte Sören und setzte sich auf die Bank am Küchentisch, auf dem Astrid eine Akte ausgebreitet hatte.

Sören warf einen Blick hinein.

»Graffiti? Wenn das alles ist, womit du dich rumschlagen musst, ist das doch toll«, sagte er und nahm einen Schluck aus der Flasche, die ihm Astrid hingestellt hatte.

»Toll? Zwei Kinder. Einer zwölf, der andere zwei Jahre älter.«

Sie seufzte. Er verstand, was sie meinte.

»Was gibt es bei dir Neues?«, fragte sie, während sie ihre Zettel auf einen Haufen schob.

Sören lehnte sich zurück.

»Jette«, sagte er matt. »Sie wird erwachsen.«

Er kratzte sich am Kinn.

»Sie wurde von einem Klassenkameraden gefragt, ob sie mit ihm ins Kino gehen will«, erzählte er.

»Ihr erstes Date«, sagte Astrid schmunzelnd. »Und wie geht es dir dabei?«

Sören wusste nicht, wie er sich fühlte. Auf der einen Seite freute er sich für seine Tochter. Andererseits hätte er sie am liebsten in ihrem Zimmer eingeschlossen, bis sie volljährig wurde.

»Es geht alles viel zu schnell«, antwortete er.

Astrid nickte.

»Ich habe versucht, das Thema Sex anzusprechen.«

Seine Schwägerin grinste.

»Ich habe es total vermasselt«, gab er zu. »Es kann sein, dass sich Jette an euch wendet. Ich hoffe zumindest, dass sie es tut und nicht auf der Schultoilette von anderen Mädchen aufgeklärt wird, die genauso wenig Ahnung davon haben wie sie.«

»Oder vielleicht doch ein wenig mehr. Die fangen heute verdammt früh damit an«, sagte Astrid und tätschelte dabei seinen

Unterarm. »Ich sehe zu, dass wir mit ihr reden, wenn sie nicht von alleine kommt. Okay?«

Er sah sie gequält an. Als ob er nicht schon genügend Probleme auf der Arbeit hätte. Musste Jettes erstes Date ausgerechnet jetzt sein?

»Und wie geht es mit dem Fall voran?«, fragte Astrid.

»Ich glaube, ich mache da gerade den größten Fehler meines Lebens. Ich war heute in Berlin und habe einen BKA-Mann indirekt beschuldigt, dass er oder einer aus seinem Team das Geld bei der Drogenrazzia vor zwei Jahren gestohlen haben könnte. Und wenn man den Gedanken weiterspinnt, könnte dieser Dieb auch der Mörder der beiden Rickers sein.«

Er nahm einen großen Schluck Radler. Astrid wartete ab, ob Sören noch weitersprechen wollte, aber das tat er nicht.

»Du machst dir damit keine Freunde«, sagte sie. »Wer weiß davon, dass du in den eigenen Reihen fischst?«

»Mein Kollege ...«

»Der Sohn vom alten Wegener?«

Sören nickte.

»Okay.« Seine Schwägerin überblickte in ihrer Position als Staatsanwältin die verwobenen Zusammenhänge des Polizeiapparats besser als manch ein Kollege in seiner Dienststelle. Den Sohn vom Boss als Mitwisser zu haben, wäre sicher auch nicht ihre erste Wahl gewesen.

»Und eine Frau vom BKA. Sie ist die ehemalige Geliebte meines derzeitigen Hauptverdächtigen, ein Kollege beim Bundeskriminalamt, der damals an der Aktion beteiligt war und nun meine Ermittlungen blockiert.«

Er sprach nicht weiter. Sören wusste, dass er seine Schwägerin in Teufelsküche bringen konnte, wenn er ihr erzählte, dass er Wegener darum gebeten hatte, die Finanzdaten der beiden ohne Gerichtsbeschluss zu checken. Als Staatsanwältin musste sie so einen Gesetzesbruch melden. Wenn sie das nicht tat, konnte sie, wenn ihre Mitwisserschaft aufflog, vom Dienst suspendiert werden. Im schlimmsten Fall konnte sie ihre Anstellung und ihre Zulassung verlieren.

Sören nahm einen kleinen Schluck aus der Flasche und blickte auf einen Punkt vor sich auf dem Tisch.

»Das könnte dir um die Ohren fliegen, wenn du falschliegst«, sagte sie und versuchte, Blickkontakt herzustellen.

»Ja, ich weiß. Ich habe mich da in diese Richtung verrannt. Wer weiß, ob Maschadow mich da nicht komplett verarscht hat.«

»Du ermittelst aufgrund eines Tipps vom Prinzen? Der Prinz, der in Drogendeals, Bestechungen, das Verschwinden von Zeugen und eine nicht enden wollende Liste anderer Vergehen verwickelt ist? Sören, warum tust du das?«

Er wusste es selbst nicht. Es hatte sich alles so richtig angefühlt. Aber mittlerweile hatte er das Gefühl, sich total verrannt zu haben. Er wollte morgen früh den Fall noch einmal mit frischen Augen betrachten. Vielleicht sollte er die Vorgänge von damals einfach außer Acht lassen und noch mal mit Friedrichsen sprechen, so wie es Bergmann seit Tagen von ihm verlangte. Allerdings machte Friedrichsen als Täter überhaupt keinen Sinn. Vermutlich kannte der Jens Niebel noch nicht einmal. Vielleicht war Sören durch den wenigen Schlaf der vergangenen Nächte jetzt aber auch nur einfach viel zu müde, um einen Zusammenhang zwischen Niebel und Friedrichsen zu erkennen. Morgen war auch noch ein Tag.

Falsches Spiel

Um kurz nach sechs saß Fries in seinem Büro am Schreibtisch. Trotz der bleiernen Müdigkeit hatte er auch in der vergangenen Nacht kaum ein Auge zugetan. Stattdessen hatte er sich in seinem Bett umhergewälzt, an seine Tochter und ihr erstes Date gedacht und war immer wieder aufgewacht, wenn sich ihm die Brust bei dem Gedanken daran zusammengezogen hatte, den größten Fehler seines Lebens zu begehen, indem er einen Mann des BKA eines Doppelmordes verdächtigte. Wenn seine Ermittlungen ins Leere liefen, war seine Karriere bei der Polizei so gut wie beendet. Niemand würde noch mit ihm zusammenarbeiten wollen und keine Dienststelle würde ihn freiwillig aufnehmen, wenn er Rostock verlassen musste. Da er ein Beamter war, konnte er glücklicherweise nicht so ohne Weiteres gefeuert werden. Allerdings würde man ihn auch nicht mehr mit wichtigen Aufgaben betrauen. Vermutlich würde er in einer Asservatenkammer enden und Beweisstücke von Kollegen entgegennehmen, die ihn verachteten.

Die Gedanken in seinem Kopf, ein kleiner Hurrikan, hatten ihn die Nacht über zermürbt. Schließlich hatte er beschlossen, aufzustehen und im Büro mit der Arbeit zu beginnen.

Fries wollte den Fall noch einmal von Anfang an durchgehen. Vielleicht hatte er ja doch etwas übersehen und es gab eine Verbindung zwischen dem Fischkuttermann und Niebel. Es war ja nicht ausgeschlossen, dass Friedrichsen die Gebrüder Ricker noch aus DDR-Zeiten kannte. Vielleicht hatte er Niebels Identitätsdiebstahl durchschaut und drohte ihm, ihn bei der Polizei anzuzeigen, wenn Friedrichsen die Fischkutterlizenz nicht zurückerhielt. Allerdings hätte Niebel dafür zugeben müssen, dass er Thomas Ricker, der verstorbene Bruder des ermordeten Andreas Ricker, gewesen war, um das Erbe antreten zu können. Das hätte

Niebel, so wie Fries ihn kennengelernt hatte, niemals getan. Der Mann hatte mit seiner Vergangenheit endgültig abgeschlossen und hatte auf das Geld, das er durch den Verkauf des Hofes erzielt hätte, problemlos verzichten können.

Fries rieb sich seine Schläfen. Sein Hirn lieferte derzeit eindeutig nicht die besten Theorien.

Er schaltete seinen Computer ein und ging in die Küche. Nachdem er die Kaffeemaschine angestellt hatte, ging er in sein Büro zurück. Er öffnete das Mail-Programm. Da er gestern früher Feierabend gemacht hatte, rechnete er damit, eine Mail von Wegener senior in seinem Posteingang zu finden, in der er in manierlichem Amtsdeutsch zur Sau gemacht wurde, was Fries denn einfiele, seinen Sohn in diese Art von Ermittlungen zu verwickeln. Der Posteingang war zwar nicht leer, aber immerhin befand sich keine Mail von Wegener senior darin. Sein Spross hatte also dichtgehalten, was die illegalen Nachforschungen der Finanzen von Timm und Brandt betraf. Der junge Kommissar gehörte offensichtlich zu den loyalen Kollegen. Eine Eigenschaft, die Fries schätzte.

Während er auf das Gurgeln der Kaffeemaschine wartete, öffnete er die Mail-App seines Smartphones. Er gehörte nicht zu den Leuten, die alle fünf Minuten auf ihr Handy starrten. Allerdings bemühte er sich, wenigstens einmal am Tag, und das war meistens am Morgen, auch seine private Korrespondenz zu kontrollieren.

Er überflog die Ratschläge eines Mannes in seinem Alter, der Tipps für abnehmwillige Berufstätige gab. Sören hatte sich vor zwei Jahren für diesen Newsletter angemeldet, als er noch glaubte, seine Erscheinung durch ein paar Pfund weniger auf den Rippen ein wenig jugendlicher wirken lassen zu können.

In der Küche röchelte es. Er stand auf, um dem Geräusch zu folgen. Fries übersprang die Mail von Jettes Schule. Die würde er nach der Arbeit lesen. Der nächste Newsletter enthielt Tipps zur liebevollen Erziehung von Teenagern. In den letzten Wochen hatte er den regelmäßig ungelesen gelöscht. Nachdem ihm Jette gestern jedoch ihr Interesse an Jungen bekundet hatte, nahm er sich vor, ihn regelmäßig zu lesen.

Ganz unten im Verzeichnis stieß er auf eine Mail von einem unbekannten Absender. Normalerweise löschte er solche Nachrichten sofort. Aber diese Mail war anders. Die Betreffzeile machte ihn neugierig. Hatte diese Mail etwas mit seinem Fall zu tun?

Im Betreff stand Folgendes: *Es ist besser für alle, wenn Sie die Füße stillhalten.* Fries öffnete die Nachricht. Doch außer eines Fotos im Anhang enthielt die Mail nichts. Er dachte nach. Bezog sich die Betreffzeile auf seinen aktuellen Fall? *Es wäre besser, wenn er die Füße stillhielt.* Für wen? Für ihn? Für den Mörder?

Sollte er die Datei mit dem Foto öffnen? Solche Mails konnten Viren enthalten. Vielleicht war es besser, auf Wegener zu warten? Der schien im Vergleich zu ihm ein echter IT-Profi zu sein. Doch schon nach wenigen Minuten des Grübelns siegte Sörens Neugier.

Er öffnete den Anhang. Augenblicklich stockte ihm der Atem. Er sah Jette und sich mit einer jungen Frau zusammenstehen. Seine Tochter hatte ein Buch in der Hand. Die junge Frau hatte silberne Schminke im Gesicht. Das Foto war von gestern Abend. Offensichtlich hatte ihn jemand beobachtet.

Sören versuchte, sich an den gestrigen Abend zu erinnern. War ihm etwas oder jemand aufgefallen? In Gedanken ging er noch einmal die Gesichter durch, die er auf der Straße wahrgenommen hatte. Keiner von denen war ihm verdächtig vorgekommen. Er öffnete die Informationen des Absenders. Die E-Mail-Adresse bestand aus einer Zahlenkombination von einem ihm unbekannten Anbieter. Vielleicht konnte Wegener etwas damit anzufangen.

Fries kehrte in sein Büro zurück. Er schrieb die kryptische E-Mail-Adresse des Absenders auf ein Blatt Papier und steckte sich die Notiz in die Hosentasche. Angespannt warf er einen Blick auf die Zeitanzeige seines Computers. Es war erst kurz vor halb sieben. Wegener erschien normalerweise erst gegen acht Uhr im Büro. Sollte Fries ihn anrufen und bitten, eher zu kommen? In diesem Fall müsste er Wegener vom Inhalt dieser Mail berichten. Aber das wollte er nicht. Zumindest noch nicht. Dafür wusste er zu wenig über den unbekannten Absender. Außer dass der Urheber der Mail wollte, dass er die Finger von den Ermittlungen ließ, und der Tatsache, dass der Mann nicht davor zurückschreckte, Fries mit einem Foto von seiner Tochter einzuschüchtern.

Sören fielen die Drohbriefe ein, die er in Hamburg erhalten hatte, als er gegen Schlüter, Niebel und Maschadow ermittelte. Er hatte diese Briefe damals nicht ernst genommen. Diesen Fehler würde er kein zweites Mal begehen.

Sören betrachtete die geöffnete Mail auf seinem Smartphone. Offensichtlich hatte er mit seiner Intuition ins Schwarze getroffen. Er musste jemandem auf die Füße getreten sein. Oder war es ein Zufall, dass Fries ausgerechnet jetzt, nachdem er Oliver Timm einen Besuch abgestattet hatte, so eine Drohung erhielt? Vermutlich nicht.

Der Kriminalrat aus Berlin war wie alle Polizisten in der Observation von Verdächtigen ausgebildet. Seine Arbeit in der Abteilung für das organisierte Verbrechen im BKA hatte ihn zu einem Fachmann auf dem Gebiet der Überwachung gemacht. Wenn Fries geahnt hätte, dass er eventuell von ihm verfolgt würde, hätte er Timm vielleicht in der Masse wahrgenommen. Aber da Fries nichts ahnend den Abend mit seiner Tochter verbracht hatte, hatte ein Spezialist wie Timm leichtes Spiel mit ihm gehabt.

Fries starrte wie hypnotisiert auf das Bild seiner Tochter. Warum konnte das nicht einer von diesen normalen Morden sein, wenn es so etwas wie normal bei Morden überhaupt gab? Warum konnte nicht einfach ein verprellter Geschäftspartner für das Loch in Andreas Rickers Stirn verantwortlich sein?

Sören versuchte, sich auf die Fakten des Falls zu konzentrieren. Was hatte er bis zum Tod von Jens Niebel herausgefunden? Was konnte ein Motiv gewesen sein, den Bruder von Andreas Ricker auch noch zu töten? Hatte er den Mörder erst durch seine Ermittlungen auf Niebel aufmerksam gemacht? Hatte er etwas aufgewühlt, was Rickers Mörder veranlasste, auch den Bruder zu töten?

Heinrich Friedrichsen hätte das Foto von ihm und Jette unbemerkt machen können. Aber woher hätte der Fischkuttermann seine private E-Mail-Adresse haben sollen?

Bei Friedrichsen passten die Fakten hinten und vorne nicht zusammen. Bei Timm sah die Sache anders aus.

Der BKA-Mann hatte viel zu verlieren. Eine Frau und zwei Kinder, ein Eigenheim und eine Zukunft als erfolgreicher Kriminalbeamter, der schon einige Erfolge für sich verbuchen konnte. Seiner steilen Karriere im BKA stand nichts im Wege. Würde er das alles für einen Haufen Geld aufs Spiel setzen? Würde er, der selbst zwei Kinder hatte, einen Vater mit dem Foto seiner Tochter erpressen?

Wenn Timm tatsächlich vor zwei Jahren das Geld beiseitegeschafft hatte, hatte er mittlerweile viel zu verlieren. Leute, die in die Enge getrieben wurden, machten dumme Dinge.

Fries betrachtete noch einmal das Bild. Er hatte Jette auf den Hof seiner Schwester in Sicherheit bringen wollen. Dort sollte ihr nichts geschehen können. Offensichtlich hatte er sich geirrt. Ein Zweifachkiller hatte es auf Fries und seine Familie abgesehen.

Plötzlich hörte Sören die vertrauten Schritte seines Kollegen über den Flur näherkommen. Es war erst Viertel nach sieben. Wegener lugte vorsichtig um die Ecke.

»Dachte ich mir doch, dass Sie auch schon da sind«, sagte er. »Ich hole mir schnell einen Kaffee, dann bin ich gleich bei Ihnen.«

Kaffee, dachte Fries. Da war doch was. Er stand auf und folgte seinem Kollegen in die Küche. Wegener schenkte sich Kaffee in seinen Kuhbecher, goss einen großen Schluck Milch hinein und sah Sören dann erwartungsvoll an.

»Und, was machen wir heute?«

Dem jungen Mann schien es nichts auszumachen, dass sie einen Kollegen im Verdacht hatten. Es wirkte fast so, als wäre die Ermittlung gegen einen Mitarbeiter des BKA für Wegener sogar noch eine Prise reizvoller, als einem normalen Verdächtigen hinterherzujagen.

Fries holte den kleinen Notizzettel aus seiner hinteren Hosentasche heraus und reichte ihn Wegener.

»Können Sie herausbekommen, wem die Adresse gehört?«

Wegener sah auf das Blatt, während er in seinen Kaffee pustete.

»Nein, das ist eine Einweg-E-Mail-Adresse.«

»Man kann es also nicht zurückverfolgen? Auch nicht durch die Hintertür oder so?«, fragte er und spielte dabei auf die besonderen Fähigkeiten seines Assistenten an.

»Nein«, sagte Wegener entschieden. Er nippte vorsichtig an seinem Kaffee, der mittlerweile nur noch lauwarm war. »Einweg-E-Mail-Adressen sind ja extra dafür da, dass man sie nicht zurückverfolgen kann. Man nutzt sie, um sich irgendwo anzumelden, wenn man nicht seine eigenen Daten hergeben will.«

»Okay, okay, ich habe schon verstanden«, fuhr Fries ihm ins Wort. »Ich dachte nur, dass sie vielleicht doch ein wenig mehr zaubern könnten.«

Enttäuscht wollte Fries den Zettel gerade wieder einpacken, als Wegener noch etwas einfiel. Offensichtlich hatte Sören an Wegeners Ehrgefühl gekratzt.

»Man könnte vielleicht herausbekommen, über welchen Provider die Mail geschickt wurde. Über die IP-Adresse könnte man den Absender herausbekommen. Aber wenn jemand wirklich unsichtbar bleiben will, dann nutzt er offene WLANs, die es ja zur Genüge gibt. Worum geht es denn?«

Fries schüttelte den Kopf und steckte dabei den Zettel wieder ein. Der Mörder hatte bisher keine Fehler gemacht. Es war anzunehmen, dass er auch beim Verschicken der Mail keine Spuren hinterlassen hatte.

»Vergessen Sie es. Es war nur so ein Gedanke. Meine Tochter hat da eine Mail gekriegt, ich dachte nur, dass Sie der Sache auf den Grund gehen könnten. Nach dem, was Sie bei der gestrigen Recherchearbeit demonstriert haben, sind Sie ja offensichtlich in diesem Bereich wirklich ganz fit.«

Wegener strahlte über das ganze Gesicht.

»Ich bringe nur eben schnell meine Sachen ins Büro, bin gleich bei Ihnen drüben«, sagte er und huschte an Fries vorbei.

Sören nahm sich seinen Becher aus dem Schrank und füllte ihn halb voll. Aus dem Kühlschrank nahm er sich die Mandelmilch, die er seit Kurzem in seinen Kaffee tat, weil Jette meinte, dass das besser für die Tiere und die Umwelt wäre. Obwohl er nichts dagegen hatte, die Umwelt zu schonen, konnte Sören Jettes Eifer, die Welt zu retten, nicht ganz teilen. Doch ihm schmeckte mittlerweile der pflanzliche Milchersatz in seinem Kaffee so gut, dass er in diesem Fall sogar sehr gern dazu beitrug, die Welt zu retten.

In Sörens Büro starrte Wegener seinen Vorgesetzten erwartungsvoll an. Es war Fries' Aufgabe, die Arbeit zu verteilen und die Ermittlung damit voranzutreiben. Doch der Oberkommissar schien mit seinen Gedanken woanders zu sein.

»Ich habe die Finanzen von Brandt kontrolliert«, begann Wegener das Gespräch. »Nur zur Sicherheit. Es gibt aber nichts Auffälliges von ihr zu berichten, außer vielleicht, dass sie nicht besonders viel Geld ausgibt. Zumindest hebt sie nicht viel Bargeld vom Konto ab. Sie bestellt lieber im Internet. Schuhe, Essen, Lieferservice, Kleidung und so weiter.«

Wegener sah Fries auf der anderen Seite des Schreibtisches an, der erst in diesem Moment aus einer Art Trance zu erwachen schien.

»Ja, Brandt, unauffällig. Damit habe ich auch gerechnet.«

Sören versuchte, sich die Müdigkeit mit seiner flachen Hand aus dem Gesicht zu wischen. Es gelang ihm nicht.

»Ich frage mich seit gestern, ob es richtig ist, diese Spur weiter zu verfolgen«, sagte Fries. Er sprach ungewohnt langsam. »Wir müssen zumindest sehr sicher sein, dass Timm mit dem Diebstahl des Geldes zu tun hatte, sonst fliegt uns die Sache um die Ohren.«

»Aber darum geht es doch in der Ermittlungsarbeit. Man muss Beweise zusammentragen, um sicher zu sein. Oder?«

Fries spürte, wie ihn der fehlende Schlaf der vergangenen Nächte zermürbte. Sein Körper fühlte sich tonnenschwer an und er hatte Mühe, die Augen offen zu halten. Natürlich hatte sein Kollege recht. Aber Fries musste Zeit gewinnen.

»Ich möchte nur alle anderen ausschließen, ehe ich wieder in Richtung Timm ermittle. Das ist alles.«

Wegener schien enttäuscht zu sein.

»Wenn Sie irgendetwas haben, was ich noch nicht weiß, eine eindeutige Spur oder so, dann folgen wir der. Aber erst einmal schauen wir uns den Fall noch einmal unabhängig von den Ereignissen in Hamburg vor zwei Jahren an.«

Wegener öffnete seinen Laptop.

»Dann ist Maschadow raus?«

Fries nahm einen großen Schluck Kaffee.

»Maschadow ist vorerst draußen«, bestätigte er.

In diesem Moment stand Stefanie Brandt in der Tür. Sie deutete Fries an, mit ihm reden zu wollen.

»Wegener«, sagte Fries, den Blick auf die Kollegin gerichtet. »Gehen Sie noch einmal alle Leute durch, die noch auf unserer Liste stehen. Überprüfen Sie, ob wir alle Alibis zusammengetragen haben, und stellen Sie Theorien zu ihren Motiven auf. Fangen Sie mit Friedrichsen an. Gibt es eine Verbindung zu Niebel? Dann natürlich Olga Popow. Sie kannte beide. Und der Mann aus dem Rathaus, der an diesem Lizenzdiebstahl beteiligt war.«

Er blätterte in seinen Unterlagen. Wegener kam ihm zuvor.

»Rainer Kruse?«

»Ja, richtig«, antwortete Fries. »Kruse. Überprüfen Sie alle auf unserer Liste noch einmal. Und sprechen Sie auch mit den Bodyguards von Niebel, vor allem mit dem, der noch in U-Haft sitzt.« Fries suchte in seinen Aufzeichnungen. »Da ist er ja, Thiel. Der Mann heißt Frank Thiel.«

Wegener schrieb noch einige Sekunden in sein Notizbüchlein, ehe er aufstand.

»Bekommen Sie das hin?«

Wegener antwortete nicht. Zumindest nicht mit Worten. Sein Gesicht verriet allerdings, wie sehr der junge Kommissar sich freute, endlich eigenverantwortlich arbeiten zu dürfen.

»Ach ja«, rief Fries seinem Kollegen hinterher, der bereits auf dem Flur stand. »Sie verhören alle Verdächtigen und Zeugen bei uns. Sie fahren nirgends alleine hin! Sonst reißt Ihr Vater mir den Arsch auf.«

Wegener grinste und verschwand in sein Büro.

Als Erstes bemerkte Fries die blauen Flecken an ihrem Handgelenk. Er sah sie an. War sie zu ihm gekommen, um über ihren ehemaligen Geliebten zu reden? Hatte sie endlich verstanden, wie gefährlich es war, einen Doppelmörder zu decken?

»Sie gehen wieder zum Anfang zurück?«, fragte Brandt, während sie sich setzte.

»Ich will nur sicher sein, dass wir nichts übersehen haben.«

Fries überlegte, ob er sie auf die blauen Flecken an ihrem Handgelenk ansprechen sollte. Er entschied sich dagegen.

Brandt sah auf Sörens Schreibtisch. Sie schien das Zettelchaos darauf nicht wahrzunehmen. Diesen leeren Blick kannte Fries aus unzähligen Vernehmungen, wenn Zeugen oder Verdächtige darüber nachdachten, wie viel sie von ihrem Geheimnis preisgeben wollten.

»Oliver«, sagte sie so leise, dass Fries es fast nicht gehört hätte. »Er ist sehr temperamentvoll.«

Sie lachte kurz über das, was sie gesagt hatte. Dann streichelte sie mit ihrer Hand das andere Handgelenk, das verletzt auf ihrem Schoss lag. Plötzlich sah sie Sören an.

»Oliver war das. Wir haben uns gestern getroffen. Ich habe ihn zur Rede gestellt«, sagte sie voller Kraft.

Ihr Blick wanderte zurück auf ihr Handgelenk. Ihre Stimme wurde wieder leiser.

»Er hat das nicht das erste Mal getan.«

Fries vermutete, dass Brandt Timms brutalen Ausraster meinte. Er hätte den BKA-Mann nicht für einen Frauenschläger gehalten. Allerdings sah man den Menschen nicht an, ob sie zu Gewaltausbrüchen neigten oder nicht. Viel interessanter fand Fries in diesem Moment allerdings die Tatsache, dass Brandt Timm zur Rede gestellt hatte.

»Sie haben Ihren Chef gefragt, ob er die beiden Rickers ermordet hat?«

Sie nickte.

»Natürlich hat er es abgestritten. Er sagte, dass ich mir das alles nur einbilden würde. So wie damals, als das Geld verschwunden war. Auch damals hatte er gesagt, dass ich zu viel Fantasie besäße. Kurz darauf begann unsere Affäre.«

Verlegen sah sie zu Boden.

»Ich dachte mir nichts dabei. Ich dachte, dass es eben so ist, wenn man die meiste Zeit des Tages miteinander verbringt. Bei unseren Dienstzeiten lernt man andere Leute so gut wie nie kennen. Er war da. Er war aufmerksam. Und ich hatte ihm geglaubt, dass ich mir das alles eingebildet hätte.«

Sie rieb wieder ihr geschwollenes Handgelenk. Vermutlich schmerzten die blauen Flecken nicht nur äußerlich.

»Wir waren nur ein paar Wochen zusammen. Aber in der Zeit haben wir viel unternommen. Wir waren essen, verbrachten sogar mal ein Wochenende in einem edlen Spa. Er versprach mir, seine Frau zu verlassen. Doch dann wurde sie schwanger.«

Sie seufzte.

»In den Wochen, in denen wir zusammen waren, hat er mich zu allem eingeladen. Meistens hat er bar bezahlt.« Sie zuckte mit den Schultern. »Ich dachte mir nichts dabei. Seine Freundin lädt man ja schließlich ein. Dass ich nur seine Geliebte war, das ...«

Fries beobachtete, wie Stefanie sich eine Träne aus dem Auge wischte.

»Ich war ja so dämlich.«

Oder einfach nur verliebt, dachte Fries, wobei ihm seine Tochter und ihr Gefühlschaos einfielen. Er seufzte leise.

»Oliver hat mich gestern bedroht. Er sagte, dass ich dafür sorgen soll, dass Sie die Ermittlungen gegen ihn einstellen. Sie könnten eh nichts gegen ihn finden. Aber er hat Angst davor, dass ein Verdacht an ihm kleben bleibt.«

»Sie sollen dafür sorgen, dass ich die Ermittlungen einstelle?«

Fries hatte es gehört, glaubte es aber nicht. Timm wollte offenbar gleich an zwei Fronten sicherstellen, dass die Ermittlungen gegen ihn eingestellt wurden.

»Ja, ich soll mir was einfallen lassen, sonst würde er meine Karriere genauso schnell wieder beenden, wie er sie starten ließ. Wenn wir weiter an dem Fall arbeiten, will er mich versetzen und mich verrotten lassen. Und auch Ihnen würde er das Leben zur Hölle machen. Er hat seine Mittel und viele einflussreiche Kontakte.«

Fries lehnte sich in seinem Stuhl zurück. Das musste er erst einmal sacken lassen. So dreist benahmen sich Verdächtige ihm gegenüber nur selten.

»Wann haben Sie mit ihm gesprochen?«

»Wir haben uns gestern Abend auf einer Raststätte kurz hinter Rostock getroffen. Er hatte einen Termin in der Nähe.«

»Er hatte einen Termin in der Nähe?«

Fries Tonlage ließ erkennen, dass er diese Behauptung stark anzweifelte. Vermutlich war Timm seinetwegen in den Norden gekommen. Vor Ort hatte er alle möglichen Informationen gegen seinen Widersacher in Erfahrung bringen können: wo Sören wohnte. Wer zu seiner Familie gehörte. Wo seine Tochter zur Schule ging. Und noch viele persönliche Dinge mehr.

Wenn Fries die Observation geplant hätte, dann wäre er seinem Verdächtigen direkt von der Arbeitsstelle aus gefolgt. Der Berliner Kollege hatte sich also bereits an seine Fersen geheftet, als Sören Feierabend machte. Und während Timm in sein Leben hineinschnupperte und Informationen sammelte, hatte er auch gleich das Bild von Sören und seiner Tochter machen können.

Fries war sich sicher, Timm hatte nie im Leben einen Termin in Mecklenburg gehabt. Diese Geschichte hatte er sich ausgedacht, um sie seiner gutgläubigen Ex-Geliebten aufzutischen. Offensichtlich hatte das geklappt. Selbst nachdem sich Stefanie Brandt all seiner anderen Lügen allmählich bewusst wurde, konnte er sie immer noch manipulieren.

Timm spielte klug, das musste Sören zugeben. Allerdings hatte der Kriminalrat trotz seiner perfekten Planung zwei Fehler begangen. Zum einen hatte Timm nicht damit gerechnet, dass Stefanie Brandt Fries ins Vertrauen ziehen würde. Zum anderen unterschätzte er seinen Kollegen aus der Provinz. Wenn der BKA-Mann glaubte, Sören würde die Ermittlungen einfach so einstellen, nur weil er seine Machtkarte spielte, hatte sich der Berliner Cop gewaltig in ihm getäuscht.

»Danke für Ihr Vertrauen«, sagte Fries. »Vielleicht können Sie Wegener helfen, auch wenn ich nach unserem Gespräch noch weniger glaube, dass es viel Sinn macht, den anderen Spuren zu verfolgen. Ich muss über das Ganze erst einmal in Ruhe nachdenken.«

Stefanie Brandt stand auf.

»Was haben Sie jetzt vor?«, fragte sie.

»Ich habe keine Ahnung«, antwortete Fries. Und mit dieser Aussage hatte er noch nicht einmal gelogen.

Was sollte er tun? Dem Druck nachgeben? Timm mit zwei Morden durchkommen lassen? Natürlich ging das nicht. Für den Bruchteil einer Sekunde dachte er darüber nach, dem Prinzen zu sagen, wer sein Geld gestohlen hatte. Aber den Gedanken verwarf er sofort wieder. Mord wird in Deutschland nicht mit dem Tode gesühnt. Das war auch gut so. Denn niemand war davor gefeit, Fehler zu begehen. Selbst die Justiz nicht.

Menschen mordeten aus unterschiedlichen Gründen. Es gab Sekretärinnen, die ihren Geliebten mit dem Auto überfuhren, Metzger, die einen unliebsamen Kollegen zerlegten und filetierten, oder korrupte Politiker, die einen Kontrahenten beiseiteschaffen ließen. Die Motive der Mörder waren so vielseitig wie die

Geschichten, die ihre Leben erzählten. Doch bei all den unterschiedlichsten Gründen, weshalb Menschen zu Mördern wurden, schien es eine Regel zu geben, an die sich selbst die härtesten Jungs mit den übelsten Vorstrafenregistern hielten. Ein ungeschriebenes Gesetz, das sogar Typen wie Maschadow respektierten: Kinder genossen einen besonderen Schutz.

Timm hatte mit seiner Mail dieses Gesetz gebrochen. Er hatte die Grenze des Anstands weit hinter sich gelassen und Sören damit den Krieg erklärt.

Er wusste nun ganz genau, wie sein nächster Schritt aussehen sollte. Er tippte eine SMS an seine Tochter, die die Nachricht hoffentlich in einer Pause lesen würde, obwohl er ihr eigentlich verboten hatte, das Handy in der Schule anzumachen. Aber er kannte seine Tochter. Wenn für sie ein Verbot keinen Sinn ergab, sah sie einfach darüber hinweg.

Geh direkt nach der Schule zu Susanne. Geh mit niemandem mit, außer mit deinen Tanten oder mit mir!!! Hdl. Papa

Er fragte sich, wie oft er ihr das schon gesagt hatte. Danach schrieb er eine Nachricht an Astrid. *In fünfzehn Minuten auf ein Eis.*

Er wartete nicht auf ihre Antwort, sondern schnappte sich seine Tasche und Jacke und verließ das Büro.

»Ich brauche ein wenig frische Luft. Wegener, Sie wissen, was Sie zu tun haben.«

Der Kommissar nickte.

»Ich bin übers Handy zu erreichen«, sagte er abschließend und ging.

Seine Schwägerin hatte die Dringlichkeit seiner SMS verstanden. Noch ehe er am Marktplatz angekommen war, erhielt er ihre Antwort. *Bin auf dem Weg.*

Kurz darauf fuhr sie mit ihrem Wagen an Sören vorbei und parkte auf dem Platz, den der Polizist ihr unter Einsatz seiner

Dienstmarke als Argument gegen nörgelnde Autofahrer freigehalten hatte. Sie sah besorgt aus.

»Du hattest recht. Offensichtlich habe ich in ein Wespennest gestochen. Timm wurde aktiv.«

Er zeigte ihr die Mail mit dem Foto von Jette und ihm am Strom.

»Oh mein Gott!«, sagte sie.

Mit der Hand vor dem Mund sah sie Sören bestürzt an.

»Du sollst die Füße stillhalten?«

»Er will, dass ich die Ermittlungen gegen ihn einstelle«, übersetzte er den Text. »Heute war Stefanie bei mir.«

»Die Kollegin vom BKA, die derzeit bei euch mitmischt«, erklärte sie und signalisierte Sören damit, dass sie auf dem Laufenden über die Ermittlung war.

»Ja, genau die. Sie hat mir erzählt, dass Timm sie auch eingeschüchtert hat. Sie soll dafür sorgen, dass ich den Fall nicht weiter verfolge.«

»Er macht Druck auf zwei Seiten«, sagte Astrid. »Du musst auf der richtigen Spur sein.«

Sören sah sie an. Sein Blick wirkte wie der eines Kindes, das nicht wusste, was es tun sollte.

»Du kannst ihn damit nicht durchkommen lassen«, sagte die Staatsanwältin, doch die Tante in ihr fügte hinzu: »Ich kümmere mich um Jette. Ich nehme mir heute frei und hole sie von der Schule ab.«

Er atmete erleichtert aus. Irgendwie hatte er gehofft, dass sie diesen Vorschlag machen würde.

»Ich lasse sie nicht aus den Augen«, fügte sie hinzu.

Würde das reichen? Sören hoffte das. Er musste jetzt schnell handeln, Timm in seine Schranken weisen. Fries konnte nicht zulassen, dass das Verhalten eines korrupten Cops sein Familienleben beeinflusste.

»Ich fahre nach Berlin und konfrontiere ihn dort mit meinen Theorien und Ermittlungsergebnissen. Ich lasse ihn damit nicht durchkommen.«

Astrid hielt seinen Arm fest.

»Bau bloß keinen Mist«, sagte sie in einem strengen Tonfall, der die Staatsanwältin in ihr zum Vorschein brachte.

»Kümmere du dich um Jette und sorg dafür, dass Susanne nichts von dem ganzen Mist mitbekommt.«

Er wusste, dass der zweite Wunsch unrealistisch war. Wenn Astrid früher Feierabend machte, dann lag etwas im Argen. Aber seine Schwägerin war erfinderisch. Sie würde vermutlich eine Lösung für dieses Problem finden.

Zwei Stunden später stand Sören mit seinem Wagen vor dem Haus von Oliver Timm. Im Garten spielte ein kleines Mädchen. Offensichtlich gehörte Wilmersdorf zu den Stadtteilen, in denen man seine Kinder unbeaufsichtigt im Garten spielen lassen konnte. Hier machte man sich keine Gedanken über jugendliche Gangs, Drogen oder Pädophile. Hinter diesen Mauern geschahen andere Verbrechen.

Sören wartete über vier Stunden, ehe der silberne Mercedes von Timm in die Einfahrt fuhr. Fries stieg aus seinem Kombi, der sicher nicht mehr als ein Viertel von Timms Wagen gekostet hatte. Statussymbole waren Sören schon immer egal gewesen.

Zunächst fiel Timm nicht auf, dass Fries sich ihm näherte. Erst als er dem Blick seiner Tochter folgte, die Sören auf das Haus zukommen sah, bemerkte er Sören, der nur wenige Meter vor ihm in der Auffahrt stehen geblieben war.

»Was fällt Ihnen ein, zu mir nach Hause zu kommen?«, schnauzte er Fries an und sagte im zuckersüßen Tonfall zu seiner Tochter. »Merle, geh ins Haus. Beeil dich!«

Merle gehorchte. Sören wartete, bis das kleine Kind nicht mehr in Hörweite war. Auch wenn Timm dieses schmutzige Spiel mit ihm spielte, würde er sich nicht auf dieses Niveau hinabbegeben.

»Was wollen Sie?«, fragte Timm noch mal. »Wenn es was Dienstliches ist, kommen Sie gefälligst in mein Büro!«

Er schnappte sich seinen Aktenkoffer und warf sich sein dunkles Jackett über den Arm. So viel Dreistigkeit hätte Sören nicht erwartet.

»Sie wissen doch genau, was ich von Ihnen will«, sagte Sören in einem für ihn ungewohnt lauten Tonfall. Er zügelte sich und sprach leiser weiter. »Ich werde den Fall nicht ruhen lassen. Und wenn meiner Tochter etwas passiert ...«

Timm sah sich um.

»Ihrer Tochter?«

»Ich warne Sie nur einmal!«

»Sie sind doch verrückt«, entgegnete Timm ihm. Er schmiss die Tür seines Wagens zu.

»Verrückt? Ich? Ich habe Ihre Finanzen überprüft.«

Timms Gesichtsfarbe wurde rot. In seinen Augen erkannte Fries aufgestaute Wut. Der Mann war eindeutig ein Schlägertyp.

»Woher haben Sie die Rolex? Und lügen Sie mich jetzt nicht an. Ich weiß, dass die echt ist.«

Timm sah zum Fenster. Seine Frau stand dort und beobachtete die zwei. Merle stand daneben und fragte sie etwas.

»Eine Freundin hat sie mir geschenkt. Aber das geht Sie nichts an«, antwortete er gereizt.

»Und wo haben Sie die hundertdreißigtausend für ihr Haus her?«

Der Berliner Kollege sah Fries in die Augen. Die beiden Männer zuckten nicht mit der Wimper.

»Auch das geht Sie nichts an«, sagte Timm und grinste Fries dabei mit seinen strahlend weißen Zähnen an. »Verlassen Sie jetzt mein Grundstück!«

Am liebsten hätte Sören Timm das polierte Lächeln mit seiner Faust aus dem Gesicht gewischt. Er tat es nicht. Mit dem Blick auf das Fenster gerichtet, hinter dem die Ehefrau und die Tochter seines Kontrahenten standen, ging Fries einen Schritt zurück. Er deutete mit seinem Finger auf Timm.

»Die Sache ist noch nicht zu Ende. Ich werde Sie fertigmachen. Da können Sie mir noch so viele Drohmails schicken!«

»Drohmails? Gehen Sie zum Psychologen! Sie leiden eindeutig unter Verfolgungswahn.«

Timm schüttelte den Kopf. Jetzt versuchte er auch ihm, so wie er es bei Stefanie Brandt getan hatte, einzureden, dass er sich das alles nur einbildete. Das Bild, das Sören in seinem Handy gespeichert hatte, war jedoch der Beweis, dass Sören sich nicht täuschte. Der BKA-Mann war so gut wie geliefert. Er wusste es nur noch nicht. Timm drehte sich von ihm weg und ging zu seinem Haus.

Er ist jetzt zumindest gewarnt, dachte Fries. Auch wenn er selbst niemals einem Unschuldigen Leid zufügen würde, Kindern schon gar nicht, konnte Timm sich nicht sicher sein, dass Fries nicht Gleiches mit Gleichem vergelten würde, wenn Jette etwas geschah. Das musste fürs Erste reichen.

Am frühen Abend kam er auf dem Hof seiner Schwester und ihrer Familie an. Jette kam aus dem Haus gelaufen und drückte ihren Vater fest an sich. Susanne stand im Hauseingang, Astrid einen halben Meter hinter ihr. Sie hob die Schultern. Sören verstand. Die Mädels hatten Astrid ausgequetscht und seine Schwägerin war unter diesem Druck wie ein Kartenhaus zusammengefallen. Er konnte das gut nachvollziehen. Auch er konnte seiner Tochter kaum etwas ausschlagen, und wenn Susanne ihr zu Hilfe kam, war es zwecklos, Widerstand zu leisten.

»Geht es dir gut?«, fragte seine Tochter, nachdem sie ihn losgelassen hatte. Sören gab ihr einen Kuss und versicherte ihr, dass alles in Ordnung sei.

Er ging zum Hauseingang rüber. Susanne knallte ihm ihre flache Hand auf den Hinterkopf und ging dann schmollend ins Haus.

»Ich habe es versucht«, sagte Astrid zerknirscht.

»Dass du so früh Feierabend gemacht hast, hat dich verraten«, sagte Sören. Er lächelte sie an. Natürlich hatte Susanne sie durchschaut. Seine Schwester war schon als Kind ein lebender Lügendetektor gewesen.

Gemeinsam folgten die drei Susanne in die Küche, in der sie am Herd stand und das Abendessen vorbereitete.

»Magst du zu Goliath gehen?«, fragte Sören Jette.

»Ich dachte, ich soll das Haus nicht verlassen?«

Astrid hatte ihren Job offensichtlich sehr ernst genommen.

»Im Stall ist es okay. Aber das Ausreiten solltest du erst mal sein lassen. Versprichst du mir, dass du dich daran hältst. Das ist dieses Mal wirklich wichtig.«

Sein besorgter Gesichtsausdruck unterstrich seine Worte. Jette nickte stumm. Mit hängenden Schultern verließ sie die Küche. Susanne schickte ihre Jungs hinterher.

»Ich hätte euch niemals in diese Situation bringen dürfen«, begann Sören. »Ich glaube nicht, dass der Typ ernsthaft Jette bedroht. Er hat selbst zwei Kinder.«

»Aber er hat dir das Bild geschickt«, sagte Susanne und nahm sich sein Handy. »Eigentlich ein süßes Bild von euch zwei, wenn man von den Umständen absieht, wie du dazu gekommen bist.«

Sie legte das Handy zurück auf den Tisch und ging zum Herd zurück.

»Wenn ihr wollt, dass ich Jette wieder mitnehme ...«

»Auf gar keinen Fall«, sagte Astrid. Seine Schwester stimmte ihr zu. »Wir passen auf Jette auf. Sie ist hier sicher.«

Susanne sah ihre Frau besorgt an.

»Ich habe einen Waffenschein«, erklärte seine Schwägerin. »Normalerweise verwahre ich die Pistole im Safe, aber ich habe sie vorsichtshalber rausgeholt.«

Astrid zeigte ihm ihre Waffe, eine Walther PPK, die sie hinter einem Kissen auf der Küchenbank vor den Blicken der Kinder versteckt hatte. Sören stiegen Tränen in die Augen. So etwas durfte nicht passieren. Seine Tochter, seine Schwester und ihre Familie, sie alle sollten sicher in Rostock sein. Er war extra aus Hamburg fortgegangen, um genau dieses Gefühl dieser lebensbedrohlichen Angst nie wieder spüren zu müssen. Sein Herz zog sich zusammen.

Er nahm Astrid die Waffe aus der Hand.

»Weißt du überhaupt, wie man damit schießt?«

»Ja, natürlich. Ich habe doch einen Waffenschein«, antwortete sie so ruhig, als redeten sie über das bevorstehende Abendessen.

Susanne setzte sich zu den beiden an den Tisch.

»Und wenn du den Fall abgibst?«, fragte seine Schwester.

Doch für diese Frage erntete sie nur verständnislose Blicke. Schließlich war es die Aufgabe der Polizei und der Staatsanwaltschaft die kriminellen Elemente unserer Gesellschaft zur Verantwortung zu ziehen. Weglaufen war keine Option, weder für Sören noch für Astrid.

Er seufzte. Als Vater und Bruder wäre er am liebsten ihrem Rat gefolgt. Doch dieser leichte Weg war niemals seiner gewesen. In diesem Fall war es dennoch eine Option, über die er wenigstens nachdenken musste.

»Wenn es euch recht ist, würde ich heute Nacht gern bei euch schlafen«, sagte er, obwohl er bezweifelte, dass er wirklich ein Auge zu tun könnte. »Ich würde mein Quartier im Wohnzimmer aufschlagen.«

Susanne und Astrid sahen sich an und nickten.

Nach dem Abendessen schickten die beiden Frauen die Kinder zu Bett. Sören setzte sich im Wohnzimmer an seinen Laptop, den er aus seiner Wohnung zusammen mit den Schlafsachen, einem frischen Hemd und einer Zahnbürste geholt hatte, ehe er zu seiner Schwester auf den Hof gefahren war.

Er betrachtete noch einmal die Fakten. Alles deutete auf Timm als Täter hin. Er hatte die Möglichkeit gehabt, das Geld zu stehlen. Er hatte Stefanie Brandt in die Irre geführt, mit ihr sogar ein Verhältnis angefangen, damit sie ihm noch mehr vertraute, als sie es als seine Untergebene sowieso schon getan hatte, und sie dann abserviert, als es nicht mehr nötig gewesen war, die vermeintliche Mitwisserin bei Laune zu halten. Das Geld, das er gestohlen hatte und als Beweis hätte dienen können, hatte er im Laufe der Zeit vermutlich ausgegeben. Ohne das Geld in Timms Besitz hätte man Stefanie Brandt als abgelegter Liebhaberin niemals Glauben geschenkt, wenn sie ihren Verdacht geäußert hätte. Timm hatte seine Karten clever ausgespielt.

Aber warum hatte er zwei Jahre nach dem Diebstahl Andreas Ricker erschossen? Fries vermutete, dass der Tote den Kriminalrat erpresst hatte, als er für den Kauf seines Fischkutters Geld benötigte. Aber da hatte Timm schon alles ausgegeben. Er konnte die geforderte Summe nicht zahlen.

Ricker war wahrscheinlich auf eine ähnliche Weise wie Fries darauf gekommen, dass Timm das Geld während des MEK-Einsatzes gestohlen hatte. Viele mögliche Täter gab es damals ja nicht und wenn man die Finanzlage des Kriminalrats überprüfte, bemerkte man schnell, dass Timm über seine Verhältnisse lebte. Ricker hatte auf jeden Fall nichts zu verlieren gehabt, als er sich an Timm mit seiner Forderung wandte. Im Gegenteil. Wenn er Maschadow von seinem Verdacht berichtet hätte, wäre das für Timm nicht gut ausgegangen. Der Berliner Polizist tötete Ricker nur aus einem Grund: Timm wollte sein Geheimnis wahren und damit seinen Arsch retten.

Vielleicht hatte der Kriminalrat Ricker ebenfalls observiert und dabei das Verhältnis zu Jens Niebel aufgedeckt. Vermutlich war er während der Überwachung auch auf Maren Hauser aufmerksam geworden. Aber woher wusste Timm, dass sie eine DVD mit Beweisen gegen ihn aufbewahrte? Diese Frage konnte Sören noch nicht beantworten. Der Mord an Jens Niebel war jedenfalls nur die logische Folge aus dem Mord an seinem Bruder. Ein Kollateralschaden sozusagen. Niebel hätte den Mord an Andi niemals ungesühnt gelassen. Er hätte den Täter bis ans Ende der Welt gejagt.

Ein Mord oder zwei. Für Timm machte das keinen Unterschied mehr. Viele Leute sagen, dass das Töten nur beim ersten Mal schwerfalle. Sören wollte ihn danach fragen, wenn er ihm die Handschellen anlegte.

Alles passte zusammen. Timm hatte bei Sörens Vorgesetzten angerufen, um ihn zurückzupfeifen. Er hatte Brandt unter Druck gesetzt, war dabei sogar handgreiflich geworden, und auch ihn hatte Timm versucht einzuschüchtern. Das alles nur, um sich ein Haus in einer teuren Gegend und eine Rolex leisten zu können.

Eifersucht als Motiv fand Sören eher nachvollziehbar als Habgier. Leider geschahen viel zu viele Morde des Geldes wegen.

Susanne machte Sören das Bett auf der Couch zurecht. Es war bereits kurz vor halb zwölf.

»Bist du sicher, dass du nicht in das Gästezimmer willst?«, fragte sie.

Sören war sich sicher.

»Na dann, gute Nacht. Bleibt nicht zu lange auf«, sagte sie zu Sören und Astrid, die neben ihrem Bruder auf der Couch saß.

»Ich komme gleich nach«, sagte ihre Frau.

Sie hörten Susannes Schritte auf der Treppe leiser werden. Erst als es wieder still im Flur war, stand Astrid auf und ging zur Bar rüber. Während sie sich einen Sherry einschenkte, fragte sie: »Und? Was hast du in Berlin rausgefunden?«

Sören brachte seine Schwägerin auf den neuesten Stand. Er musste zugeben, dass die Beweislage gegen Timm eher schlecht aussah. Astrid nippte an dem Glas Sherry.

»Was glaubst du, was er als Nächstes vorhat?«, fragte sie.

Sören überlegte. Er hoffte, dass sein Erscheinen in Berlin Timm in seine Schranken gewiesen hatte. Sollte Jette etwas passieren, konnte Fries zurückschlagen. Nicht, dass es dann noch relevant wäre oder er es wirklich tun würde. Aber auch er könnte Timms Familie schaden. Zumindest das sollte dem Kriminalrat heute klar geworden sein.

»Er wird erst mal abwarten und mich im Auge behalten. Wenn ich stillhalte, wird er nichts tun. Wenn ich ihm jedoch aufs Fell rücke, muss er aktiv werden. Vielleicht versucht er dann, mich beruflich fertigzumachen. Vielleicht platziert er einen dunklen Punkt auf meiner weißen Weste. Das würde ich zumindest tun: den Ruf meines Gegners schädigen.«

Astrid fielen fast die Augen zu.

»Willst du nicht schlafen gehen?«

Mit einem Ruck saß sie wieder aufrecht.

»Wieso? Ist doch alles gut!«, antwortete sie. Sie stellte das halb leere Glas auf den Tisch.

»Weißt du schon, was du tun wirst? Wirst du deine Ermittlungen einstellen?«

Sören zuckte mit den Schultern.

»Ich denke tatsächlich drüber nach«, antwortete er.

Beide sagten nichts darauf. Astrid wusste, dass dies alleine Sörens Entscheidung war. Während sie darüber nachdachte, wie sie handeln würde, schlief sie auf dem Sessel ein. Sören deckte sie vorsichtig mit einer Tagesdecke zu.

Unter Verdacht

Gegen zwei Uhr legte Sören sich in Straßenkleidung auf die Couch. Er wollte nicht einschlafen, aber die Müdigkeit übermannte ihn. Vier Stunden später wurde er von Fußtrippeln im oberen Stockwerk geweckt. Astrid lag nicht mehr auf dem Sessel. Er erinnerte sich an die Geräusche im Haus, als er noch ein Junge war. Das Trippeln, das nun die Treppe herunterkam, gehörte einem der Kinder. Eine erwachsene Person machte andere Geräusche.

Jette lugte um die Ecke. Sören rieb sich die Augen.

»Na, Kleine. Hast du gut geschlafen?«

Seit Jette dreizehn Jahre alt war, mochte sie nicht mehr Kleine genannt werden. Er vergaß dies hin und wieder und hoffte, dass die Müdigkeit, die er spürte, auch in seinem Gesicht sichtbar war, sodass Jette gnädig mit seinem verbalen Patzer umgehen würde.

»Ja, Großer«, antwortete sie und strafte ihn dabei mit einem tadelnden Blick. Sie setzte sich neben ihren Vater auf das Sofa. »Hast du etwa hier geschlafen?«

Er sah an sich herab, auf das bezogene Kissen neben sich und dann auf seine Tochter. Sie hatte ihn bisher niemals in seinen Straßensachen schlafen sehen. Das waren Signale, die Kinder sehr gut verstanden.

Er nahm sie in den Arm.

»Im Moment sieht alles ein wenig stressig aus«, sagte er. »Das heißt aber nicht, dass es wirklich so schlimm ist, wie du dir das jetzt denken magst. Ich will nur sichergehen, dass nichts passiert.«

Jette drückte ihren Vater fest an sich.

»Astrid sagte, dass ein böser Mann hinter dir her ist. Stimmt das, Papa?«

»Astrid hat dir das gesagt?«, fragte Sören. Er schob seine Tochter ein Stück von sich weg, um ihr ins Gesicht schauen zu können.

»Nein, das hat sie nicht. Sie hat es Susanne erzählt und ich habe im Flur gelauscht.«

»Jette«, sagte Sören und drückte seine Tochter wieder ganz fest an sich. »Du weißt doch, dass man nicht lauschen soll.«

Sören konnte sich vorstellen, wie sie gerade ihr Gesicht angesichts dieser doofen Vorschrift verzog.

»Ich will einfach nicht, dass einem von euch etwas passiert«, sagte er sanft zu seiner Tochter. Er gab ihr einen Kuss auf die Stirn.

»Und ich will nicht, dass dir etwas passiert«, sagte Jette und drückte sich noch fester an ihn.

»Mir wird nichts passieren«, versprach er.

Aus dem Flur drangen weitere Stimmen ins Wohnzimmer.

»Es wird Zeit, dass du dich für die Schule fertigmachst«, sagte er und zupfte dabei an Jettes Pyjama.

»Darf ich heute Nacht auch in meinen Straßensachen schlafen?«, fragte sie grinsend. »Dann kann ich morgen später aufstehen.«

Sie wartete die Antwort nicht ab, da sie sie kannte. Jette lief kichernd durch die Tür und kurz darauf hörte er sie die Treppe hochsprinten.

Nach einer schnellen Dusche und einem kurzen Frühstück verabschiedete Sören sich von seinen Lieben und fuhr ins Büro. Wegener saß bereits an seinem Schreibtisch. Der junge Mann wirkte wie ein Pitbull, der heiß darauf war, seine Beute zu erlegen.

»Da sind Sie ja. Ich dachte, dass Sie gestern noch mal reinkommen würden. Aber das sind Sie ja nicht«, sagte er mehr zu sich als zu Fries, da dieser in sein Büro ging. Wegener folgte ihm.

»Alles okay?«, fragte er besorgt.

Fries sah ihn an. Nichts war okay. Aber das erwähnte er nicht.

»Ich habe noch mal über den Fall nachgedacht«, begann Fries. »Vielleicht sollten wir die Kollegen aus Hamburg dazuholen. Maschadow scheint mir mittlerweile doch ein viel gewichtigeres

Motiv zu haben, die beiden Brüder ermorden zu lassen, als einer von unseren Verdächtigen hier. Was denken Sie?«

Wegener überlegte.

»Na ja, also Friedrichsen ist draußen. Der hat für Niebels Ermordung ein bombenfestes Alibi. Er war mit seiner Frau bei einer Paartherapie. Die Psychologin bestätigt das. Und Popow ist untergetaucht. Ich glaube nicht, dass sie es war.«

»Sehen Sie, wir sollten die Sache nach Hamburg abgeben.«

Der Kommissar sah Sören verwundert an.

»Und was ist mit Timm?«, fragte Wegener.

Fries deutete ihm an, sich zu setzen.

»Mir wurde ziemlich deutlich klargemacht, dass man es nicht gern sieht, wenn ich in diese Richtung weiterermittle.«

Sören sagte bewusst nicht, dass es Timm selbst gewesen war, der dies von ihm verlangt hatte.

»Vergessen Sie meinen Vater«, sagte Wegener ungewohnt laut. »Der will sich nur wichtig machen.«

Fries konnte den Gefühlsausbruch seines Kollegen verstehen. Den Vater als Vorgesetzten zu haben, war sicher nicht einfach.

»Ihr Vater will Sie nur schützen«, sagte Fries. Dabei dachte er an sich und seine Tochter.

Sören hatte sich für einen Weg entschieden, der seinem Naturell mit jeder Faser seines Körpers widersprach. Doch letztendlich hatte er sich dazu durchgerungen, den Fall abzugeben. Vor allem Jettes wegen, da die Ermittlung von jetzt an brandgefährlich werden konnte.

Kollegen mit mehr Erfahrung würden Timm vielleicht zur Strecke bringen, aber nicht er, der, durch seine Angst gelähmt, zu keinem klaren Gedanken mehr fähig war. Zudem hatte er einen Anfänger als Unterstützung an seine Seite gestellt bekommen, der seine Grenzen suchte, um dem großen Schatten seines Übervaters entkommen zu können.

»Wegener, ich denke, dass ich das Richtige tue, wenn ich heute Bergmann mitteile, dass wir den Fall abgeben. Okay?«

Wegener stand auf und verließ das Büro. Verachtung und Unverständnis lag in seinem Blick, als er sich noch einmal zu Fries umdrehte. Wegener könnte es vielleicht verstehen, wenn ich es ihm erklären würde, dachte Fries. Aber er tat es nicht. Es würde an seiner Entscheidung sowieso nichts ändern.

Sören stand auf und ging in die Küche. Die Kaffeemaschine war leer. Glück klebte derzeit wirklich nicht an seinen Händen. Er machte sich daran, eine neue Kanne aufzusetzen. Das Wasser hatte er schon eingefüllt und den Filter halb mit Kaffee gefüllt, als er Bergmann im Flur vorbeigehen sah. Fries beeilte sich, die Kanne unter den Filter zu schieben und den Startknopf zu drücken. Dann folgte er seinem Chef in dessen Büro.

Hinter sich schloss er die Tür.

»Sie hatten recht«, begann er.

Bergmann sah ihn überrascht an.

»Womit hatte ich recht?«

»Dass der Fall mir irgendwann um die Ohren fliegt.«

Sein Chef warf die Jacke über seine Stuhllehne.

»Sie haben es also schon gehört?«, fragte er.

Fries sah ihn an.

»Man hat Timm gestern am späten Nachmittag in seiner Garage erschossen.«

Fries war, als hätte ihm jemand einen Eimer voll eiskalten Wassers ins Gesicht geschüttet. Er musste sich setzen.

»Was? Oliver Timm wurde ermordet.« Er schnaufte, diese Nachricht nahm ihm kurz den Atem.

Die Gedanken rasten durch seinen Schädel. Maschadow fiel ihm als Erster ein. Er musste irgendwie herausbekommen haben, dass Timm die Viertelmillion gestohlen hatte. Der Prinz hatte den Mord quasi angekündigt und er verfügte über weitreichende Beziehungen.

Fries schüttelte den Kopf. Irgendwas stimmte da nicht. Niemand außer Brandt und Wegener wusste, dass er in diese Richtung ermittelte. Hatte der Prinz einen Informanten in seinem Team? Kommissar Wegener war noch zu frisch bei der Polizei, um schon verdorben zu sein. Und Stefanie Brandt? Was wusste er eigentlich von ihr?

»Das BKA hat seine Räume durchsucht«, sagte Bergmann, der seine private Kaffeemaschine befüllte. »Sie haben zwanzigtausend Euro in einer leeren Farbdose in der Garage gefunden. Offensichtlich stimmt Ihre Theorie. Timm scheint ein korrupter Polizist gewesen zu sein. Infolgedessen nehme ich an, dass er die beiden Morde bei uns auf dem Gewissen hat. Vermutlich wollte er Zeugen zum Schweigen bringen.«

Bergmann setzte sich.

»Später kommen Kollegen von Timm aus Berlin vorbei. Sie wollen Ihre Ermittlungsergebnisse abholen. Sie haben versucht, Sie gestern zu erreichen. Wo waren Sie eigentlich?«

Ein zweiter Schock durchfuhr ihn. Fries war gestern am Nachmittag bei Timm gewesen. Er hatte sich mit ihm gestritten. Seine Frau und seine Tochter konnten das bezeugen.

Sören saß in der Falle. Es würde nicht lange dauern und die Leute vom BKA würden herausbekommen, dass er von Timm unter Druck gesetzt worden war, dass Fries nach Berlin gefahren war, um sich mit Timm zu streiten, und dass er kein vernünftiges Alibi für die Tatzeit vorweisen konnte.

»Ich war unterwegs, ein paar Dinge klären«, sagte Fries leise.

Diese Antwort schien seinem Chef zu reichen. In Gedanken war der auch schon woanders. Bergmann hatte seinen Computer gestartet und sah einen kleinen Berg Post durch.

»Weshalb wollten Sie mich noch mal sprechen?«, fragte Bergmann.

»Nichts. Ich wollte Sie nur auf dem Laufenden halten.«

Sören verabschiedete sich. Auf dem Gang überlegte er, wie seine nächsten Schritte aussehen würden. Er spürte, wie sich eine Schlinge um seinen Hals zusammenzog. Wie hatte er nur so naiv sein können? Mit offenen Augen war er in eine Falle gelaufen.

Fries stolperte in sein Büro. Hastig schrieb er sich die wichtigsten Nummern aus seinem Handy ab und schickte eine SMS an Astrid. *Eis.* Sie würde es sofort verstehen. Dann schaltete er sein

Smartphone aus, legte es in die Schublade und schnappte sich seine Sachen. Beim Verlassen des Kommissariats ging er bei seinem Kollegen vorbei. Wegener verhielt sich wie ein kleiner Junge, dem man sein Lieblingsspielzeug weggenommen hatte.

»Timm ist tot. Er wurde ermordet. Seine Kollegen aus dem BKA werden bald eintreffen. Überreichen Sie Ihnen diese Akte«, er übergab all seine Aufzeichnungen dem überraschten Kollegen.

»Timm?«

Fries nickte.

Er wollte gerade gehen, als er sich doch noch einmal umdrehte.

»Wegener. Ich habe einen Fehler gemacht. Wir haben den Fall nicht abgegeben. Wir bleiben dran. Und egal, was man Ihnen sagt, glauben Sie erst einmal nichts. Vertrauen Sie niemandem. Und das Wichtigste: Passen Sie auf sich auf.«

Beim Hinausgehen hätte er Stefanie Brandt beinahe angerempelt. Sie lächelte ihn auf ihre typische Art an.

Jedes Detail dieses Falls ging ihm durch den Kopf, während er auf Astrid wartete. Er hatte sein Handy im Büro zurückgelassen, damit man ihn nicht orten konnte. Daher hatte er auch keine Antwort von ihr erhalten. Vermutlich war sie im Gericht oder hatte einen Termin, den sie nicht verschieben konnte.

Die Nachricht an seine Schwägerin war eindeutig gewesen, die Dringlichkeit unübersehbar. Sören hatte kurz darüber nachgedacht, sie außen vor zu lassen. Aber da er bislang noch nicht gesucht wurde, machte Astrid sich nicht strafbar, wenn sie sich mit ihm auf ein Gespräch traf, ohne die Polizei zu informieren. In ein paar Stunden sah die Sache anders aus.

Dass er Timm als seinen Hauptverdächtigen verfolgt hatte, bereute Sören. Auch wenn alle Spuren auf den Berliner Kriminalrat gedeutet hatten, war Fries sich mittlerweile sicher, dass Timm die Brüder Ricker nicht ermordet hatte. Er war nur ein weiteres Opfer des eigentlichen Killers, ein Bauernopfer sozusagen, das zwischen Fries und seine Ermittlungen geraten war. Timm wurde nur aus einem Grund ermordet: Der Täter wollte Fries aus dem Verkehr ziehen. Der Mörder hatte alle Spuren geschickt platziert und damit ein perfektes Szenario erschaffen. Jeder Polizist, der den ausgelegten Spuren folgte, musste Timm für den Mörder der Rickers und Sören für den Mörder von Oliver Timm halten. Der Plan schien perfekt zu sein.

Nach dreißig Minuten bog Astrid endlich auf den Warnemünder Marktplatz ein. Sie wirkte abgehetzt.

»Alles okay?«, fragte sie, als er in ihr Auto stieg. »Ich habe bei Susanne angerufen. Aber sie wusste von nichts. Dich habe ich nicht erreicht.«

»Du hast ihr doch nichts gesagt?«

»Nein, natürlich nicht. Ich habe nur mal so gefragt, wie es ihr geht und ob was passiert sei«, antwortete sie.

Sie fuhr langsam um den Platz herum, als suchte sie eine Parklücke.

»Wir bleiben nicht. Wir fahren weiter«, sagte Sören. Angespannt sah er sich um.

»Wohin?«, fragte seine Schwägerin.

Er hatte keine Ahnung.

»Fahr erst einmal raus aus Rostock.«

Sie folgte seiner Anweisung.

»Mein Hauptverdächtiger ist tot.«

Astrid sog die Luft durch ihre Zähne ein.

»Ich bin in eine Falle gelaufen. Alles deutet auf mich als Täter hin.«

Astrid sah ihn für einen kurzen Moment mit offenem Mund an.

»Du warst es aber nicht, oder?«

»Natürlich nicht«, antwortete er.

Wie sollte er jemals den Polizeiapparat mit all seinen bürokratischen Hohlköpfen davon überzeugen können, dass er gelinkt wurde, wenn selbst seine Schwägerin für den Bruchteil einer Sekunde an ihm zweifelte.

»Entschuldige«, sagte Astrid sofort. »Natürlich warst du es nicht. Es ist nur. So wie du gestern …«

»Ich weiß. Wenn ich den Fall untersuchen würde, würde ich mich auch als Erstes festnehmen.«

Er sah aus dem Fenster, sah die Bäume vorbeirauschen und langsam undeutlicher werden. Plötzlich verschwand die Mecklenburger Landschaft und Sören sah Timm in der Einfahrt seines Hauses stehen. Fries betrachtete alle Puzzleteile dieses Falls, die perfekt zusammengepassten. Doch auf einmal explodierte dieses Bild vor seinem inneren Auge und setzte sich ganz von alleine neu zusammen. Ein anderes Bild erschein. Wie hatte er nur so lange, so blind sein können?

»Es ist nur eine Frage der Zeit, bis ich zur Fahndung ausgeschrieben werde«, sagte er leise. »Ich muss erst einmal untertauchen.«

»Tu das nicht«, sagte Astrid. »Ich besorge dir einen guten Anwalt. Einen ehemaligen Studienkollegen von mir. Der ist bei Strafsachen eine echte Koryphäe. Außerdem sitze ich doch in der Staatsanwaltschaft. Ich könnte mit meinem Vorgesetzten reden ...«

»Jeder weiß, dass wir verwandt sind. Er wird dich nicht an den Fall lassen.«

Astrid folgte ziellos der Landstraße. Plötzlich fuhr sie rechts ran.

»Wenn du jetzt abhaust ...«

»Wenn ich jetzt nicht abhaue, dann verrotte ich im Knast. Und du weißt, was mit Polizisten im Gefängnis passiert.«

Er brauchte das nicht auszuführen.

»Ich muss den Mörder stellen. Und ich glaube, dass ich mittlerweile weiß, wer es war.«

Seine Schwägerin sah ihn erwartungsvoll an.

»Ich werde keinen Namen nennen. Ich will vorerst niemanden mehr in Gefahr bringen. Aber du musst mir vertrauen.«

Astrid startete den Motor. Sie wendete den Wagen und fuhr zurück Richtung Rostock. Er sah sie überrascht an.

»Mein Bruder hat einen Garten. Er ist ein paar Monate beruflich in Kanada. Du kannst in seinem Häuschen erst einmal unterkommen.«

Astrid setzte ihren Schwager am Wochenendhaus ihres Bruders Martin ab und versprach, am Abend mit Lebensmitteln wiederzukommen. Um keinen Verdacht aufkommen zu lassen, musste sie zunächst jedoch an ihren Arbeitsplatz zurückkehren. Sie hatte noch zwei Termine am Nachmittag.

Sören setzte sich auf einen Sessel, der unter ihm nachgab, als wöge er zwei Zentner. Er sah sich um, so wie er es immer tat, wenn er an einem unbekannten Ort war. Er hatte Astrids Bruder erst wenige Male gesehen. Er schien das genaue Gegenteil seiner Schwester zu sein. Er verfolgte keine großen Ziele, hatte keine Ideale, für die es sich zu kämpfen lohnte, und lebte aus Überzeugung alleine. Auch wenn Sören ihren Bruder nicht unsympathisch fand, trennten sie Welten, was sich auch in der Ausstattung dieses kleinen Häuschens widerspiegelte.

Die Einrichtung konnte man nicht ungemütlich nennen, wenn man auf den Schick der späten Siebziger stand. Die Farben des Mobiliars waren extrem dunkel gehalten. Es drang kaum Tageslicht von außen in den Raum und die Beleuchtungselemente konnte man kaum als solche bezeichnen. Wenn man nicht schon vor dem Betreten des Hauses einen Hang zum Depressiven hatte, bekam man ihn spätestens, wenn man zehn Minuten hier verbrachte.

Sören hatte zum Frühstück kaum etwas gegessen. Obwohl ihm die Sache auf den Magen geschlagen war, bekam er allmählich Hunger. Er ging in die Küche und öffnete einen Schrank. Es waren verhältnismäßig viele Küchenutensilien darin, die Martin vermutlich nicht oft benutzte. Neben einer verschimmelten Packung Toast und einem abgelaufenen Glas Rinderkraftbrühe fand Sören allerdings keine Lebensmittel. Sein Magen musste sich gedulden, bis seine Schwägerin zurückkehrte.

Auch im Wohnzimmer durchsuchte Fries alle Schränke. Vielleicht hatte Martin hier ja ein paar Erdnüsse versteckt. Zu seiner Überraschung entdeckte Sören zwar keine Knabbereien, aber einen Schreibtisch voller Zeichnungen in den Schubladen. Astrids Bruder war zwar kein besonders unterhaltsamer Gesprächspartner auf Partys, aber, so schien es, ein begnadeter Künstler. Vor allem Tiere hatten es ihm angetan. Eichhörnchen, Rotkehlchen und verschiedene Wildtiere hatte Martin so gut gezeichnet, dass man die Bilder fast für Fotografien halten konnte.

Sören nahm sich einen Stapel leerer Blätter aus der untersten Schublade des Schreibtisches und begann dann, seinen Fall noch einmal unter dem Aspekt eines ganz anderen Verdächtigen aufzurollen.

In großen Buchstaben schrieb er am oberen Rand des Papiers den Namen von Stefanie Brandt.

Sie war der Schlüssel zu allem.

Sie kannte die Ricker-Brüder und sie war die Geliebte ihres Vorgesetzten.

Draußen knackte ein Ast. Sören sah sich um. War ihm jemand gefolgt? Er stand auf und sah aus dem eingestaubten Wohnzimmerfenster. Fries entdeckte nichts.

Auf dem Schreibtisch legte er sich das Stück Papier zurecht. In Gedanken ging er die Ereignisse der vergangenen Tage durch. Die BKA-Frau war kurz nach Rickers Tod bei ihm aufgetaucht. Der Leichnam war da noch nicht einmal kalt gewesen. Ihre Begründung, dass ein automatisches Signal bei ihr gelandet wäre, nachdem die ersten Polizisten am Tatort Andreas Rickers Identität überprüft hatten, hatte ihn damals nicht aufhorchen lassen. Ricker war schließlich ein ehemaliger Informant von ihr. Fries hatte zwar nicht so eine enge Bindung zu seinen Informanten, schon gar nicht zu denen, die nicht mehr für ihn tätig waren, aber jeder Kollege konnte das durchaus anders handhaben. Dennoch war ihr rasches Auftauchen ungewöhnlich gewesen. Zudem hätte ein Anruf auch gereicht, um ihre Hilfe anzubieten.

Spätestens als Brandt Rickers Laptop aus der Technik des LKA abgeholt hatte, hätte er stutzig werden müssen. Der Ordner mit den Dokumenten war leer gewesen. Wegener hatte erwähnt, dass es Ungereimtheiten bezüglich des Löschdatums gegeben hatte.

Irgendjemand musste die Daten vollständig vernichtet haben und das, während das Gerät von den Spezialisten von Cybercrime untersucht wurde. Doch dieses Szenario hatte Fries sofort ausgeschlossen.

Mittlerweile war Brandts Interesse daran, an den Ermittlungen teilzunehmen, durch das Interesse als Mörderin, den Fall zu steuern, leichter zu erklären, als die Erklärung, die sie ihm damals geboten hatte. Aber all das waren noch nicht einmal Indizien, die sie belasteten, sondern lediglich merkwürdige Zufälle. Dagegen waren die Ereignisse des letzten Tages keine Zufälle mehr, sondern ein taktisches Spiel, das ihn ins Matt gesetzt hatte.

Brandt hatte ihm davon erzählt, dass sie von Timm unter Druck gesetzt worden war, die Ermittlungen gegen ihn einzustellen. Außer ihrem Wort gab es keine Beweise dafür. Zudem hatte sie ihm gegenüber angedeutet, dass Timm ihre Verdächtigungen immer als Hirngespinste abgetan hätte. Genauso war sein Gespräch mit Timm verlaufen. Er hatte behauptet, nichts von der Drohmail an Fries zu wissen. Vermutlich wusste er wirklich nicht, wovon Fries gesprochen hatte.

Sörens Instinkt hatte ihm gesagt, dass kein Familienvater einen anderen Vater mit dem Foto der Tochter einschüchtern würde. Dagegen hatte Stefanies Aussage gesprochen, dass Timm ihr gegenüber gewalttätig geworden war. Ihr Handgelenk hatte dies bezeugt. Aber solche Verletzungen konnte man sich leicht selbst zufügen.

Fries ging das Gespräch noch einmal durch. Als er Timm auf die Rolex ansprach, antwortete der ausweichend, dass er die Uhr von einer Freundin geschenkt bekommen hatte. Sein Blick zum Fenster, hinter dem seine Frau stand, verriet sein schlechtes Gewissen. Sören hatte in all seiner Wut dieses Mikrosignal übersehen. Brandt muss die unbekannte Freundin gewesen sein, die ihm die Uhr geschenkt hatte. Timm hatte während der letzten Begegnung mit Sören nicht gewusst, dass der Rostocker Kollege mittlerweile Kenntnis von ihrer Affäre hatte. Natürlich war Timm das Gespräch über seine Ex-Geliebte unangenehm. Und um seinen

Seitensprung geheim zu halten, war es nicht verwunderlich, dass er Fries eindringlich dazu aufgefordert hatte, das Grundstück zu verlassen.

Im Nachhinein erkannte Fries, dass Timm nicht schuldig gewirkt hatte, sondern zunächst verärgert und später ängstlich.

Sören erinnerte sich an das Lächeln, das ihm Brandt heute Morgen zugeworfen hatte, als er das Kommissariat verließ. Sie wusste da bereits, dass ihr ehemaliger Geliebter tot war und ihr Plan aufzugehen schien.

»Das gerissene Biest«, murmelte er.

Brandt saß wie eine Spinne im Netz. Sie war die Kollegin in Timms Abteilung, die am längsten mit ihm zusammengearbeitet hatte und besser im Fall eingearbeitet war als alle anderen in ihrem Team. Sie würde die Untersuchung an Timms Mord leiten. Daran zweifelte Fries nicht eine Sekunde. Sie hatte damit die Macht, ihn ein für alle Mal fertigzumachen. Wenn Sören nichts gegen sie herausbekommen konnte, würde er die nächsten zwanzig Jahre im Gefängnis verbringen. Mit Polizistenmördern ging man am Gericht nicht zimperlich um.

Auf einem der Zettel, auf dem Martin sonst stille Zeugen seiner Kunst verewigte, schrieb Sören alle Fakten zum Fall auf, die Stefanie Brandts Rolle in dem ganzen Chaos betrafen.

Sören war bis in den frühen Nachmittag damit beschäftigt, aus seiner kleinen Faktensammlung ein großes Bild mit Zetteln an der Wand des Wohnzimmers mit Reißzwecken anzubringen. Er hatte dafür extra das Sofa nach vorne geschoben.

Er stellte sich in die Mitte des Raums und betrachtete sein Werk. Wenn man nicht wusste, dass dieses übermäßig große Wandgemälde von einem Polizisten stammte, hätte diese komplexe Darstellung eher nach den geistigen Ergüssen eines Serientäters ausgesehen.

Die Gartenzauntür quietschte. Fries lief zum Fenster und lehnte sich mit dem Rücken gegen die Wand daneben. Ein Schatten glitt vorbei. Kurz darauf klopfte es.

»Sören, ich bin's. Mach auf«, hörte er die vertraute Stimme seiner Schwägerin.

Er sah auf die Uhr. Es war mittlerweile kurz nach fünf. Sören öffnete die Tür und sah sich um. Astrid war glücklicherweise allein gekommen. Er hatte zwar nicht damit gerechnet, dass sie mit der Polizei anrücken würde, vielmehr hatte er Angst davor gehabt, dass Susanne sie begleitete. Seine Schwester war in solchen Momenten zu gefühlsbetont. Sie wäre in dieser Situation keine große Hilfe für ihn gewesen.

»Komm rein!«

Sie packte eine Tüte auf dem Wohnzimmertisch aus.

»Ich habe dir was vom Chinesen mitgebracht. Einmal Gemüse süßsauer und einmal den gebratenen Reis mit Tofu. Du musst hungrig sein.«

Sie hatte ja keine Ahnung, wie richtig sie damit lag.

»Und morgen fürs Frühstück habe ich ein paar Croissants und Brötchen besorgt. Aufschnitt habe ich noch nicht gekauft. Den bringe ich im Laufe des Vormittags vorbei.«

»Ich habe nicht vor, mich hier ewig zu verstecken.«

Astrid faltete die Tüte zusammen und legte sie auf den Tisch.

»Was hast du dann vor?«, fragte sie mit ihren Händen auf die Taille gestützt.

»Bist du sauer auf mich? Wenn du mir nicht helfen willst ...«

»Blödsinn. Du bist Familie. Susanne würde mir den Hals umdrehen, wenn ich dir nicht helfen würde. Allerdings wird sie mir auch den Hals umdrehen, wenn sie mitbekommt, was ich dich machen lasse. Ich bin in der Zwickmühle.«

In diesem Moment entdeckte sie das Wandbild, das Sören den ganzen Tag über beschäftigt hatte. Sie ging näher heran.

»Stefanie Brandt?«, sagte sie und drehte sich dabei zu ihm um.

»Ich habe keine Beweise«, sagte er und kam zu ihr rüber. »Aber ich bin mir sicher. Sie hat mir eine Falle gestellt. Sie ahnte wohl, dass ich Timm zur Rede stellen würde, wenn er meine Familie bedroht. Er wusste nichts von der Mail. Zumindest hat er das behauptet. Vermutlich hat Brandt das Foto von mir und Jette gemacht und die Mail geschickt. Als ich nicht von alleine auf die Idee gekommen bin, mir Timm vorzuknöpfen, hat sie mir noch die Geschichte aufgebunden, dass er sie auch unter Druck gesetzt hat und sie körperlich angegangen war. Natürlich gibt es für ihr Gespräch mit Timm keinen Beweis. Ich habe hingegen das Foto mit Jette und mir in meinen Mails. Wenn die Mail irgendwie mit Timm als Absender in Verbindung gebracht werden kann, könnte man das als Tatmotiv gegen mich auslegen. Und so, wie ich sie einschätze, hat sie auch das berücksichtigt.«

»Du hast die Mail noch nicht gelöscht?«

»Auch wenn ich sie gelöscht hätte, ich weiß zwar nicht viel über das Internet, aber dass Daten nicht verschwinden, wenn man sie löscht, das weiß ich schon.«

»Eigentlich dürfen deine Kollegen deinen Mailverkehr nicht ohne einen hinreichenden Verdacht überprüfen«, sagte Astrid.

»Stefanie wird schon dafür sorgen, dass sie einen Anfangsverdacht finden. Sie ist ziemlich einfallsreich, wenn es darum geht, Leuten eine Falle zu stellen.«

»Leuten? Sie hat es auf deinen Kopf abgesehen.«

Seine Schwägerin knipste mit ihrem Smartphone mehrere Fotos von seinem Wandgemälde.

»Astrid?«

»Ja?«

»Du weißt schon, dass man deinen Standort anhand der GPS-Daten deines Telefons zurückverfolgen kann.«

»Keine Angst, ich habe das Telefon im Flugmodus.«

Sören war sich nicht sicher, ob das reichte.

»Lass es bitte einfach das nächste Mal zu Hause, okay?«

»Mach ich. Sonst noch was, was ich für dich tun kann?«

Er hatte sich bereits über seine nächsten Schritte Gedanken gemacht. Das Wichtigste war, Jette zu schützen. Angesichts der Tatsache, dass er untergetaucht war, war das gar nicht so einfach.

»Susanne soll Jette eine Krankschreibung für die Schule schreiben. Sie soll die nächsten Tage zu Hause, also bei euch bleiben.«

»Glaubst du wirklich, dass diese Brandt einem Kind etwas antun würde?«

»Nein ... ja ... ich weiß nicht. Aber ich glaube, dass ich bald öffentlich zur Fahndung ausgeschrieben werde. Ich möchte nicht, dass Jette davon in der Schule erfährt oder die anderen Kinder sie damit aufziehen.«

Astrid holte tief Luft.

»Ich bringe dir morgen frische Sachen und wieder was zu essen.«

Sie nahm ihren Schwager zum Abschied in den Arm.

Sören machte es sich auf dem wackeligen Sofa gemütlich. Er hatte darauf verzichtet, den Ofen zu heizen, obwohl die Temperaturen nachts noch verdammt nah an den Gefrierpunkt herankamen. Er wollte kein Aufsehen unter den anderen Gartennutzern erregen. Vielleicht hatte Martin ja einen von denen über seine längere Abwesenheit informiert. Wenn Rauch aus dem Kamin stieg, könnte der die Polizei rufen.

Statt sich am Ofen zu wärmen, hatte Sören sich in einen alten Schlafsack eingepackt, den er im Schrank gefunden hatte. Von dem muffigen Geruch nach feuchtem Hund bekam er nicht mehr viel mit. Kurz darauf fiel er in einen tiefen Schlaf.

Erst als die Gartentür erneut quietschte, wurde er wach. Sören rieb sich den Schlaf aus den Augen, als es an der Tür klopfte. Im Halbschlaf torkelte er zum Eingang. Nur kurz kam ihm in den Sinn, dass es auch die Polizei sein konnte, die vor der Tür stand. Doch er war noch viel zu müde, um einen weiteren Gedanken an diese Möglichkeit zu verschwenden.

Als er die Tür öffnete, stand Astrid davor. Unter ihrem Arm gesteckt trug sie eine Thermoskanne.

»Ich habe ein wenig Käse, Butter und eine Marmelade aus dem Kühlschrank stibitzt. Hoffentlich merkt Susanne es nicht«, sagte sie, nachdem sie die Sachen auf den Tisch gestellt hatte. Daneben legte sic sauberes Geschirr und Besteck. »Ich weiß nicht, was Martin dahat.«

Sören schenkte sich einen Kaffee ein.

»Gibt es was Neues?«, fragte er, während seine Schwägerin aus einem Rucksack Kleidung zum Wechseln sowie eine Sonnenbrille und ein Baseballcap herausholte und neben die anderen Dinge auf den Tisch legte.

»Setz dich doch«, antwortete sie. »Sie waren gestern Abend bei uns. Stefanie Brandt und eine Handvoll anderer BKA-Mitarbeiter. Du bist nun offiziell zur Fahndung ausgeschrieben.«

»Warum? Was haben sie für Beweise?«

»Sie haben eine Waffe bei dir im Dienstwagen gefunden. Es ist dasselbe Kaliber, mit dem Timm erschossen wurde. Sie wurde bereits in die Ballistik gebracht. Vermutlich haben sie schon die Ergebnisse. Wenn es dringend ist, arbeiten sie schnell.«

Sören ließ sich im Sessel zurückfallen. Dieses Miststück! Natürlich hatte sie ihm auch die Mordwaffe untergeschoben. Damit hätte er rechnen können. Aber die Waffe in seinem Dienstwagen zu verstecken, den er absichtlich vor dem Revier hatte stehen lassen, damit man ihn nicht durch das eingebaute GPS-Signal verfolgen konnte, das war dreist. Damit stellte sie ihn als Idioten dar. Jeder Polizist wusste, dass man als Erstes die Mordwaffe verschwinden ließ. So blöd, die Waffe im Dienstwagen zu lassen, wäre ja selbst der langsame Tom aus der Beweisverwahrstelle nicht gewesen.

Aber warum sollte Brandt nicht probieren, alle Spuren auf Fries deuten zu lassen. Sie hatte ja auch mit dem Fischbrötchen in Rickers Mund versucht, den Verdacht auf Friedrichsen zu lenken. Das hatte zwar nicht funktioniert, aber das platzierte Geld in Timms Garage hatte seine Wirkung gezeigt. Alle Welt hielt Timm derzeit für einen korrupten Polizisten und Doppelmörder und Fries für einen Polizistenmörder. So simpel ihre Schritte im Einzelnen waren, so effektiv waren sie, wenn man das Gesamtwerk betrachtete.

»Du solltest nicht hier sein«, sagte er und stand auf. »Dein Job steht auf dem Spiel. Das ist zu gefährlich. Du bist am Arsch, wenn sie dich erwischen.«

Statt auf seine Worte zu reagieren, reichte sie ihm einen Briefumschlag.

»Da ist Geld drin. Alles, was wir zu Hause hatten. Wir können ja nicht zur Bank gehen und eine hohe Summe abheben, das wäre zu auffällig. Ich werde zwar nicht verfolgt, na ja, noch nicht. Deine Brandt müsste schon verdammt dumm sein, wenn sie eine Staatsanwältin der Fluchthilfe beschuldigen würde.«

»Das würdest du natürlich niemals tun.«

Sie grinste als Antwort. Er trank einen weiteren Schluck Kaffee.

»Wie hat Jette es aufgenommen?«

»Sie hat das mit dem ermordeten Polizisten natürlich mitbekommen. Sie weiß aber, dass du unschuldig bist. Sie vermisst dich. Ich habe ihr nicht gesagt, dass wir in Kontakt stehen. Aber ich habe ihr gesagt, dass du in Sicherheit bist und den bösen Buben fangen wirst, der dir das angetan hat.«

»Und Susanne?«

»Die ist mit den Nerven am Ende. Aber du kennst sie ja.«

Natürlich kannte er seine Schwester. Deswegen war auch seine Schwägerin hier und nicht sie.

»Du kannst jederzeit aussteigen. Ich werde auch schon alleine ...«

Astrid deutete mit dem Zeigefinger auf ihn.

»Du weißt schon, was du Susanne bedeutest, oder?«

Er hatte eine vage Ahnung.

»Also halt den Mund und lass dir helfen. Was hast du als Nächstes vor?«

»Ich brauche ein Telefon«, sagte er. »Ein Handy. So ein altes ohne GPS und mit einer anonymen SIM-Karte. Am besten kaufst du gleich zwei. Damit ihr auch eins habt, falls ich mit euch in Kontakt treten will.«

»Gut«, sagte Astrid. »Wo bekomme ich die her?«

Sören erklärte ihr, welches Geschäft auf dem Hamburger Kiez diese Dinge verkaufte.

»Warum in Hamburg?«, fragte Astrid. »Gibt es solche Geräte nicht auch in Rostock?«

»Die werden vermuten, dass ich mir ein neues Handy besorge. Und natürlich werden die Ermittler auch mit Fotos von euch rumgehen, um in solchen Geschäften nachzufragen. Und wenn du erkannt wirst, wärst du wegen Fluchthilfe dran.«

Astrid sah ihn an.

»Mach dir keine Sorgen. Wenn du zwei Handys kaufst, ist es sowieso weniger auffällig als eins. Die meisten Leute kaufen solche billigen Teile nur, wenn sie ein Verhältnis geheim halten wollen.«

»Oder unter Mordverdacht stehen und die Polizei austricksen müssen«, sagte Astrid.

Sie hatte sich nichts von dem aufgeschrieben, was Sören ihr zur Wegbeschreibung erklärt hatte. Das war bei ihr auch nicht nötig. Seine Schwägerin vergaß vielleicht Geburtstage oder Jubiläen, aber niemals fallrelevante Daten.

»Ich werde mich heute Nachmittag darum kümmern. Ich muss vorher ins Büro, sonst fällt es zu sehr auf, wenn ich freinehme.«

Auch damit hatte sie recht. Wenn man einen Fluchtkomplizen brauchte, das erkannte Sören, war Astrid die beste Wahl. Er hoffte, dass er sich für alles, was sie derzeit für ihn und Jette tat, irgendwann revanchieren konnte.

Ohne Telefon waren Fries die Hände gebunden. Er wollte herausfinden, wo Stefanie Brandt wohnte. Vielleicht konnte ihm ein alter Kollege aus Hamburg helfen, der ihm noch einen Gefallen schuldig war. Außerdem musste er sich ein Auto besorgen, um nach Berlin zu kommen. Zumindest vermutete Sören, dass Brandt in Berlin lebte.

Nachdem er das Haus komplett auf den Kopf gestellt hatte, ging er in den Garten. Im hinteren Teil des Grundstücks lag ein Schuppen, der mit einem billigen Schloss gesichert war. Mit einem Schraubenzieher öffnete Sören innerhalb von Sekunden die Tür.

Neben dem typischen Gartenbedarf, bestehend aus einer Harke, einem Spaten, einem Rechen und einer Axt sowie einem Rasenmäher, stand ein altes Mifa-Fahrrad mit zwei platten Reifen.

Sören überlegte, ob dieses Fahrrad in den kommenden Tagen eine Fortbewegungsmöglichkeit für ihn werden könnte, entdeckte dann aber hinter einem Berg von Jutesäcken eine alte Schwalbe, über deren Lenker ein Helm hing.

»Das ist doch eher was nach meinem Geschmack.«

Er schaffte sich Platz und schob das gute Stück zunächst in den Garten und dann ins Haus. Als Jugendlicher hatte er so ein Moped gehabt und viel daran herumgeschraubt. Das Gute an diesen Dingern war, dass sie recht simpel aufgebaut waren. Das Schlechte, dass man kaum noch an Ersatzteile herankam.

Er durchsuchte den kleinen Abstellraum des Hauses nach Werkzeug und machte sich daran, das museumsreife Stück auseinanderzuschrauben. Sören reinigte den Vergaser, überprüfte die Zündkerze und wechselte das Öl. Nachdem der Kriminaler den Tank mit den Benzinresten aus einem Kanister im Schuppen zu einem Viertel aufgefüllt hatte, wagte er einen Versuch.

Der Motor ratterte beim ersten Antreten nur einmal kurz auf. Sören ließ sich davon nicht entmutigen. Die Maschine stand vermutlich schon ein paar Jahre ungenutzt im Schuppen herum. Er musste länger und kräftiger treten. Die Schwalbe war zwar schon deutlich in die Jahre gekommen, aber noch lange nicht am Ende. Diese alten Mopeds waren einfach nicht totzukriegen.

Er schob das gute Stück zurück in den Garten, ließ sich auf die Sitzbank nieder und drehte den Gasgriff bis zum Anschlag auf. Dann trat er drei Mal so kräftig auf das Startpedal, dass das röhrende Knattern der Maschine für einen kurzen Moment die Stille um ihn herum verdrängte, doch auch sofort wieder verstummte. Sören nahm erneut die Abdeckung des Motors ab, drehte an zwei Schrauben des Vergasers, pustete die Zündkerze trocken und versuchte es erneut. Dieses Mal klappte es.

Sören strahlte wie ein kleines Kind unter dem Tannenbaum. Er hatte in den vergangenen zwei Stunden all seine Sorgen vergessen. Die Arbeit an der Schwalbe hatte ihn in seine Jugend entführt. Das Leben war so viel einfacher, wenn die Verantwortung des Erwachsenseins nicht auf einem lastete.

Die Reifen des Mopeds waren über die Jahre des Stehens platt geworden. Im Schuppen fand Sören eine Luftpumpe. Da es erst gegen Mittag war und Astrid am Abend zurückkommen wollte, entschied Sören, eine kleine Spritztour zu unternehmen. Mit Helm und Sonnenbrille würde ihn niemand erkennen. Allerdings hatte die Schwalbe kein gültiges Nummernschild. Er musste also vorsichtig agieren.

Er folgte dem Feldweg auf die Hauptstraße. Dort fädelte er sich in den Verkehr ein und fuhr auf die erste Tankstelle, die er auf der Landstraße entdeckte. Für sieben Euro zwanzig hatte er das letzte Mal im vergangenen Jahrtausend getankt. Damals waren es allerdings noch D-Mark gewesen. Beschwingt ging er in das Gebäude hinein, nahm auf dem Weg zur Kasse noch ein Glas Instantkaffee mit, da er bei Martin keine Kaffeemaschine gesehen hatte, und packte auch einen Liter Vollmilch dazu.

»Moin. Einmal die drei bitte und die beiden Sachen«, sagte Sören und legte einen Zwanziger auf den Tresen.

Direkt neben der Geldschale entdeckte er eine große deutsche Tageszeitung und die ›Ostsee-Zeitung‹, auf deren Titelseite ein kleines Bild mit seinem Führerscheinfoto zu sehen war. Darüber stand: *Rostocker Polizist tötet Berliner Kollegen. Vorsicht, er ist auf der Flucht und bewaffnet.*

Sören sackten fast die Knie weg. Er konnte sich vorstellen, wie die Journalisten so schnell an die Information gekommen waren. Vermutlich hatten sie einen anonymen Tipp erhalten. Die offizielle Presseerklärung gab die zuständige Abteilung normalerweise erst im Laufe des Tages heraus. Dieser Tipp an die Presse kam eindeutig von Brandt.

Der Kassierer folgte seinem Blick. Sören reagierte sofort.

»Der sieht ja fast so aus wie ich«, sagte er grinsend und nahm das Wechselgeld entgegen.

Der Kassierer sah ihn noch einmal genauer an.

»Haben Sie einen Zwilling, von dem sie noch nichts wussten?«, fragte der Bierbauchträger im Hansa-Trikot.

»Nein, habe ich nicht, und wenn, dann würde er niemals für diese Wichser arbeiten. Haben meinen Kumpel hochgenommen, weil er zu politisch war. Die Bullen sind doch alles Drecksäue.«

Sören überlegte, ob er noch einen draufsetzen musste. Aber der Rostock-Fan grinste zurück. Sören war noch einmal davongekommen.

Er schnappte sich seine Sachen und fuhr in Martins Garten zurück. Die Idee mit dem Ausflug war zwar nett gewesen, aber Brandt hatte einen weiteren cleveren Schachzug unternommen. Sie hatte seine Bewegungsfreiheit durch die Meldung in der Zeitung deutlich eingeschränkt.

Früher als erwartet traf Astrid wieder bei ihm ein.

»Du ahnst nicht, von wem ich heute in der Staatsanwaltschaft Besuch hatte.«

»Stefanie Brandt? Einem Journalisten der ›Ostsee-Zeitung‹?«

Astrid sah den dampfenden Becher mit Kaffee auf dem Tisch.

»Du warst draußen?«

»Ja«, antwortete er. »Ich habe die Schwalbe deines Bruders entdeckt und notdürftig zusammengeflickt. Als Belohnung habe ich mir dann einen Ausflug gegönnt.«

»Das alte Ding? Respekt. Martin hatte das nicht geschafft. Es war eigentlich mal meine Schwalbe. Aber das ist eine Ewigkeit her.«

Sie sah mit einem verträumten Blick lächelnd ins Nirgendwo. Das alte Moped brachte auch bei Astrid Erinnerungen zurück, die verborgen unter dem täglichen Einerlei schlummerten. Ihr schien es gerade genauso zu ergehen wie Sören wenige Stunden zuvor. Doch genauso schnell, wie seine Schwägerin mit ihren Gedanken entschwunden war, kehrte sie auch wieder in den Augenblick zurück.

»Wurdest du erkannt?«

»Du meinst wegen des Artikels mit meinem Bild? Nein, nein. Es ist alles gut gegangen.«

Die beiden setzten sich an den großen Tisch.

»Ich habe versucht herauszubekommen, wer die Information an die Presse weitergegeben hat.«

»Und?«, fragte Sören, der sich denken konnte, dass nicht viel dabei herausgekommen war.

»Ein anonymer Hinweis.«

»Natürlich. Und wer war bei dir?«, fragte er.

Astrid sah ihn lange an, ehe sie antwortete.

»Dein Partner war bei mir. Wegener junior.«

Sie wartete, was Sören darauf sagen würde. Er war überrascht. Damit hatte er nicht gerechnet.

»Was wollte er?«

»Sie holte zwei Handys aus ihrer Handtasche. Er will mit dir reden.«

Sören nickte.

»Die Handys sind von ihm. Er meinte, dass die nicht verfolgt werden könnten und die SIM-Karten wären auch nicht zurückverfolgbar. So wie die, die ich besorgen sollte. Ich habe lange darüber nachgedacht, ob es eine Falle sein könnte. Aber ich denke, dass du Hilfe brauchst. Hilfe von einem anderen Polizisten. Hilfe von ihm. Er sah so aus, als würde er sich Sorgen um dich machen.«

Sie schob ein Telefon über den Tisch.

»Er sagte, er habe mehr davon. Eins von denen ist für mich. Eins sollst du kriegen. Wegener hat die Nummern in einem dritten Handy dieser Art gespeichert, das er selbst behält. Und bei unseren hat er natürlich auch die Nummern gespeichert, sodass wir drei in Kontakt bleiben können. Ein komischer junger Mann. Versteh mich nicht falsch, er ist nett, aber auch irgendwie anders. Wieso hat man mehr von diesen Dingern bei sich zu Hause liegen?«, fragte Astrid.

Sören wusste es auch nicht. Mittlerweile war er jedoch froh, diesen Mann an seiner Seite zu haben. In ihm schienen ungeahnte Talente zu schlummern, die vielleicht Wegener senior nicht gefielen, die allerdings immer mehr nach Sörens Geschmack waren. Der junge Mann war ein kleiner Rebell. Alle, er selbst eingeschlossen, hatten ihn unterschätzt.

»Danke«, sagte er. »Ich glaube auch nicht, dass mich Wegener verraten würde.«

»Er ruft dich nach zweiundzwanzig Uhr an, da er vorher seinem Vater Rapport erstatten muss. Im Revier scheint es drunter und drüber zu gehen. Die Leute vom BKA haben sich breitgemacht. Und Stefanie Brandt scheint sich in deinem Büro gemütlich einzurichten.«

Sören ballte seine Faust. Diese Frau genoss offenbar ihren Sieg. Aber das Spiel war noch lange nicht zu Ende.

»Ach ja, bevor ich es vergesse. Ich habe uns Pizza mitgebracht. Es ist dir doch recht, dass ich dir Gesellschaft leiste, bis du von deinem Partner angerufen wirst?«

Sören lächelte. Gesellschaft konnte er jetzt gut vertragen. An diesem Abend konnte er sich kaum etwas Netteres vorstellen, als Pizza mit einem Menschen zu essen, der von seiner Unschuld überzeugt war.

Kurz vor zehn verließ Astrid ihren Schwager. Sören hätte nichts dagegen gehabt, wenn sie länger geblieben wäre. Doch Astrid meinte, dass es besser wäre, wenn sie nichts von seinen Plänen erfahren würde. Sören sah ein, dass sie recht hatte.

Sie verabredeten, dass Astrid erst einmal nicht wiederkommen sollte. Wenn er ihre Hilfe bräuchte, würde er sich melden. Seine Schwägerin presste ihn zum Abschied noch einmal fest an sich.

»Pass auf dich auf«, sagte sie.

Dann war er wieder alleine in diesem dunklen, muffigen Raum und wartete auf den Anruf seines Kollegen.

Um Viertel nach zehn klingelte das Handy.

Sören holte einmal tief Luft. Konnte er Wegener trauen? Er drückte die Annahmetaste.

»Ja«, meldete er sich knapp.

»Ich bin es. Ich weiß, dass ich am Telefon keine Namen nennen darf, weil man Telefongespräche danach durchsuchen könnte. Okay?«

Sören nickte, obwohl ihn Wegener nicht sehen konnte.

»Warum wollten Sie mich sprechen?«

»Bei uns geht alles drunter und drüber. Stefanie hat die Ermittlungen an sich gerissen. Oh nein, darf ich ihren Namen sagen? Ich meine natürlich die BKA-Frau.«

»Ruhig«, sagte Sören so bestimmend, dass Wegener augenblicklich verstummte. »Vornamen sind okay. Das BKA hätten Sie dagegen nicht erwähnen sollen. Aber das ist jetzt egal. Sie wissen, dass Sie Schwierigkeiten bekommen können, wenn Sie mit mir reden?«

Wegener wartete, ehe er antwortete.

»Ich denke, dass Sie wissen sollten, was vor sich geht. Stefanie hat allen erzählt, dass Sie von Timm unter Druck gesetzt wurden. Er hat Ihnen ein Foto gemailt, auf dem Sie und Ihre Tochter zu sehen sind.«

Sören verdrehte die Augen. Wegener schien zu nervös zu sein, um keine Namen zu nennen. Aber inzwischen war das vermutlich auch egal. Eine andere Sache, die Wegener gerade erwähnt hatte, beschäftigte ihn allerdings immer noch.

»Hat das BKA meinen privaten E-Mail-Account durchsucht?«

»Die warten noch auf den Gerichtsbeschluss. Der lag noch nicht vor, als ich Feierabend gemacht habe. Stefanie erzählte, dass Sie außer sich waren, als Sie ihr von der Mail erzählt haben und ihr das Bild zeigten. Sie wollten nach Berlin, um Timm zu Rede zu stellen. Timms Frau hat bestätigt, dass Sie da waren.«

Wegener machte eine Pause.

Sören hatte Brandt nichts von der Mail und dem Foto erzählt. Das war der letzte Beweis, den er gebraucht hatte, um von ihrer Schuld restlos überzeugt zu sein.

»Mein Vater sagte, dass alle Polizisten Jagd auf Sie machen. Ich solle mich von Ihnen fernhalten. Als Polizisten-Mörder sind Sie zum Abschuss freigegeben. Vor allem, weil Sie bewaffnet und gefährlich sind. Zumindest laut Stefanie, die meinte, dass Sie unkontrolliert handeln. So wie nach Niebels Tod. Da sind sie einfach nach Hamburg und haben …«

»Stopp«, sagte Fries und hinderte seinen Kollegen daran, den Namen des Prinzen auszusprechen.

Wegener brauchte dringend eine Schulung darüber, was das Zurückhalten von Informationen in Telefongesprächen anging. Der kleine Nerd wusste selbst, dass es Programme gab, die Telefonate nach Stichworten durchsuchten. Fries hatte keine Ahnung, ob die IT-Spezialisten bereits nach ihm fahndeten, aber nach Maschadow suchten sie mit Sicherheit schon länger.

»Ich denke, ich weiß, worauf sie anspielt. Warum erzählen Sie mir das alles?«, fragte Sören.

»Ich glaube nicht, dass Sie es waren. Ich glaube, dass Stefanie etwas damit zu tun hat. Vielleicht fragen Sie sich, warum ich das glaube. Es ist nur ein Gefühl. Das klingt dumm, oder?«

»Nein«, antwortete Sören. In diesem Moment war er ein bisschen stolz auf seinen jungen Partner. »Vertrauen Sie diesem Gefühl. Egal, was man Ihnen sagt. Dieser Instinkt ist ein Geschenk. Dieses Gefühl unterscheidet einen richtigen Kriminalisten von einem normalen Polizisten. Egal, was mit mir passiert, vertrauen Sie Ihrem Gefühl!«

Wegener schien nachzudenken.

»Es ist besser, wenn Ihre Schwägerin Sie nicht mehr trifft. Ich glaube, dass unsere gemeinsame Bekannte sie demnächst auch observieren lässt. Es steht bereits ein Streifenwagen vor dem Haus Ihrer Familie.«

Sören wusste nicht, ob er sich darüber freuen sollte. Allerdings konnte Brandt seinen Lieben nichts antun, solange andere Kollegen sie observierten.

»Was haben Sie jetzt vor?«

Sören berichtete von seinem Plan.

»Dafür brauche ich die Adresse der Dame und die Information, wann sie im Kommissariat ist.«

Wegener schwieg.

»Ist das zu viel verlangt?«, fragte Fries.

»Nein«, antwortete der junge Mann. »Ich suche bereits im Computer. Haben Sie was zu schreiben?«

Der Kommissar diktierte Sören die Adresse.

»Heute Morgen war sie vor allen anderen im Büro. Ich glaube nicht, dass sie in Berlin schläft.«

Das war eine gute Nachricht. Sören würde ihre Wohnung in aller Ruhe durchsuchen können.

»Sie haben meiner Schwägerin gesagt, dass Sie noch mehr von diesen Handys und Karten haben?«

»Ja, wieso?«

»Ich brauche noch eine Karte.«

»Ja, die habe ich hier.«

»Und ein Auto«, sagte Fries.

»Auch das kann ich besorgen. Meine Freundin fährt mit dem Rad zur Arbeit. Die vermisst ihren Panda nicht«, erklärte Wegener.

»Sind Sie sicher? Nicht, dass sie ihr Auto gestohlen meldet.«

»Ich sage ihr, dass ich mir den Wagen ausleihe. Sie ist da unkompliziert. Wo soll ich ihn hinstellen?«

Sören beschrieb den Platz unter der Autobahnbrücke Nahe der Auffahrt Richtung Berlin.

»Ich bringe ihn heute Abend noch hin. Den Schlüssel lege ich auf das Vorderrad. Die SIM-Karten unter die Fußmatte. Noch was, was ich für Sie tun kann?«

Fries überlegte.

»Wenn ich aus der ganzen Sache heil herauskomme, können Sie drüber nachdenken, ob Sie dauerhaft an meiner Seite arbeiten wollen.«

Wegener hustete.

»Als Ihr Partner? Darüber brauche ich nicht nachdenken«, antwortete er. »Natürlich will ich. Mit Ihnen bringt es am meisten Spaß.«

Fries schüttelte den Kopf. Es würde sicher nicht immer einfach werden, mit ihm zusammenzuarbeiten, allerdings würde Sören es dem genialen Hitzkopf schuldig sein, wenn er heil aus dieser Nummer herauskäme.

Zeit für Plan B

In der Nacht ging Fries auf die Suche nach einem Moped mit gültigem Nummernschild. Er schraubte sich das Kennzeichen von einer mausgrauen Vespa ab. Für ein neues Versicherungsschild hinterließ Sören dem Halter des Rollers hundertfünfzig Euro unter der Sitzbank.

Den Rest der Nacht verbrachte er damit, über den Fall nachzudenken und sich zu überlegen, wonach er in Brandts Wohnung suchen sollte. Datenträger waren immer wichtig. Und vielleicht würde er auch den Rest der Viertelmillion bei ihr sicherstellen können. Teile des Geldes hatte sie vermutlich schon ausgegeben. Wenn sie für ihren Geliebten eine Uhr im Wert von zwölftausend Euro gekauft hatte, hatte sie sich wahrscheinlich auch selbst etwas gegönnt? Irgendein luxuriöses Beweisstück dafür würde er in ihren vier Wänden hoffentlich auch finden.

Bevor er aufbrach, verfasste er noch einen Brief an die Staatsanwaltschaft, in dem er mitteilte, was er getan und was er nicht getan hatte. Seine gesammelten Aufzeichnungen, die seine Theorien in den Mordfällen ausführten, steckte er in einen Briefumschlag. Zum Schluss schrieb er in großen Buchstaben den vollen Namen seiner Schwägerin darauf. Den Umschlag lehnte er an die Vase, die in der Mitte des Tisches platziert war. Astrid würde der Umschlag sofort ins Auge springen, wenn sie den Raum betrat. Sollte Sören etwas geschehen, konnte sie weitere Schritte einleiten und die Unterlagen den richtigen Stellen zukommen lassen.

Gegen sechs Uhr fuhr er mit der Schwalbe Richtung Rostock. Langsam näherte er sich der Autobahnunterführung. Ein roter Panda stand dort neben einem ausgebeulten Ford Transit. Weit und breit war niemand zu sehen. Wegener hatte Wort gehalten.

Fries parkte das Moped am Brückenpfeiler, setze den Helm ab und sah die Straße auf und ab. Ein paar Autos fuhren vorbei. Er lugte in den Transit. Der Wagen war leer.

Auf dem vorderen Rad der Fahrerseite des Pandas entdeckte Sören den Schlüssel. Er öffnete das Fahrzeug. Die Sitze waren in etwa so bequem wie billige Campingstühle. Aber dieser Panda war immer noch tausend Mal besser als die Schwalbe.

Sören sah unter die Fußmatte auf der Beifahrerseite. Dort lagen in einem Umschlag drei SIM-Karten und eine Nachricht von Wegener.

Ich werde in den kommenden Tagen bei meiner Freundin übernachten. Hier die Adresse. Wegeners Freundin wohnte in Lütten Klein. *Ich glaube, dass Brandt auch meine Wohnung überwachen lässt. Gestern Abend habe ich noch eine Mail erhalten, dass ich von dem Fall abgezogen wurde. Ich drücke Ihnen die Daumen, dass Sie was finden. Rufen Sie mich an, wenn Sie noch was brauchen. Gruß F.*

Wenigstens hatte Wegener nicht mit seinem Namen unterschrieben. Vermutlich dachte er sich nichts dabei. Dennoch konnten solche Briefe leicht in falsche Hände geraten. Auch wenn der Text mit einem Drucker geschrieben worden war, konnten Techniker anhand des Druckbildes Ausdrucke bestimmten Geräten zuordnen. Fries merkte sich die Adresse und verbrannte anschließend den Brief. Dann fuhr er los.

Am frühen Vormittag erreichte er Stefanie Brandts Haus in Berlin-Neukölln. Sie lebte in einem Altbau-Mehrfamilienhaus in einer ruhigen Gegend. Er parkte einige Straßen weiter, um keinen Zusammenhang zwischen dem Rostocker Auto und dem Einbruch in ihrer Wohnung entstehen zu lassen.

Sören hatte in seiner Zeit beim Einbruchsdezernat viel über mangelhafte Sicherheitsvorkehrungen in privaten Wohnungen gelernt. Stefanie Brandt fehlte dieses Wissen offenbar. Vielleicht fühlte sie sich in diesem Stadtteil aber auch nur sicher. Die

Haustür war gar nicht verschlossen, sondern nur angelehnt, und ihre Wohnungstür öffnete er mit einem gewöhnlichen Dietrich.

Vorsichtig sah er sich in ihrem Flur um. Er horchte, da er nicht wusste, ob sie alleine oder mit einem Partner zusammenlebte. In der Wohnung schien es still zu sein. Mit seinem geschulten Auge überzeugte er sich davon, dass die Eingangstür nicht mit einem stillen Alarmsystem gesichert war, das dem Bewohner eine Nachricht aufs Handy sendete. Als er sich davon überzeugt hatte, dass dem nicht so war, streifte er sich Baumwollhandschuhe über und wischte die Türklinke hinter sich ab.

Fries ging den Flur hinunter, schenkte dem kleinen Bad links von sich keine Beachtung und steuerte geradewegs auf das Wohnzimmer zu. Ein teurer und viel zu großer Flachbildfernseher hing an der linken Wand des Zimmers. Darunter stand auf einem weißen Sideboard in Klavierlackoptik eine schwarze Anlage, auf der in großen Lettern *Bang & Olufsen* glänzte. Gegenüber von der Medienwand dominierte ein viel zu großes, anthrazitfarbenes Ledersofa den Raum. Der weiße Marmortisch davor wirkte angesichts der Größe des Sitzmöbels wie ein Kinderspielzeug in einem Puppenhaus. In der Ecke hinter dem Sideboard entdeckte Fries einen unscheinbaren Schreibtisch. Allerdings stand kein Computer darauf. Vermutlich besaß sie wie viele andere heutzutage einen Laptop.

Sören machte mit einer Einwegkamera, die er unterwegs an einer Tankstelle gekauft hatte, Bilder von den technischen Spielereien im Wohnzimmer und ging dann zum Schreibtisch rüber. Er öffnete die Schubladen, entdeckte einige USB-Sticks und packte sie ein. Eine Schublade tiefer lagen unbezahlte Rechnungen, ein paar Fotos von ihr und ihrer Familie und ihre Kontoauszüge, die keine ungewöhnlichen Transaktionen aufwiesen. Einen Laptop fand er nicht.

Sören schloss die Schublade wieder. Dann fiel sein Blick auf den Papierkorb neben dem Tisch. Unter einem zerknüllten Blatt Papier lag etwas Silbernes. Er bückte sich, um den Bastkorb aufzuheben, schüttete den Inhalt davon auf den Tisch aus und fand eine in vier

Teile gebrochene DVD darin. Wenn man sie zusammenschob, ergaben die handgeschrieben Buchstaben auf den einzelnen Bruchstücken den Namen Maren.

Sören machte ein Foto davon und steckte die Teile in einen Beweisbeutel. Konnte man die Daten darauf wiederherstellen? Er bezweifelte das. Mit etwas Glück hatte Stefanie Brandt aber ihre Fingerabdrücke darauf hinterlassen.

Nachdem er den Inhalt des Sideboards untersucht hatte, verließ er das Wohnzimmer und ging in ihr Schlafzimmer. Auch hier waren die Möbel viel zu groß gewählt. Das klobige Bett und der weiß glänzende Kleiderschrank waren Designerstücke, die sicher ein paar Tausend Euro gekostet hatten.

Er öffnete die erste Schranktür, hinter der eine beeindruckende Sammlung Schuhe lagerte. Hinter der zweiten Tür hing eine Kleiderstange voller Klamotten. Er kannte die Namen auf den Etiketten. Ein paar Kleider waren von Dolce & Gabbana, ein Hosenanzug von Yves Saint Laurent und ein paar Oberteile von Versace. Er kaufte seine Sachen bei C&A und Karstadt.

Hinter der letzten Schranktür entdeckte er hinter einem Stapel Sportsachen einen kleinen Einbautresor. Damit hätte er rechnen müssen. Niemand bewahrte eine so große Menge Bargeld bei sich zu Hause auf, ohne wenigstens einen winzigen Stahlschrank dafür zu besitzen. Er sah sich das Schloss an und wusste sofort, dass seine Mission an dieser Stelle beendet war. Er hätte vielleicht ein älteres Modell, das mit einer Zahlenkombination gesichert war, mit viel Mühe und Geduld öffnen können. Aber dieses Stück war eindeutig eine Nummer zu groß für ihn. Enttäuscht machte er ein Foto davon.

Fries suchte das Zimmer nach dem Schmuck von Stefanie Brandt ab, fand aber nichts. Vermutlich lagerte der im Tresor.

Sören setzte sich auf den Boden. Er hatte sich mehr von diesem Ausflug erhofft. Eine zerbrochene DVD und ein paar Fotos, die nur belegten, dass sie ihren schlechten Geschmack teuer bezahlte, halfen ihm nicht weiter. Er musste andere Geschütze auffahren. Es war an der Zeit, mit Plan B zu beginnen.

Vorsichtig öffnete er die Wohnungstür und überzeugte sich davon, dass der Hausflur leer war. Leise schloss er Tür hinter sich, wischte noch einmal von außen über den Griff und das Holz drum herum. Erst nachdem er das Haus verlassen hatte, zog er unauffällig die Handschuhe aus.

Fries schickte seinem Kollegen eine SMS mit der Frage, ob man den Inhalt einer DVD wiederherstellen konnte, wenn sie in vier Stücke gebrochen war. Die Antwort des jungen Kommissars bestätigte seinen Verdacht.

Eher würden Schweine fliegen lernen, lautete Wegeners Antwort.

Doch auch ohne die DVD als Beweis musste er eine Möglichkeit finden, Brandt unter Druck zu setzen. Bislang hatte er nur auf ihre Spielchen reagiert. Es war höchste Zeit, aktiv zu werden und sie zu Fehlern zu zwingen. Allerdings hatte er bisher wenig in der Hand, das sie beunruhigen dürfte. Er musste deshalb alles auf eine Karte setzen. Vielleicht wusste Brandt so wie er auch nicht mit absoluter Sicherheit, ob man den Inhalt einer zerbrochenen DVD wiederherstellen könnte.

Er schrieb eine weitere SMS an Wegener.

Sollte jemand anderes Ihnen heute im Laufe des Tages noch einmal dieselbe Frage stellen, dann lügen Sie bitte. Danke!

Als er am Panda angekommen war, erhielt er die Reaktion darauf.

Okay!

Er fuhr auf die Autobahn und kam drei Stunden später in Rostock an. Er stellte den Wagen an der Stelle ab, an der er ihn heute Morgen abgeholt hatte, schwang sich auf die Schwalbe und fuhr in sein Versteck in Martins Gartenhäuschen. Es war an der Zeit, die Oberkommissarin in seinem Spiel willkommen zu heißen. Zunächst schickte er eine Nachricht an Wegener: *Geht gleich los. Vielleicht haben Sie etwas in Ihrem Büro zu klären?*

Nachdem er eine Nachricht erhalten hatte, dass sein Partner so weit war, wechselte Fries die SIM-Karte. Mit der zweiten Nummer schickte er eine SMS an Brandt: *Ich bin Ihnen auf den Fersen. Ich habe Marens DVD gefunden. Auch wenn Sie sie in vier Teile zerbrochen haben, werden die Techniker etwas darauf finden. Grüße von Bang & Olufsen*

Erneut wechselte Sören die SIM-Karte seines Handys und wartete darauf, dass Wegener sich meldete.

Es dauerte nicht lange. Dann erhielt er eine Nachricht: *Adler ist gelandet. Ich war bei ihr. Alles läuft nach Plan. Sie ist gegangen, muss was erledigen.*

Sören überlegte. Brandt würde ihn gleich anrufen. Klar. Es blieb ihr ja gar nichts anderes übrig, als ihn zu kontaktieren. Schnell wechselte er wieder die Karte und wartete. Doch nichts geschah. Verdammt. Warum rief sie ihn nicht an?

Er wählte ihre Nummer und hörte das Freizeichen. Sie ging nicht ran. Warum nahm sie nicht ab? War ihr Akku leer?

Wie ein Tiger lief er im kleinen Gartenhaus auf und ab. Was hatte er übersehen? Diese Frau war wahnsinnig! Sie war unberechenbar. Denk nach, Sören, forderte er sich auf. Was würdest du an ihrer Stelle als Nächstes tun? War sie auf der Suche nach ihm? Fuhr sie nach Berlin, um sich davon zu überzeugen, dass er wirklich in ihrer Wohnung gewesen war? Wollte sie wissen, was er dort noch alles herausgefunden hatte?

Nach zwanzig Minuten klingelte sein Telefon. Endlich!

»Ja.«

»Hallo, Sören«, meldete sich die bekannte Stimme der Oberkommissarin. »Es wird Zeit, dass wir uns treffen. Ich warte bei deiner reizenden Familie auf dich. Wie alt ist deine Tochter noch mal? Sie ist ja ein absoluter Engel.« Im Hintergrund hörte Sören seine Neffen kichern. »Es ist dir hoffentlich klar, dass du niemanden über meine Anwesenheit bei deiner Familie informieren darfst, oder?«, flüsterte sie in den Hörer. »Deswegen bleibt dein Telefon an, während du herfährst. Ich möchte nicht, dass du in Versuchung gerätst, irgendjemand Bescheid zu geben. Und vergiss die DVD nicht!«

»Mit Milch und Zucker?«, fragte Susanne im Hintergrund.

»Nur Milch«, rief Stefanie seiner Schwester zu.

»Ich bin auf dem Weg«, sagte er und schnappte zeitgleich den Helm. »Mein Akku ist nur ziemlich leer, es kann sein …«

Er verließ das Haus und rannte zur Schwalbe rüber.

»Nein, Sören. Das kann nicht sein. Sieh zu, dass du herkommst, ehe dein Akku den Geist aufgibt. Ansonsten weiß ich nicht, wie die Sache hier ausgeht.«

Brandt legte das Handy auf den Tisch. Im Hintergrund konnte Sören die Stimmen seiner Familie hören. Die Jungs kabbelten sich. Susanne schimpfte mit ihnen.

Schnell stülpte er sich den Helm über seinen Kopf und steckte das Handy vorsichtig in die Seitentasche seines Jacketts. Dann trat er auf das Anlasspedal des Mopeds. Sie zierte sich. Ausgerechnet jetzt. Spring an!

Er mahnte sich, ruhig zu bleiben. Nicht zu viel Gas geben, sonst säuft sie ab. Ein Gartennachbar sah neugierig über seine Hecke.

»Kann ich helfen?«, fragte der Mann.

»Nein, nein«, rief Sören und versuchte, dabei freundlich zu lächeln. Er musste den Mann umgehend loswerden. Auf gar keinen Fall durfte Stefanie annehmen, dass er einen Fremden über seine Situation informierte. »Sie ziert sich immer. Gleich springt sie an.«

Los, los!

Beim dritten Versuch klappte es. Das Knattern der Schwalbe durchbrach die ruhige Atmosphäre des Kleingartenvereins.

»Geht doch«, murmelte Sören.

»Hier ist das Fahren aber verboten«, rief der Nachbar noch hinter ihm her. Doch Sören hörte das nicht mehr. Er hatte bereits den vierten Gang eingelegt und raste mit siebzig Stundenkilometern den unbefestigten Feldweg Richtung Landstraße davon.

In Rekordtempo fuhr Sören die Strecke von Martins Garten zum Hof seiner Schwester. Obwohl die Angst ihm im Nacken saß, hielt er sich an die Verkehrsregeln. Er konnte es sich nicht erlauben, von einem Polizisten angehalten zu werden. Sein Gesicht war jedem Gesetzeshüter bekannt und er konnte nur ahnen, was Brandt tun würde, wenn er ihren Anweisungen nicht folgte.

Vor dem Haus seiner Schwester war weit und breit kein Polizeiwagen zu sehen. Vermutlich hatte Brandt die Überwachung einstellen lassen. Als leitende Ermittlerin hatte sie die Befugnis dazu.

Weiter oben am Weg stand ein schwarzer Geländewagen mit abgedunkelten Scheiben. So etwas bekam man in dieser Gegend nur selten zu sehen. Daneben stand ein Mann, mit dem Rücken an den Wagen gelehnt. Er schien Vögel mit dem Fernglas zu beobachten. Der Tag war perfekt dafür.

Vorsichtig öffnete Sören die Haustür. Im Wohnzimmer saß seine Familie mit der eiskalten Killerin bei Kaffee und Susannes selbst gebackenem Apfelkuchen. Stefanie nippte an einer alten Tasse, die noch von Sörens Urgroßmutter stammte. Brandt entdeckte ihn als Erste.

Sören betrat das Wohnzimmer.

»Papa«, schrie Jette und sprang auf.

Sie fiel ihrem Vater um den Hals und drückte ihn ganz fest.

»Ist jetzt alles wieder gut?«

Er nickte.

»Ja, jetzt ist alles wieder gut.«

Er nahm ihr Gesicht in beide Hände und küsste sie lange auf die Stirn.

»Kannst du bitte mit deinen Cousins rausgehen? Geht spielen, ja?«

Jette sah sich zu ihren Tanten um. Die Jungs rannten bereits raus. Seine Tochter folgte ihnen. Er sah ihr hinterher.

»Ich denke, dass wir jetzt in die Dienststelle fahren sollten«, sagte Sören.

Brandt stand auf. Ihre rechte Hand steckte in der Jackentasche. Hinter ihr erkannte Sören seine Schwägerin. Sie holte etwas unter einem Kissen hervor. Es war ihr Wegwerfhandy. Astrid tippte eine kurze Nachricht und schob das Telefon schnell wieder unter das

Kissen zurück. In diesem Moment drehte sich Brandt zu ihr um. Sie war Sörens Blick gefolgt. Astrid sah hustend zu Boden.

»Holen Sie Ihre Waffe ganz langsam und vorsichtig raus«, forderte Brandt ihren Kollegen auf.

Er holte seine Dienstwaffe, eine SIG Sauer, aus dem hinteren Hosenbund und legte sie, mit gespreizten Fingern am Griff haltend, vor sich auf den Tisch. Anschließend hob er seine Hosenbeine, um zu zeigen, dass er dort keine Pistole versteckt hatte, drehte sich um und hielt die Hände über den Kopf. Mit gelernten Handbewegungen tastete die BKA-Frau seinen Körper nach anderen Waffen ab. Dann drehte Sören sich langsam um.

In diesem Moment stand Susanne auf.

»Setz dich«, sagte ihr Bruder in einem Tonfall, der sie erschreckte. So sprach Sören sonst nicht mit ihr. Ohne es wirklich zu wollen, schien ihr Körper dieser Anweisung widerspruchslos zu folgen. Susanne wollte etwas sagen, aber Astrid hielt sie zurück.

»Wir gehen jetzt, ja?«, fragte Sören.

Brandt warf ihm ihre Handschellen zu.

»Sie wollte doch nur mit ihm reden«, sagte Susanne zu ihrer Frau.

»Er muss mit aufs Kommissariat«, erklärte Astrid. Doch ihrem Gesichtsausdruck nach zu urteilen, wusste sie, dass Sören niemals dort ankommen würde. Sie nahm Susannes Hand und drückte sie.

»Auf den Rücken. Und schön fest!«, sagte Brandt zu Fries, der die Handschellen immer noch vor sich hielt.

Sören sah die Polizistin wütend an. Doch dann folgte er ihrem Befehl. Er hoffte, dass sie vernünftig genug wäre, nicht seine ganze Familie umzubringen. Das würde sie niemandem erklären können. Sie konnte ihn auf der Flucht erschießen und dann behaupten, dass er versucht hatte, sie zu überwältigen. Wenn sie so organisiert wie bisher vorging, hatte sie sich dafür sicher auch schon einen Plan zurechtgelegt.

»Wir gehen«, sagte sie, nachdem sie die Verschlüsse der Handschellen auf Sörens Rücken noch einmal fest zusammengepresst hatte. Mit vorgehaltener Waffe führte sie ihren Gefangenen raus.

Aus den Augenwinkeln heraus sah Sören Astrid, der die Angst ins Gesicht geschrieben stand. Er nickte ihr zu. Sie hatte Tränen in den Augen.

Vor dem Haus schubste Stefanie Brandt ihren Kollegen auf die Rückbank ihres Dienstwagens. Sie stieg vorne ein und fuhr los.

»Damit kommen Sie niemals durch«, sagte er.

Stefanie Brandt antwortete nicht.

Am Ende des Feldweges angekommen, nahm sie nicht den Weg nach Rostock, sondern fuhr in Richtung Strand. Sören wurde sofort klar, was sie vorhatte.

»Wollen Sie es nach Selbstmord aussehen lassen?«, fragte er.

Die BKA-Frau sah ihn über den Rückspiegel an, sagte aber kein Wort.

Zierlich und eiskalte Augen, mit diesen Worten hatte Maren Hauser ihren Angreifer beschrieben. Die Hinweise waren alle da gewesen. Fries hatte sie nur nicht erkannt.

»Und was ist mit meiner Familie?«, fragte er und sah sie dabei angriffslustig an. Am Horizont kam die Ostsee immer näher.

»Ich bin kein Monster«, antwortete sie. »Ich töte doch keine Kinder. Zumindest nicht, wenn es nicht sein muss.«

Sören war überrascht, wie abgeklärt er sich angesichts des nahenden Todes fühlte. Er hatte keine Angst zu sterben. Er hatte nur Angst davor, Jette allein zurückzulassen. Er tröstete sich mit dem Gedanken, dass seine Tochter in Sicherheit war. Bei ihren Tanten würde sie auch in Zukunft gut aufgehoben sein.

Fries hoffte, dass seine Schwägerin eines Tages darüber hinwegkommen würde, dass sie nicht besser hatte helfen können. Der Briefumschlag mit seinen zusammengetragenen Beweisen, den er in Martins Hütte zurückgelassen hatte, würde ihr dabei helfen, Brandt zu überführen. Wenn die Gerechtigkeit siegt, sagte er sich, würde mein Tod wenigstens nicht umsonst gewesen sein.

Bei allen Gedanken, die sich Sören angesichts seiner fatalen Lage machte, überraschte ihn eine banale Frage, die sich immer wieder in sein Bewusstsein drängte.

»Stimmt es, dass es nur das erste Mal schwierig ist? Ich meine das Morden.«

Sie sah ihn wieder im Rückspiegel an.

»Jeder Mord ist anders. Jens Niebel war leicht. Er bedeutete mir nichts. Andreas war am schwierigsten. Ich habe ihn geliebt«, sagte sie, als ob sie über das Wetter redete. »Als er mich vor ein paar Wochen angerufen hatte, dachte ich sogar, dass wir wieder zusammenkommen würden.«

»Und?«

»Er wollte nicht mich. Er wollte nur Geld. Er wusste, dass ich damals die Viertelmillion beiseitegeschafft hatte. Nun wollte er seinen Anteil davon haben. Fürs Schweigen, wie er sagte.«

Sie bog in einen kleinen Sandweg ab.

»Weil er einen Neuanfang mit seiner alten Jugendliebe hier in Mecklenburg machen wollte. So hat er es mir erzählt. Was für ein Dummkopf! Er muss sie wirklich geliebt haben.«

Sie parkte unter einem Baum. Durch die geschlossenen Fenster konnte man die Brandung hören. Stefanie sprach unaufgefordert weiter. Das war mit Mördern oft so. Meistens taten sie es, wenn sie überführt worden waren. Sie wollten sich ihre Verbrechen von der Seele reden. Als ob das Morden dadurch, dass die Täter Gründe angaben, weniger schlimm wäre.

»Ich wusste, dass es eine DVD gab. Er hatte mir damals im Knast schon davon erzählt, dass er zu seiner Sicherheit ein Video hinterlegen würde, in dem er mich beschuldigte, das Geld gestohlen zu haben. Das kam einem Todesurteil gleich. Der Prinz hätte mich irgendwo einbetonieren lassen, wenn er davon erfahren hätte.«

Sören nickte. Vermutlich hatte sie recht.

»Ich habe Andreas die Wahl gelassen. Entweder verrät er mir, wo die DVD ist oder ich würde seine Jugendliebe töten. Er beschrieb mir, wo ich die DVD finden konnte, und ließ sich dann von mir erschießen. Komisch nicht? Er hat noch nicht einmal versucht, sein Leben zu retten. Er wollte nur, dass sie in Sicherheit ist. Maren. Seine Maren.«

»So was tut man aus Liebe«, sagte Sören.

Sie sah ihn scharf an.

»Ich glaube, dass es Zeit wird«, sagte sie und fuchtelte dabei mit der Pistole vor seiner Nase.

Sören wusste, dass er kein guter Pokerspieler war. Aber Stefanie Brandt in dieser Situation auch noch zu provozieren, war dämlich gewesen.

»Dass Sie Timm umgebracht haben, kann ich verstehen«, sagte er, ohne sich von der Stelle zu rühren. Jede Sekunde, die er sein Leben verlängern konnte, erhöhte seine Chance, gerettet zu werden. »Timm hatte vermutlich eins und eins zusammengezählt. Die Rolex. Ihre teuren Möbel. Hat er Sie wegen des Geldes zur Rede gestellt?«

Sie lächelte.

»Nein, Sie haben das Ganze immer noch nicht verstanden. Oliver und ich haben die Viertelmillion gemeinsam gestohlen und anschließend geteilt. Ja, gut, die Rolex habe ich ihm geschenkt, das stimmt. Ich dachte damals tatsächlich noch, dass er seine Frau verlassen würde.«

Ihr Lächeln war wieder verschwunden.

»Sie haben Andreas Ricker und Oliver Timm geliebt?«

»Ja, irgendwie. Oliver wäre nicht meine erste Wahl gewesen. Aber er war ein guter Liebhaber. Und er war da.«

Allmählich erkannte Fries, dass nicht Timm seine Untergebene ausgenutzt hatte, sondern umgekehrt. Eine weitere Lüge von Brandt, die sich als naives Dummerchen dargestellt hatte. Dabei hatte sie vermutlich ihren Vorgesetzten verführt. An weiblichen Reizen fehlte es ihr nicht.

»Trotzdem musste Timm als Bauernopfer herhalten«, fuhr Sören in seinen Überlegungen fort. »Sie haben die Beweise gegen mich gut platziert. Beide Fälle wären mit meinem Tod gelöst. Und der Prinz wird nicht weiter nach dem gestohlenen Geld suchen.«

»Nehmen Sie es nicht persönlich«, sagte Brandt und lächelte dabei so, als meine sie es tatsächlich ernst.

Sören fragte sich, was er an der ganzen Sache nicht persönlich nehmen sollte. Sie hatte ihn beruflich fertiggemacht und er stand kurz davor, ihr viertes Opfer zu werden. Was gab es Persönlicheres, als von jemandem ermordet zu werden?

»Sie müssen noch einen Abschiedsbrief schreiben. Das Ihnen der Mord an Timm leidtut und so. Dass Sie von seiner Schuld überzeugt waren. Schreiben Sie es einfach in Ihren Worten.«

Sie öffnete erst ihre Tür, stieg aus und ließ dann Sören rauskommen. Nachdem sie mit vorgehaltener Waffe seine Handschellen gelöst hatte, deutete sie auf einen Aktenkoffer hinter dem Beifahrersitz.

»Da ist Papier drin. Am besten richten Sie den Brief direkt an Ihre Tochter.«

Er wäre ihr am liebten an die Kehle gesprungen, doch in dem Moment tauchte ein weiterer Gast auf, den Stefanie Brandt mit Sicherheit nicht eingeladen hatte.

Aus dem Gebüsch hörte er es zunächst nur Rascheln, dann sprang ein junger Mann mit einer SIG Sauer in der Hand hervor. Kommissar Wegener hatte noch Äste vom Busch im Haar, wo er durchgekrabbelt sein musste. Sören fragte sich, wo der junge Mann herkam.

»Sie sind festgenommen«, rief er und fuchtelte dabei mit der Pistole herum.

Brandt ließ sich davon jedoch nicht beeindrucken. Sie richtete stattdessen ihre Waffe auf Wegener und holte die SIG Sauer von Fries aus ihrem Hosenbund hervor. Damit zielte sie auf ihren Besitzer.

Sören schüttelte den Kopf.

»Was machen Sie denn hier?«

Wegener antwortete nicht. Schweißperlen sammelten sich auf seiner Stirn. Er nahm seine zweite Hand zu Hilfe, damit die rechte Hand, in der er die Pistole hielt, nicht mehr so sehr zitterte.

»Lassen Sie ihn gehen«, sagte Fries. »Er ist der Sohn vom Polizeipräsidenten. Er weiß nichts.«

Während er das sagte, sah er seinen jungen Kollegen so unmissverständlich scharf an, dass der nichts darauf erwiderte.

»Wie haben Sie uns gefunden?«, wollte Brandt wissen.

»Ich habe Ihr Telefon geortet«, antwortete Wegener.

Stefanie schien das als Antwort zu genügen. Sie schoss einmal. Der Kommissar sackte zusammen. Sören wollte zu ihm eilen, doch Stefanie Brandt gab noch einen zweiten Schuss ab, der kurz vor Sörens Füßen in den Boden einschlug. Fries sog laut die Luft durch seine Zähne ein. Sein hasserfüllter Blick ließ keinen Zweifel an seinen Absichten offen.

Während Sören noch überlegte, ob er Wegener zu Hilfe eilen oder sich auf Stefanie Brandt stürzen sollte, hörte er, wie ein Motor hinter ihm immer lauter wurde. Ein dunkler SUV kam den Weg zum Strand herunter. Langsam rollte er auf sie zu. Sören konnte nicht durch die abgedunkelten Scheiben erkennen, wer am Steuer saß. Doch irgendwoher kam ihm der Wagen bekannt vor.

Drei Meter vor ihnen blieb der SUV stehen. Stefanie sah zwischen dem jungen Mann am Boden und dem neu eingetroffenen Wagen hin und her. Die Mündungen der beiden Waffen in ihren Händen folgten ihren Blicken.

Die vorderen Türen des Geländewagens öffneten sich. Zwei Hünen mit Sonnenbrillen stiegen aus. Stefanie steckte Sörens Waffe zurück in den hinteren Hosenbund und holte ihre Brieftasche mit ihrem Dienstausweis hervor.

»Alles okay, ich bin von der Polizei«, rief sie zu den beiden rüber. Gänzlich unbeeindruckt von diesem Papier zogen die Männer zwei Schnellfeuerwaffen hinter ihrem Rücken hervor und zielten auf die Oberkommissarin.

Panik spiegelte sich in ihrem Gesicht wider.

»Ich bin von der Polizei«, wiederholte sie und hob dabei ihren Ausweis höher. »Nehmen Sie sofort Ihre Waffen runter. Sie sind verhaftet.«

Sören hatte sich vom ersten Schock erholt. Schlimmer konnte es für ihn sowieso nicht kommen. Er eilte zu seinem Partner und kniete sich neben ihn. Der junge Mann kam langsam zu sich. Sören tastete Wegeners Körper nach der Verletzung ab. Kein Blut? Erleichtert stellte er fest, dass sein Partner eine kugelsichere Weste trug. Die hatte den Schuss abgefangen. Der junge Kommissar war nur durch die Wucht des Einschlags zu Boden gegangen.

»Bleiben Sie liegen und stellen Sie sich tot«, flüsterte Fries. Unauffällig nahm er die Dienstwaffe seines Kollegen an sich.

»Herr Fries«, sagte einer der Männer. »Der Prinz würde Sie gern sprechen.«

Sören stand vorsichtig auf, schob die Waffe, unbemerkt von den anderen, unter sein Jackett und drehte sich langsam um.

»Er wartet im Wagen.«

»Herr Maschadow?«

Der Mann nickte.

»Er wartet im Wagen«, wiederholte der Sonnenbrillenträger.

Stefanie zielte wieder mit der Waffe auf Fries.

»Er geht nirgendwo hin«, schrie sie. Ihre Stimme überschlug sich. Hektisch suchte sie in ihrem Hosenbund nach der zweiten Waffe.

»Das würde ich an Ihrer Stelle nicht tun«, sagte Sören und ging auf den SUV zu.

»Bleiben Sie stehen«, rief Brandt. Doch ihr Keifen hielt ihn nicht auf.

Fries warf einen abfälligen Blick auf die Polizistin und stieg dann in das Auto des Prinzen.

»Freuen Sie sich, mich zu sehen?«, fragte Maschadow mit einem süffisanten Grinsen.

Sören musste lächeln. So unangenehm ihm sonst die Gesellschaft dieses Mannes war, so sehr freute er sich dieses Mal über dessen Erscheinen.

»Woher wussten Sie, dass ich hier bin?«, fragte er und beantwortete sich die Frage gleich selbst. »Ihr SUV war der, der vor dem Haus meiner Schwester parkte, oder? Sie haben ihr Haus beobachten lassen?«

Der Prinz nickte.

»Warum haben Sie das getan?«

»Sie sind ein guter Polizist. Ihre Erfolge sprechen für Sie. Ich wusste, dass Sie den Dieb meines Geldes früher oder später finden würden. Und da Jens und ich schon vor langer Zeit vermutet hatten, dass ein korrupter Cop hinter dem Diebstahl stecken würde, habe ich eins und eins zusammengezählt, als Sie landesweit von der Polizei wegen Mordes gesucht wurden. Ich konnte mir einfach nicht vorstellen, dass jemand wie Sie einen Kollegen tötet. Aus diesem Grund habe ich mich in einem Hotel in der Nähe einquartiert, um zu sehen, was wirklich los ist.«

»Sie haben sich Sorgen um mich gemacht?«

Der Prinz musste lachen.

»Nein, so weit würde ich nicht gehen. Ich habe einen Ruf zu verlieren. Es geht darum, eine Schuld einzufordern.«

»Natürlich«, sagte Fries. Zeitgleich zog er Wegeners Waffe aus dem Hosenbund im Rücken. »Ich kann Stefanie Brandt aber nicht mit Ihnen gehen lassen. Das wäre ihr Todesurteil.«

Der Prinz sah auf die Waffe.

»Sie sollten an Ihre Tochter denken. Wenn Sie mich erschießen …« Er sprach nicht weiter. Sören wusste selbst, dass er dann nicht lebend aus der Situation rauskommen würde. Auch Wegener würde getötet werden. Von Stefanie Brandt mal ganz abgesehen.

»Ich denke an nichts anderes«, sagte Sören. Er sah durch die Windschutzscheibe. Maschadows Mitarbeiter hatten die korrupte Kollegin mittlerweile entwaffnet. »Wenn Sie Brandt mitnehmen, wandere ich für den Mord an Timm in den Knast. Das kann ich nicht zulassen. Das kann ich meiner Tochter nicht zumuten.«

Maschadows Augenlid zuckte.

»Packen Sie die Waffe ein.«

Kopfschüttelnd stieg der Prinz aus dem Wagen. Sören folgte ihm. Maschadow sah zu Brandt rüber.

»Ich habe noch etwas vom Geld übrig. Fünfzigtausend Euro«, rief sie. Ihre Stimme überschlug sich. »Die gebe ich Ihnen sofort. Den Rest zahle ich in Raten.«

Der Prinz sah auf das offene Meer.

»Wie tief ist die Ostsee an der tiefsten Stelle?«, fragte er.

»Vierhundertneunundfünfzig Meter. Das steht im Erdkunderaum meiner Tochter an der Wand.«

Stefanie Brandt starrte ihn an.

»Sie können das nicht zulassen. Er wird mich umbringen.«

Sören ging zu Maschadow.

»Wenn ich ehrlich bin, ist mir egal, was Sie mit ihr anstellen.« Während er das sagte, musste er sich eingestehen, dass es die Wahrheit war. Die Frau war in seine Welt eingedrungen, hatte sich bei seiner Schwester auf die Couch gesetzt, Kaffee getrunken und eiskalt seine Familie bedroht. Stefanie Brandt hatte drei Männer auf dem Gewissen und wollte dieser Serie mit ihm als Sahnehäubchen auf ihrer Blutspur ein Ende setzen. Nein, diese Frau verdiente kein Mitgefühl.

»Mizra«, sprach er den Prinzen auf eine persönliche Art an, die Fries selbst überraschte. »Wenn Sie Stefanie verschwinden lassen, dann werde ich für den Mord an Timm verurteilt. Und Oliver Timm wird der Tod an den anderen beiden Männern angehängt. Seine Witwe bekommt aus diesem Grund wahrscheinlich keine Rente. Er hatte zwei Kinder. Meine Tochter müsste dann auch ohne Vater aufwachsen. Sie haben einmal gesagt, dass Sie ein Familienmensch sind.«

Der Prinz sah Sören einige Sekunden lang an.

Dann warf er einen Blick auf die Polizistin.

Es dauerte eine gefühlte Ewigkeit.

»Mein Freund bringt Sie auf die Polizeiwache. Sie legen dort ein ausführliches Geständnis ab. Wenn Sie Ärger machen, bin ich da. Vergessen Sie das niemals.«

Sein Blick wanderte wieder auf die Ostsee. Stefanie Brandt sah zu Boden.

»Okay«, hauchte sie.

»Was ist mit Ihrem Kollegen?«, fragte der Prinz.

»Ach, der«, antwortete Sören. »Mit dem ist alles okay. Er hatte eine kugelsichere Weste an. Steh auf!«

Wegener stand auf. Er hob kurz die Hand, als ob er einen alten Bekannten grüßte, sagte aber nichts.

Maschadow ging zum Wagen zurück.

»Den Rest kriegen Sie alleine hin?«

»Ja«, antwortete Sören.

Ein Leibwächter öffnete dem Prinzen die Tür. Wegener nahm die Pistole der Oberkommissarin an sich, die der zweite Bodyguard ihr abgenommen hatte. Kopfschüttelnd stieg Maschadow in seinen Wagen. Sören ging noch einmal zur offenstehenden Tür des SUV rüber.

»Werden Sie mir verraten, wer meine Frau umbringen ließ?«, fragte Sören.

»Sie sollten meine großzügige Stimmung nicht falsch verstehen. Ich erlaube Ihnen, die Polizistin mitzunehmen, weil Sie der Einzige waren, der sie als Dieb meines Geldes überführt hat. Dafür schulde ich Ihnen etwas. Allerdings war der Deal, den ich vorgeschlagen hatte, ein anderer.«

Fries wusste, worauf der Prinz anspielte.

»Ich sollte Ihnen den Verräter ausliefern. Ich verstehe. Entweder nehme ich Brandt mit, um meine Unschuld zu beweisen, oder Sie bekommen Ihre Rache und ich den Namen von Annettes Mörder. Habe ich das richtig zusammengefasst?«

»Besser hätte ich das auch nicht tun können.«

»Okay, ich verstehe«, sagte Sören und versuchte sich dabei seine Enttäuschung nicht anmerken zu lassen. »Ich hätte da noch eine Bitte.«

Fries beugte sich vor und flüsterte dem Bandenboss etwas zu. Der Prinz dachte einen Augenblick über Sörens Anliegen nach, doch kurz darauf nickte er zustimmend.

Sören trat vom Wagen zurück und schloss die Tür zwischen ihnen. Kurz darauf fuhr der SUV rückwärts den Weg zur Hauptstraße hoch.

Nachdem Maschadow abgefahren war, legte der Kommissar Brandt die Handschellen an und setzte sie auf die Rücksitzbank ihres Wagens.

»Wollen Sie fahren?«, fragte Wegener.

»Das ist keine gute Idee«, antwortete Fries. »Ich werde ja immer noch als Polizistenmörder gesucht. Sie sollten fahren und ich sitze hinten bei Stefanie.«

Sören öffnete die Tür zur Rückbank, doch ehe er einstieg, flüsterte er seinem Partner etwas zu. Wegener fragte kurz nach, guckte verwirrt, nickte dann aber zustimmend.

Ein hasserfüllter Blick traf Sören, als er sich neben die Frau in Handschellen setzte.

»Es ist nichts Persönliches«, sagte er und schnallte sie an. Danach hakte er auch seinen Gurt ein.

Sie lächelte ihn an, als hätte sie noch ein As im Ärmel. Fries war das egal. Sollte sie doch ihre Spielchen spielen. Er hatte seine Springer in Position gebracht.

Wegener fuhr an diesem Tag gleich mit zwei Gefangenen auf dem Rücksitz bei der Polizeiinspektion vor. Fries hatte darauf bestanden, Handschellen angelegt zu bekommen, um nicht zum Opfer einer versehentlich ausgelösten Polizeikugel zu werden. In dem Moment, in dem sie die Dienststelle betraten und sich ein Spalier aus Polizisten um sie herum bildete, schrie Brandt los.

»Nehmen Sie die beiden fest. Sie stecken mit dem Prinzen unter einer Decke. Der will mich umbringen. Ich brauche Schutzhaft.«

Keiner der anwesenden Polizisten rührte sich.

»Nehmen Sie mir endlich die Dinger ab«, raunzte sie einen Kollegen an und deutete dabei auf ihre Handschellen. »Und verhaften Sie diesen kleinen Dreckskerl. Der steckt mit Fries unter einer Decke.«

Die Gruppe um sie herum teilte sich. Dann stand Bergmann vor ihnen.

»Zum Glück mal jemand, der was zu sagen hat. Ich wurde entführt. Fries wollte mich umbringen. Er arbeitet für den Prinzen«, erklärte sie sichtlich aufgebracht.

Bergmann ließ sie links liegen.

»In den Verhörraum eins mit ihr«, sagte er zu einem Kollegen in Uniform. Ungläubig starrte Brandt ihn an. Laut fluchend wurde sie von dem Polizisten in Richtung des besagten Raums geführt.

Der Direktor nahm Sören die Handschellen ab.

»Ihre Schwägerin hat uns informiert. Doch solange nicht alle Fragen geklärt sind, sind Sie vorläufig festgenommen. Sie gehen in Verhörraum zwei. Wegener, wären Sie so nett?«

Der Kommissar nickte. Brandt riss sich aus dem Griff des Polizisten los.

»Das darf doch nicht wahr sein. Sind denn hier alle inkompetent. Typisch Provinz«, kreischte sie. »Ich werde Sie alle fertig machen.« Dann wandte sie ihr Wort an Fries. »Das Spiel ist noch lange nicht vorbei!«

Der Kollege, der Brandt in den Verhörraum bringen sollte, griff nun weniger zart zu. Bergmann folgte dem kleinen Tross Polizeibeamter, der Fries und Brandt begleitete.

Sören wurde von seinem Partner in einen Raum gesetzt, in dem er schon oft Verdächtige zum Reden gebracht hatte. Der junge Mann nahm Fries alle persönlichen Gegenstände ab und packte sie in einen durchsichtigen Plastikbeutel. Anschließend nickte er seinem Kollegen wohlwollend zu und verließ das Zimmer. Kurz darauf kam Bernd Köster von der Technik herein.

»Bergmann sagte, dass wir dich und Brandt auf Schmauchspuren hin untersuchen sollten. Wegen des Einschusslochs in Wegeners Weste.«

Sören legte seine Hände auf den Tisch. Köster suchte mithilfe eines Kontakttests nach Schwarzpulverspuren. Natürlich fand Bernd keine Rückstände an ihm.

»Bergmann übernimmt die Vernehmung bei dir persönlich«, erklärte der Forensiker. »Du bist unser VIP-Gast heute. Es dauert nur noch ein wenig. Noch ist er bei Brandt im Zimmer. Ladies first. Du verstehst.«

Er zwinkerte Sören zu und verließ dann ebenfalls den Raum. Eine viertel Stunde später kam Fries' Chef rein.

»Was zu trinken?«, fragte der und legte den Beutel mit Sörens Gegenständen zwischen sich und Fries auf den Tisch.

Sören spürte die Erschöpfung in seinen Knochen. Er hatte die vergangenen Nächte kaum geschlafen und hatte zudem seinem Tod gerade eben noch ins Auge gesehen.

»Ein Kaffee wäre echt super«, antwortete er gähnend.

»Natürlich. Den bekommen Sie sofort. Wollen Sie auch einen Anwalt?«

»Zum Kaffee? Nein, danke«, antwortete Sören und grinste. Er war total übermüdet. Er wollte umgehend reinen Tisch machen und dann nur noch nach Hause, Jette an sich drücken, duschen und endlich wieder einmal richtig ausschlafen.

»Einen Kaffee«, rief Bergmann in den Flur und kam dann zurück an den Verhörtisch.

Der Direktor stellte eine Videokamera an, die die Vernehmung aufzeichnen sollte.

»Ihre Rechte kennen Sie, oder?«

Fries nickte.

»Dann fangen Sie mal an«, forderte Bergmann ihn auf. »Sie kennen das ja.«

Selbstverständlich wusste Sören, wie Verhöre liefen, auf welche Fakten es ankam und was man besser nicht erwähnte. Er begann seine Geschichte mit dem Fund der ersten Leiche und endete damit, dass Wegener junior sein Leben gerettet hatte. Seinen Einbruch in die Wohnung von Stefanie Brandt und das Erscheinen des Prinzen am Strandweg erwähnte er nicht.

»Maschadow ist nicht aufgetaucht, als Sie auf Wegener geschossen haben?«, fragte Bergmann.

»Ich soll auf meinen Partner geschossen haben? Nein!«, sagte Fries entschieden. »Und wieso soll der Prinz dort aufgetaucht sein?«

In dem Moment klopfte es. Bergmann stand auf und öffnete die Tür. Wegener hatte einen Kaffee in der Hand. Über Bergmanns Schulter hinweg grinste der junge Mann Fries an. Der Direktor nahm dem Kommissar den Kaffee ab. Ehe Bergmann die Tür wieder schloss, hielt Wegener im Flur noch eine Tüte von Sörens Lieblingsbäcker in die Höhe. Sören lächelte. Wegener hatte an seinen Blaubeermuffin gedacht.

»Können wir eine kurze Pause machen?«, fragte Sören und deutete mit dem Kopf auf die Kamera.

Bergmann nickte. Er unterbrach die Videoaufzeichnung.

Sören zeigte auf die Einwegkamera, die in dem Plastikbeutel mit seinen persönlichen Dingen lag.

»Da sind Bilder von Brandts Tresor im Schlafzimmer drauf. Dort dürfte sich der Rest des verschwundenen Drogengelds befinden.«

Bergmann sah ihn fünf Sekunden lang an, dann nahm er die Kamera aus dem Beutel und versenkte sie im Kaffee.

»Ups«, sagte er und stellte die Videoaufzeichnung wieder an. Fries betrachtete den Kaffee vor sich, um den herum sich eine braune Pfütze gebildet hatte. Gern hätte er vorher wenigstens einmal einen kleinen Schluck davon genommen. Aber nun war es zu spät.

»Derzeit werden Durchsuchungsbeschlüsse für Ihre und Brandts Wohnung ausgestellt. Die Kollegen werden da sicher gründlich vorgehen.«

Bergmann sah ihm noch einmal in die Augen. Fries hatte verstanden. Niemand würde von seinem Einbruch erfahren.

Sören zeigte auf den Beweisbeutel in der Tüte.

»Da wäre noch eine Sache. Das ist die DVD, die Brandt Maren Hauser bei dem Überfall in ihrer Wohnung abgenommen hat. Leider ist das Beweisstück zerbrochen. Aber Frau Hauser wird den

Datenträger sicher identifizieren können. Außerdem dürften Sie Stefanie Brandts Fingerabdrücke darauf finden.«

»Wo haben Sie die DVD her?«

Sören rieb sich das Kinn.

»Ich kann mich nicht daran erinnern«, antwortete er.

Es klopfte wieder an der Tür. Dieses Mal stand Astrid davor. Ein Kollege, den Sören auf ihrer Hochzeit kennengelernt hatte, stand neben ihr.

»Warum hat er keinen Anwalt?«, fauchte sie Bergmann an.

Sein Chef schaltete die Kamera aus.

»Sie können sich also nicht erinnern, wo die DVD herkommt. Ja, so was passiert«, sagte Bergmann grinsend und verließ den Raum.

»Das ist Marco Siemers, ein guter Freund von mir und jetzt dein Anwalt. Du sagst nichts mehr, wenn Marco nicht dabei ist. Mensch, Sören, du weißt doch, wie die Sache hier läuft.«

Marco Siemers nickte ihm zur Begrüßung zu. Sören war zu müde, um Einspruch zu erheben.

»Einer meiner Kollegen aus der Staatsanwaltschaft wird gleich mit Stefanie Brandt reden. Ich habe ihm alles erzählt, dass sie bei uns war und mit einer Waffe auf unserer Couch saß, um dich aus deinem Versteck zu locken. Vor allem, dass sie alle Beweise gegen dich platziert hat, um dir eine Falle zu stellen.«

Alles, was um Sören herum geschah, wirkte fast so, als wäre er Protagonist in einem Film. Er erinnerte sich daran, dass Astrid auf dem Sofa gesessen und heimlich eine SMS abgeschickt hatte.

»Du hast Wegener die SMS geschickt?«

»Ja. Er war der einzige Polizist, der von deiner Unschuld überzeugt war. Ich dachte mir …«

»Was hast du geschrieben?«

»SOS.«

Sören nahm ihre Hand.

»Du hast alles richtig gemacht.«

Sören erkundigte sich danach, ob es allen zu Hause gut ging und ob Susanne ihm eines Tages verzeihen würde, dass er Astrid und nicht sie um Unterstützung in dieser Situation gebeten hatte. Seine Schwägerin beteuerte, dass es allen gut ginge und sie sich freuten, ihn bald wieder in die Arme nehmen zu können. Susanne würde ihm sowieso nie lange böse sein.

Dann kam Astrid wieder auf den Fall zu sprechen.

»Die Beweislast gegen Brandt ist dünn. Sie streitet immer noch alles ab. Ihr Anwalt ist mittlerweile auch eingetroffen. Aber mein Kollege aus der Staatsanwaltschaft, Doktor Lutoschka, du kennst ihn sicher, will ihr klarmachen, dass wir mit der vollen Härte gegen sie vorgehen werden, wenn sie nicht kooperiert.«

Sören bezweifelte, dass Stefanie aufgeben würde. Sie hatte sich noch nicht einmal von der Drohung Maschadows einschüchtern lassen. Ein handzahmer Staatsanwalt machte ihr mit Sicherheit keine Angst.

»Sie werden die Wahrheit ans Licht bringen.« Seine Schwägerin versuchte, ihn zu beruhigen.

Doch daran zweifelte Sören nicht. Noch vor wenigen Stunden hatte er geglaubt, gleich zu sterben. Nun war er in Sicherheit. Alles andere würde sich Stück für Stück ergeben.

Fries wurde noch weitere drei Stunden verhört. Astrid und Marco Siemers blieben die ganze Zeit bei ihm. Fries erzählte Bergmann von dem Umschlag, den er in Martins Hütte deponiert hatte, falls ihm etwas geschehen würde.

»Astrid hatte vor ein paar Wochen erwähnt, dass ihr Bruder längere Zeit in Kanada ist. Ich habe mich daran erinnert und da ich schon mal dort war, dachte ich mir, dass es ein gutes Versteck wäre. Astrid wusste nichts davon.«

Bergmann sah zwischen der Staatsanwältin und ihrem Schwager hin und her. Er rückte seine Brille zurecht. Vermutlich ahnte er, dass Sören gelogen hatte. Doch nachweisen würde er es den beiden nicht können und auch nicht wollen. Angesichts der drei Morde spielte das sowieso eine eher untergeordnete Rolle.

Bergmann ließ sich den Weg zu Martins Garten beschreiben und den Umschlag von einem Streifenwagen abholen.

Immer mehr Puzzlestücke fügten sich im Laufe der kommenden Stunden zusammen und immer mehr Lügen kamen ans Tageslicht. Die größte Lüge allerdings war die, dass Fries für den Prinzen arbeiten würde.

»Frau Brandt meint, dass der Prinz aufgetaucht sei, um sie zu retten. Was sagen Sie dazu?«

»Ich habe Mizra Maschadow das letzte Mal in Hamburg gesehen.« Sören sah seinem Vorgesetzten dabei in die Augen.

Sekundenlang schwiegen alle. Fries spürte die Hitze in ihm aufsteigen. Er war ein schlechter Lügner und ein miserabler Pokerspieler. Würde man ihm diesen Bluff abnehmen?

Bergmann sah seinen Kollegen lange an. Dann sagte er: »Komisch. Wegener kann sich auch nicht daran erinnern, dass der Prinz da war. Er meint, dass er versucht hätte, Brandt zu entwaffnen und sie ihm dabei die Kugel verpasste. Sie sind ihm in diesem Moment zu Hilfe geeilt und haben Brandt überwältigt. Können Sie das bestätigen?«

Fries musste lächeln. Wegener hatte sich an die Geschichte gehalten, die Sören ihm vor dem Wagen zugeflüstert hatte. Der Prinz würde das ebenfalls tun.

Nachdem die Berliner Kollegen des BKA während der Durchsuchung von Brandts Wohnung mehr als fünfzigtausend Euro im Tresor ihres Schlafzimmerschranks gefunden hatten, durfte Sören endlich gehen. All seine Theorien ergaben damit einen Sinn und Stefanie Brandt verwickelte sich immer weiter in ihr Geflecht aus Lügen, dem Sören eine weitere, nicht unwichtige Lüge über die Anwesenheit des Prinzen vor Ort hinzugefügt hatte. Fries wusste, dass Brandt darüber stolpern würde. Kein Ermittler würde ihre Aussage noch ernst nehmen, wenn sowohl der Sohn des Polizeipräsidenten als auch Mizra Maschadow Sörens Geschichte in diesem Punkt bestätigten.

Es war schon weit nach Mitternacht. Astrid durfte ihren Schwager endlich mit nach Hause nehmen. Als sie auf dem Hof ankamen, lagen die Kinder schon im Bett. Susanne nahm ihren Bruder in den Arm, wischte sich eine Träne aus dem Auge und verschwand dann in der Küche, um ihm Abendbrot zu machen. Doch lange bevor das Bauernfrühstück fertig war, schlief Sören am Esstisch ein.

Liebe Leserin,
Lieber Leser,

danke, dass Sie meinen Krimi gelesen haben. Ich hoffe, er hat Ihnen gefallen.
Ich würde mich über eine Buchbewertung auf Amazon freuen. Für uns Autorinnen und Autoren ist das in doppelter Hinsicht wichtig: Zum einen interessiert es uns, wie Ihnen unsere Bücher gefallen haben, zum anderen hilft es anderen Leserinnen und Lesern, sich für das Buch zu entscheiden.

Herzlichen Dank und bis zum nächsten Roman

Katja Lukic

Wenn Sie über neue Bücher von mir informiert werden möchten, dann tragen Sie sich gerne in den Newsletter auf meiner Homepage www.katjalukic.de ein.

Weitere Bücher von Katja Lukic:

Sören Fries ermittelt

Die Krimi-Reihe um die sympathischen Ermittler Fries und Wegener. Trotz anfänglicher Schwierigkeiten rauft sich das ungleiche Paar zusammen, während sie gemeinsam in Rostock Mordfälle lösen.

Der Fischbrötchenmord (September 2018)
Der Tölpelmord (Juli 2020)
Der Bienenmord (Dezember 2020)
Ellings letzter Fall (Dezember 2021)
Hafen Stadt Mord (August 2022)
Agathas Mörderclub (Mai 2023)

Jedes Buch ist in sich abgeschlossen und kann unabhängig von den anderen gelesen werden.

Autobiografische Romanreihe: *Aussteigen mal anders*

Nur ein Jahr (Juni 2011)
Jetzt erst recht. Die Reise geht weiter (Januar 2014)
Jeder mag Äpfel (Juni 2016)

Jedes Buch ist in sich abgeschlossen und kann unabhängig von den anderen gelesen werden.

Kinder- und Jugendbücher:

Siggi und die Silberfrau (Juli 2015)
Ein kleiner Apfel träumt davon, die silberne Apfelfrau zu finden und mit ihr zusammen Freude in die Welt zu bringen. (ab 5 J.)
Bis einer nicht mehr aufsteht (Juli 2017)
Eine Sozialbausiedlung, eine Gang und eine erste Liebe. Nichts scheint die kleine Welt einer Gruppe Teenager erschüttern zu können. Doch die Ereignisse überschlagen sich und die Situation gerät außer Kontrolle. (ab 12 J.)

Alle Romane sind als E-Book und als Printbuch erhältlich.

Printed in Germany
by Amazon Distribution
GmbH, Leipzig

35185515R00161